1949년 1월 5일 오후 3~4시 쯤 1개 소대 약 40명의 군인들이 곤을리를 포위하고 마을로 들어섰다. 마을로 들어선 군인들은 집들을 수색하고 돌아다녔다. 영문도 모르던 마을 사람들을 전부 모이게 한 후, 젊은 사람들 10여 명을 골라 내 곤을리 바닷가로 끌고 가 죽였다. 이어 집들을 불태웠다. 이날 불탄 곤을리 집들은 안곤을 22채, 샛곤을 17채였다. 학살은 다음 날에도 이어졌다. 화북국민학교에 가뒀던 주민들 중 젊은이 12명을 모아 화북동 동쪽 바닷가 속칭 '모살불'에서 학살했다. 남아 있던 집들도 모두 불태웠다. 마을은 사라지고 집을 둘렀던 돌담만 남았다.

곤을동 옛터(자료, 비짓제주)
https://www.visitjeju.net/kr/detail/view?contentsid=CNTS_000000000022852

이것은 싸움의 기록이다.

강정의 오늘에서 제주 4.3과 광주,
그리고 베트남 전쟁에 이르기까지
잊힌 기억들을 기록하는 분투이자,
잊혀서는 안 되는 말들을 되살리는 싸움이다.
그 싸움의 기록에서 우리는 제주와 베트남을,
그리고 광주를, 동아시아의 처절한 역사를
오늘의 눈으로 바라볼 수 있다.
그것은 오늘의 현장에서 어제를 말하는 일인 동시에
어제의 기억으로 내일을 쌓아 올리는 영계 울림이다.
죽은 자들의 목소리들이 생생히 살아나는
지극한 오늘이자,
기억을 여전히 오늘의 일로 되새기는
지독한 되새김이다.

김동현 | (사)제주민예총이사장, 문학평론가

빛창

빗창

권행백 장편 소설

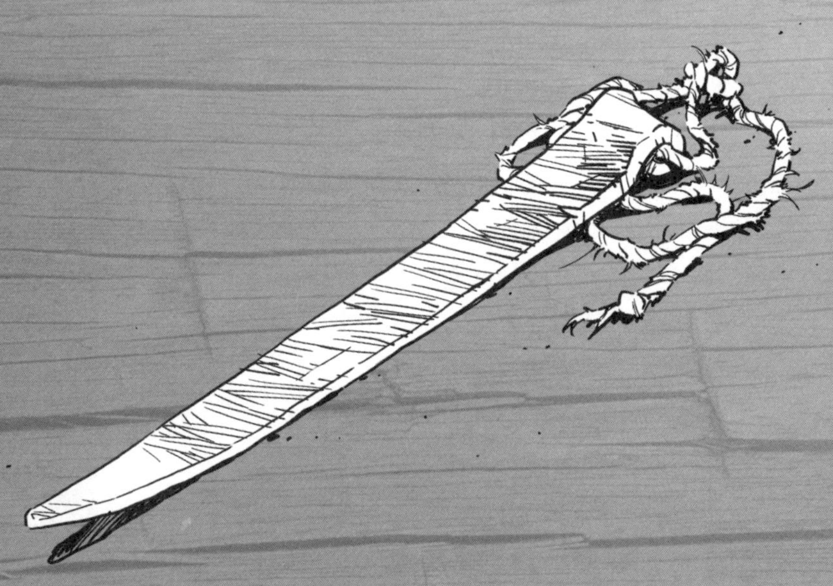

아마존의나비

차례

1
귀향

바위틈에서 물이 빠져나가기도 전에 또다시 밀려온 파도가 벼랑을 쳤다. 멀리서 달려온 바다가 검은 해변을 물었다 놓을 때마다 징소리가 끼어들었다. 안개 먹은 달빛이 심방 손에 매달린 징의 테두리를 간간이 핥았다. 놋쇠의 표면에서 점멸하듯 반사되는 푸르스름한 빛이 비닐 창을 넘어와 장미 전구 불빛에 차갑게 섞였다.

경칩을 밀어낸 봄이 한창인데도 너럭바위에 내려앉은 밤공기가 차가웠다. 해녀 쉼터에서 길게 끌어온 전선으로 전기난로를 켜 놓긴 했으나 천막 안으로 파고드는 바닷바람을 이겨내기엔 역부족이었다. 겨울용 재킷을 입은 채로 불침번을 선 네 사람은 이따금씩 포장을 열고 나가 화톳불에 장작을 얹었다.

"어허, 올 적엔 옵센 헙네다. 갈 적엔 갑센 헙네다. 옵서, 청헌 신전님네. 각기도전 때가 되었습네다. 에헤 천군 지군 인황 만군님도 어감헙서."

고 심방이 소리를 높였다. 황혼 무렵 시작하여 달빛 아래에서 정점을 찍은 굿이 이제 끝나 가는 모양이었다. 걸걸한 목소리가 징소리를 타고 건너와 석준의 가슴에 얹혔다. 도포자락이 밤안개와 물보라 사이에서 펄럭이는 곳은 비상 대책위원회 천막에서도 족히 50보는 떨어진 갯가였다. 말하자면 조금만 뒷걸음질을 해도 바다로 떨어질지 모르는 벼랑 끝이었다.

고 심방이 굿을 위해 정해 놓은 날짜는 따로 없었다. 먹장구름 아래로 비가 쏟아지는 날만 아니면 홀연히 나타나 판을 열었다. 그는 늘 혼자였고 바닷가 너럭바위가 무대였다. 그가 작대기를 받친 지게에서 검은 가방을 내려놓고 이마 위로 손차양을 올려 아스라한 시선으로 수평선을 둘러볼 때면 붉던 저녁놀이 바다 뒤편으로 사그라지곤 했다.

돼지라도 한 마리 들어갈 만한 가방에서 도구들을 꺼낸다. 돗자리를 깔고 과일과 떡 등, 소박한 음식을 동서남북에 맞춰 배열한다. 부채, 방울, 징 따위와 하얀 꽃술 달린 대막대기 등이 평평한 바위 위에 가지런히 놓이면 이내 징소리가 울린다. 의식의 시작이었다.

징소리는 불러낸 만신을 돌려보내는 신호다. 전등 빛이 천막에서 물가로 번져 나가면 심방의 흰 적삼과 남색 도포가 더욱 신비롭게 다가온다. 느릿느릿 앞뒤로 발을 옮기는 춤과 한 시간 남짓한 대사가 이어지고, 보는 이들도 노곤해질 즈음이면 손에 쥔 대막대기를 흔들며 영령들의 이름을 다시 부른다. 징을 울려 굿을 마칠 때가 된 것이다.

석준은 자신도 모르게 심방의 대사를 읊조렸다. 작년에 귀향한 석준은 바닷가 너럭바위에서 심방을 자주 보았다. 언제쯤 그가 모습을 드러낼지 짐작할 수 있었고, 그 목소리가 귀에 닿지 않아도 지금쯤 굿이 어느 대목에 들어가는지도 알게 되었다. 먼발치에서 건너오는 심방의 말이 실제로 들리는 건 아니었다. 바람 사이로 잘려 나온 음절들을 모으다 보니 익숙해졌고 내용을 알고 나니 거부감도 사라진 거였다.

나이 든 동네 어른들은 그를 고 심방이라 불렀고, 석준 또래에게는 예전부터 심방 삼춘 또는 심방 어른이었다. 굿을 끝내고 나면 조무래기들이 곧잘 그의 주변에 몰려들곤 했었다. 석준도 한때 그가 나눠 주는 사탕과 비스킷이 좋았다. 하지만 간이 배지 않은 백설기는 아이들에게 그다지 인기가 없었다. 호주머니가 비어 있었을 뿐, 서울 올림픽이 다가오던 그 당시만 해도 시골 구멍가게의 주전부리들이 아이들의 입맛을 당기곤 했다.

심방은 석준의 기억이 닿는 30년, 아니 그 이전부터 이 바닷가 마을을 지켜온 사람이었다. 석준이 초등학교 다닐 때 보았던 심방은 육척 장골이었고 각 잡힌 어깨가 초임 장교처럼 멋져 보였다. 그러던 그의 몸피가 줄어 있었다. 등허리가 구부정해지고 어깨에서도 예전의 당당함이 빠져나간 지 오래다.

"어허, 옥황상제 사천대왕 산신대왕 다섯 용궁 돌아삽서. 어허, 서산대사 사명당 인간불도 할마님도 돌아삽서. 불쌍헌 영혼 영신님네도 돌아삽서."

선 채로 줄곧 밖을 내다보던 석준이 중얼거렸다. 굿을 보며 심방을 흉내 내던 어릴 적 기억이 남아 있었다. 심방에게 꽂혔던 눈길들이 석준에게로 방향을 틀었다.

"제법이네. 자알 허민 저 뒤를 이음직허네."

마을회장 강봉규와 교대로 농성장을 지키는 부회장 이용

재가 불쑥 나섰다. 환갑이 다된 그의 자글자글한 눈가에 장난기가 스쳤다. 머쓱해진 석준을 일별하며 양 노인이 용재의 말꼬리를 잘랐다.

“실데어신 소리…, 요새 시상 무시거 헐 거 어성 심방질이란 말이라. 다 소용어신 일. 영등할망 불러낸들 그놈덜이 무서워나 허카? 내가 그 추접헌 시상 모질게 젼뎌 살아왔쥬만, 총 든 놈덜헌티는 노시도무지 당헐 수 어신 일.”

“아이고 삼춘, 경해도그래도 혼디함께 모다드렁 무시거라도 해봐사 허지 안허쿠과. 기냥 내불민놔두면 더 헐 건디.”

이번엔 강 회장 마누라 백삼녀였다. 그녀는 해군 기지 건설 장비가 마을 안으로 들어오지 못하게 하려는 강봉규의 충성스런 전우가 되어 날마다 바닷가 천막 농성장에 힘을 보탰다. 사람들을 먹이는 일이 그녀가 자원한 임무였다. 그녀가 물기 괸 눈으로 양 노인을 바라보며 말을 이었다.

“그 난리통에 할망 하루방 잃은 우리 어멍이 평생 했던 말이 ‘육짓것들 믿지 말라’, 바로 그거라 마씸. 우리가 영이렇게 지켱 이서도 언제 들어왕 볾아 불지 모를 일. 고 심방모냥 빌다 보민 우리 부락을 지켜 줄지도 모를 일 아니꽈. 몇 해 전꼬지만 해도 저 냥반 신기가 여간 아니랜 허는 건 삼춘도 잘 알지 안햄수과. 점도 잘 들어맞고 병원서 못 고치는 병도 고치지 안 해수과. 우리 어멍이 만날 허던 말이 저이가 옛날에 태어나시민 장두감이랜 헙디다. 난 저 굿허는 것만 보민 정지에서 정화수 한 사발에 조왕신헌티 빌던 어멍 생각낭 콱 맥힌 울화도 풀어져 부러 마씨. 게난그러니 삼춘도 만날 상심만 말고 자주 나오기나 헙써."

"저 양반 막걸리라도 혼잔 멕영 보내야 허는 거 아니꽈?"

가라앉은 분위기를 바꿔 보려는 듯 용재가 나서서 좌중을 훑었다.

"내 불라내 버려 둬. 지난번에도 권해 봤주만 기냥 가던걸."

양 노인이 맥 풀리는 목소리로 손을 저었다. 팔순을 바라보는 그가 쩝쩝거리며 입맛을 다셨다. 자기보다 열 살도 더 아래인 고 심방을 용재가 알뜰히 챙겨 주는 게 사뭇 못마땅한 눈치였다.

"삼춘 말이 맞아 마씸. 생각해 보민 벌개진 얼굴로 댕기긴 해도 어디 한 곳에 앉앙 술 마시는 걸 본 사름은 어실 거우다. 정말 알당도 모를 냥반이쥬."

삼녀가 머리를 갸우뚱하며 말꼬리를 흐렸다. 석준은 슬그머니 천막 밖 화톳불로 향하며 점퍼 주머니에서 담배를 꺼냈다. 불씨를 뒤적거리던 막대기를 뽑아 담배에 불을 붙여 길게 한 모금 빨아들였다. 천막 한구석에서 어깨에 담요를 두른 채 막걸리 사발을 들어 올리던 양 노인이 석준에게서 슬그머니 눈을 돌렸다.

구름 뒤로 달이 숨자 별이 많아졌다. 석준이 뿜어낸 연기 너머로 하얀 조각들이 날아다녔다. 고 심방이 굿을 마치며 허공에 뿌리는 지화紙花였다. 그가 흰 술 달린 대막대기를 흔들 때마다 흩어지는 조각들이 나비처럼 밤하늘을 날아다녔다. 바람 타는 꽃잎을 바라보며 석준은 스르르 눈을 감았다. 하얀 나비들 사이로 드론이 함께 날고 있었다. 담배 맛이 쓰다 싶었는데 석준의 가슴 한구석이 불현듯 아릿해졌다.

그게 벌써 5년이나 되었나.

어머니의 전화를 받은 석준이 비행기에 몸을 실었다. 광고회사에 취직한 뒤로도 한참이나 뜸을 들이다 바쁜 스케줄을 쪼갠 첫 귀향길이었다. 팔순 맞은 할머니와 씩씩한 어머니 그리고 하나뿐인 동기 명준 형이 제주를 지키고 있었다.

돌담을 경계로 점점이 흩뿌려졌던 유채꽃 노랑빛이 차창 앞 유리를 가득 채웠다. 오랜만에 한복을 곱게 차려입은 어머니가 앞장서 찾아낸 소풍 장소였다. 무릎 관절염으로 더 이상 물질을 못 하게 된 할머니는 석준이 빌려 온 렌트카 안에서 봄볕 뿌려진 창밖을 내다보며 자손들에게서 눈을 떼지 못했다. 결혼한 지 두 해를 넘긴 명준 부부도 간식 바구니를 챙겨 들고 따라 나왔다.

아직 한국어가 서툰 베트남 출신 형수, 응옥이 발그레 달뜬 얼굴로 '좋아요'를 연발했다. 스물셋 앳된 뺨에 탄력이 배어 있었다. 어머니가 응옥의 배를 훔쳐보더니 무슨 말을 하려다 말고 혀를 찼다. 명준이 멋쩍은 시선을 먼 산 위로 얹었다. 노란 꽃밭이 치맛자락처럼 펼쳐졌다. 그 사이로 휘움한 돌담길이 작은 오름을 기어올랐고, 가르마 끝이 먼 하늘에 아스라이 닿아 있었다. 명준이 응옥에게 휴대폰을 들이댔다. 찰칵 소리가 자주 들렸다. 길게 땋아 늘어뜨린 그녀의 머리가 유채꽃 사이로 자주 숨었다. 완벽한 가족사진이 되기엔 석준의 눈에도 한구석이 허전했다. 유채꽃 사이를 아장아장 걷는 어린아이가 있으면 더할 나위 없는 그림이 될 터였다. 석준은 지고 있던 배낭을 내려 장비를 조립했다. 밀려드는 화장품 광고 주문으로 야외 촬영이 잦았고 그렇게 익숙해진 솜씨였다. 드론에 부착된 카메라가 식구들의 머리 위를 선회하며 노란 꽃과 흰 나비와 오름에 스며든 봄 향기까지 담아냈다. 석준이 응시하는 화면에 응옥의 모습이 자주 비쳤다. 호리호리한 그녀의 몸매가 애란과 겹쳐 보였다. 갸름한 턱선과 동남아 평균을 넘어 보이는 제법 큰 키도 카메라를 끌어당겼다. 광고 모델인 애란에게서는 볼 수 없었던 가공되지 않은 풋풋함이 사진작가의 본능을 적잖이 자극했다. 석준은 응옥만의 이미지를 새의 눈으로 붙잡는 데 성공했다. 그가 다니는 회사가 얼마 전에 갓 상용화된 신기술을 과감히 수용한 덕분이었다.

전공을 살릴 절호의 기회를 얻은 그는 바지런하게 조작 기술을 익혔다. 높은 산에 오르거나 비행기를 타지 않아도 세상을 내려다볼 수 있다는 건 상상 그 이상이었다. 직원이라야 사장과 석준을 포함, 여섯이 전부였고 상품이 무엇이든 광고로 빛내 줄 준비가 되어 있었다. 쉰을 앞둔 사장은 위아래를 따지지 않고 잘 어울렸다. 음담패설을 입에 달고 살았지만 무슨 말이건 밖으로 꺼내야 멋진 카피가 탄생한다는 지론으로 성희롱의 비난을 피했다. 경리와 디자인을 담당하는 두 명의 여직원은 그러려니 하는 표정으로 실없이 웃어주곤 했다.

사장은 반백의 머리와 불룩한 배가 트레이드마크였다. 제

나이보다 열 살은 위로 보이는 외모가 기업 대표들을 만나 주문을 따는 데 유리하다고 했다. 회사는 새로 수주한 광고 제작에 드론을 이용하기 시작했고 그 역할은 대학에서 사진을 전공한 오석준 대리의 몫이었다. 사장이 수주해 오는 광고는 주로 화장품이었다. 중국에서 재미를 본 화장품 회사 임원이 사장의 대학 선배라고 했다.

마침내 석준에게 출장 명령이 떨어졌다. 이번엔 베트남 사람들에게 먹힐 그림을 만들어 오라는 주문이었다. 동남아 시장 확보는 베트남 장악이 우선이라는 사장의 말이 귀에 꽂혔다. 석준은 모델부터 구해야 했다.

피부가 흰 이십대 초반 여성 모델 초빙, 베트남 현지 촬영 조건

구인 광고를 온라인에 올렸고 만 하루가 지나기도 전에 응모자가 몰렸다. 깜찍하고 개성 넘치는 도시형 이미지의 애란이 최종 낙점되었다. 이내 출장 날짜가 잡혔고 하노이행 비행기 안에서 석준은 줄곧 달떠 있었다. 배를 타고 이동하면서 하롱베이의 작고 예쁜 섬들을 배경으로 영상물을 만들었다. 드론을 날리며 찍어 대던 애란의 긴 다리와 뽀얀 피부에 스물아홉 살 총각은 멀미를 느꼈다. 애란도 싫지 않은 눈치였고 사진 작업을 마치기도 전에 둘 사이가 좁혀졌다.

꾸준히 오름세를 타던 화장품 광고들이 경기 침체로 하나둘 떨어져 나가더니 기존의 거래 업체들도 더 이상 주문을 주지 않았다. 몇 년째 내리막이었다. 애란과의 관계도 헐거워졌다. 석준의 얼굴을 빤히 들여다보며 걱정스런 표정을 짓던 그녀의 입에서 급기야 '자기가 나한테 해 줄 수 있는 게 뭔데'라는 말이 튀어나왔다. 강남역 뒷골목 와인바에서 함께 흥을 돋우고 새로 생긴 모텔로 스며들던 짜릿함도 거기서 끝이었다.

사장이 석준을 회사 옆 일식집으로 조용히 불러냈다. 다다미방 가운데 놓인 테이블 주위로 다리 없는 의자가 넷이었다. 등받이에 기대며 테이블 밑 꺼진 공간으로 다리를 내리자마자 방문이 열렸다. 남색 싱글 정장 차림의 사내 둘이 목을 세우고 들어왔다. 그중 하나는 큰 키에 군 장교처럼 머리가 짧았는데 선글라스를 끼고 있어 표정을 읽을 수 없었다. 석준은 어정쩡하게 몸을 일으켜 고개를 숙였다.

- 인사 드려. 높은 데 계신 분들이야.

사장의 소개에 눈을 들었다. 맞은편에 앉은 키 작은 사내가 고개를 갸우뚱하며 석준에게 명함을 건넸다. 두 손으로 받아 재킷 안주머니에 넣기 전에 흘끗 본 직함은 한국상사

부장이었다. 그 역시 무표정했고 살살거리는 사장에게 입으로만 웃어 주었다. 키 큰 사내는 밥 먹을 때만 입을 열었고 헤어질 때까지 선글라스를 벗지 않았다.

- 오 대리는 이분들이 정해 주는 시간과 장소에 나가 드론을 날리면 되는 거야.

그들이 요구하는 촬영 장소는 주로 광화문, 시청 앞이었고 대상은 시위에 나선 군중이었다. 석준은 귀에 리시버를 꽂고 그들이 불러 주는 방향대로 리모컨 스위치를 움직였다. 드론으로 찍힌 영상들이 어딘가로 실시간 전송되는 모양이었다.

시위대의 머리 위로 날릴 때, 어느 순간 그들은 '정지', '좀 더 낮게', 또는 '바짝 가까이'를 자주 말했다. 석준은 때때로 사장을 통해 특정 건물 주소를 전달받았다. 건물 주변에 잠복하다 드나드는 사람들을 줌으로 당겨 스냅 사진을 찍거나 창문이 보이는 방향으로 드론을 날려 달라는 요구였다. 건물 안에서 비행체가 보이지 않게 하고 관찰 대상에게 기계음이 들리지 않도록 주의하라는 지침도 내려왔다. 그거야 어려운 일도 아니었지만 주문이 반복될수록 석준은 께름칙한 기분에 휩싸였다.

그들의 관찰 대상은 대개 반정부 시위에 앞장서는 인물들이었고, 사장이 건넨 쪽지에 적힌 주소도 그들의 사무실이거나 살림집이었다. 주문이 반복되면서 석준은 자신의 임무가 특정인에 대한 집중 관찰 또는 증거 수집이라는 걸 알게 되었다.

석준은 아래층 스타박스에 내려가 큰 맘 먹고 아메리카노 여섯 잔을 사 들고 왔다. 네 명의 직원들에게 하나씩 돌리고 나서 열린 문을 두드려 사장실에 들어섰다. 사장이 시켜 먹은 짬뽕 그릇을 책상에서 치우고 커피 두 잔을 올려놓았다. 사장이 앉으라고 손짓했다. 석준은 사장 곁으로 다가앉으며 무심한 듯 물었다.

- 괜찮을까요? 우리가 무슨 심부름 센터도 아니고….

사장이 눈꼬리를 올렸다. 별 싱거운 소릴 다 듣는다는 표정이었다.

- 애국의 길은 멀고도 험한 거야. 이게 우릴 먹여 살리고 있잖아. 결제 하나는 확실하거든. 현금으로 말이야. 세금 계산서조차 요구하지 않는데 뭘 더 바라겠어, 안 그래? 흐흐.

그러더니 갑자기 웃음기를 지우며 미간을 세웠다.

- 왜, 싫어?

그 순간 잔고가 바닥난 통장이 석준의 머릿속을 쑤시고 들어왔다. 분위기를 겨우 수습하고 나온 등줄기에 땀이 흘렀다.

뒤늦게 출근한 사장이 안절부절못하고 사무실 안을 서성거렸다. 그러다 '에이 쓰발' 하며 제 방에 들어가 한동안 나오지 않았다. 석준은 맞은편 자리에 멍하니 앉아 있는 경리 직원의 팔을 끌고 복도로 나와 채근했다.

- 언놈이 우리 공사 대금 떼먹고 도망친 거야?

- 사고에요.

- 무슨?

- 뉴스도 안 봐요? 민간인 사찰 문제로 국회가 시끄럽잖아요. 내부 고발자가 있대요. 특검이 설치되면 우리 사무실로 쳐들어올지도 모르고….

아무래도 증거가 잡힌 것 같았다. 그들은 도마뱀처럼 꼬리를 잘라 낼 테고 그 꼬리는 제물로 바쳐져 수사 결과물로 공표될 것이었다.

회사가 급기야 그 일에서 손을 털었고 사장이 폐업 신고를 서둘렀다. 다행히 특검은 설치되지 않았고 사건도 유야무야

됐지만 후환을 겁내던 사장이 종적을 감췄다. 직장 잃은 석준에게 퇴직금은 언감생심이었다. 월급을 털어 애란의 환심을 사던 날들이 가슴 한쪽을 찔렀고 가정을 이룬 또래 친구들이 문득 부러웠지만 모든 게 맥 빠지는 후회였다.

창문 덮개를 올렸다. 기내로 들어온 빛에 눈이 시렸다. 옥빛 물 위에 떠 있는 땅덩이가 점점 커졌다. 석준이 한동안 잊고 지낸 고향이었다. 간간이 들를 때마다 섬은 그가 15년 전 서울로 유학 떠난 날에 멈춰 있었고, 굳이 그를 외지인과 구별하지도 않았다. 바퀴가 영등할망의 치맛자락 한쪽 끝을 구르다 탄력 있는 진동을 멈췄다.

'돌밭에 부려진 비명들을 정뜨르 비행장 아스팔트 밑에 묻어둔 채 예순하고도 세 차례나 해를 넘긴 섬이 속절없이 새봄을 맞이하고 있습니다.'

며칠 전 TV 다큐멘터리에서 얼핏 들은 내레이션이 머릿속을 떠나지 않는 이유를 곱씹다 이내 고개를 흔들어 생각을 지웠다.

석준은 자신도 모르게 '속절없이'를 입안에서 되작거렸다. 모래 맛이 났다. 그런 생각이 들 때마다 우울해지는 이유를 알 듯했지만 그렇다고 꼭 집히지도 않았다. 그는 코를 쥐고 바람을 넣어 뻐근해진 귓구멍을 원래대로 돌려 놓았다.

공항 건물 밖으로 나왔다. 서쪽 하늘이 불그레하게 물들어 있었다. 곧 어두워질 터였다. 낮익은 버스 승강장에 섰다. 한라산 중턱을 가로질러 남조로로 빠지는 서귀포행 직행버스는 한참을 더 기다려야 했다. 흡연 구역을 찾아 담뱃불을 붙이려던 석준이 바지 주머니에서 진동을 느꼈다. 명준의 전화였다.

- 도착해시냐? 호…혼저(어서) 오지 않고 무시거 햄시니(뭐 하니)?

- 아 예…, 다들 잘 이수과? 형수님도….

- 저어…녁은 집에서 먹으라. 니가 잘 바…앙도 치워 놓아시난.

석준은 어머니와 할머니의 안부부터 묻지 않은 게 마음에 걸렸다. 얼굴로 더운 기운이 오르자 잠시 후회했다. 형의 목소리를 듣는 순간에 수줍은 그 얼굴이 퍼뜩 떠오르긴 했지만, 그렇다고 고향 땅을 밟자마자 형수부터 들먹일 필요가 있었나.

떨어져 살다 보니 네 살 위 형에게 거리감이 생겨났고 언젠가부터 반말이 목구멍에 걸렸다. 아마도 형이 장가든 뒤부터

였을 것이다. 한 차례 피식 웃긴 했지만 명준도 자연스럽게 존댓말을 받아 주었다. 명준은 늦장가를 든 뒤에도 더듬는 말버릇을 고치지 못했다. 급한 성질 때문이라고 했지만 석준 생각엔 명준의 지나친 자의식이 문제였다.

명준이 중학교에 입학하고 얼마 지나지 않을 때였다. 여러 날 이어진 고열 끝에 그가 헛소리를 하며 까무러쳤다. 아버지는 저러다 낫겠지, 하는 말을 거두고 택시를 불러 눈 뒤집힌 장남을 병원으로 데려갔다. 명준이 급기야 뇌막염 진단을 받았다. 기르던 소를 팔아 겨우 추스른 몸뚱이는 정상으로 돌아오지 않았다. 풍 맞은 노인마냥 제대로 걷지 못했고 장기간 물리 치료로 겨우 피를 돌리긴 했으나 힘을 잃은 왼다리는 성장이 멈춰 버렸다. 좀 자라나 싶던 키도 또래들의 눈 밑에서 만족해야 했는데, 어머니는 제 동생의 절반도 먹지 못하는 식성을 나무라곤 했다.

절름거리는 명준을 동네 아이들이 놀리기도 했지만 심하진 않았다. 그럴 때마다 웃자란 석준이 코피 터져 가며 형을 위해 주먹질해 준 효과였다. 석준도 걸핏하면 눈물을 흘리는 졸보였지만 부러 센 척했다. 때로는 데친 배춧잎 같은 형이 한심하고 원망스러웠으나 차마 내색은 못하였다. 형한테 붙어 다니라는 어머니의 잔소리가 아니더라도 나 몰라라 하기엔 마음 한구석이 못내 꺼림칙했다.

석준은 중학생이 되면서 고등학교로 진학한 명준과 함께 입학식을 했다. 고등학교가 중학교와 한 울타리 안에 있었고, 명준이 병으로 한 해 쉬는 바람에 4년 터울이 3년으로 줄어든 때문이었다. 학교에 취미를 붙이지 못한 명준은 결석이 잦았다. 가까이 지내는 벗도 없었고 급우들을 집으로 데려오지도 않았다. 잔뜩 주눅 든 얼굴로 사람을 피하며 땅만 보고 걸었다. '넘어질까 봐 그래' 했지만 석준은 형의 말을 믿지 않았다. 불콰한 얼굴로 집에 들어온 아버지에게 명준은 종종 천덕꾸러기였다. 그는 아버지 앞에서 죄 지은 사람마냥 고개를 떨어뜨리곤 했다. 다리를 절며 슬그머니 뒷방으로 들어가는 장남에게 술버릇처럼 하는 말은 '저런 자식은 없는 게 낫다'였다. 아버지의 혀 차는 소리가 그의 등에 비수로 박혔을 것이었다.

명준이 결국 한 학기를 남기고 중퇴했다. 진학에 대한 꿈은 일찌감치 접은 듯했다. 대학을 가려면 고등학교 졸업장이 필요하다고 아버지가 명준에게 말했지만 진지한 설득으로 보이진 않았다. 어머니는 '느 모심냥 허라', 했다. 등록금 마련할 형편도 못 되는데 차라리 잘됐다는 건지도 몰랐다.

명준이, '나 고튼같은 게 대학은 가서 뭘 해', 라고 중얼거렸고 대뜸 어머니는 '기여, 아방이영 농사지으면 되쥬', 하며 큰 아들의 두 손을 잡고 남편 쪽으로 얼굴을 돌려 동의를 구했다. 자식과 함께 밭일을 하다 보면 마음잡고 술이라도 덜 마실 성싶었나 보았다. 하지만 기대는 그저 기대였을 뿐, 어머니가 물질로 잡아온 해산물은 공판장에 들어가기도 전에 아버지의 손을 탔다. 갯바위에서 잔술 마시는 관광객들에게 내놓았다 다 못 팔고 집에 가져온 해삼과 멍게 전복 등은 하루도 거르지 않고 마셔대는 아버지의 막소주 안주로 소비되었다.

석준이 자란 집 뒤편으로 여든을 한참 넘긴 할머니 처소가 기침 소리 들리는 거리에 있다. 그 뒤를 돌아 한라산을 향해 쉼 없이 오르다 보면 이마에 땀이 맺힐 때쯤 아버지의 밭에 닿았다. 2천 평 밭은 할아버지의 유산이었고 일제 때부터 귤나무가 자랐다. 궤사리오름과 활오름 사이로 물 고이는 계곡을 곁에 둔 덕분이었다.

마을 사람들이 탐내는 땅을 가졌지만 아버지는 밭보다 노름판에 관심이 많았다. 땅을 잡혀 판돈을 빌리는 아버지에게 어머니의 성화는 효험이 없었다. 부부 싸움이 잦을수록 아버지의 주량만 늘었다.

아버지가 겨우 45년을 살다 간암으로 숨을 거두자 빚쟁이

들이 집안을 기웃거렸다. 어머니는 이내 밭을 팔았다. 얼굴 자주 보는 동네 늙다리들에게 법을 내세워 빚을 떼먹기도 난처한 노릇이었다. 49재를 지낸 어머니가 그들을 일일이 찾아다니며 반발을 누르는 선에서 매듭을 지었다. 야물기로 소문난 어머니가 '그린 빚은 갚지 않아도 된다더라'는 으름장을 빼놓을 리 없었다. 덕분에 돈이 남았고 어머니는 장남을 위한 계획부터 세웠다.

어머니가 석준을 불러 긴 숨을 몇 차례 내쉰 뒤 운을 뗀 첫 언질은 '느 성이 어차피 농사지을 재목은 아니잖냐'였다. '니야 공부만 잘 허믄 되고'는 작은 아들에게 동의를 구하는 나름의 절차였다. 석준에게 대학 문이 열린 순간이었다.

고등학교 3학년 여름 방학을 빈둥거리던 참이라 더 늦기 전에 진로를 정해야 했다. 사진학과에 가도 되겠다는 기대로 석준의 가슴이 뛰었다. 목표도 없이 필름 카메라를 목에 걸고 다니는 시간은 짧을수록 좋았다. 짭조름한 바람이 머무는 오름, 초원 위로 내려앉는 구름, 먼 바다로 사라지는 석양, 그런 것들에 취해 있을 때가 아니었다. 어머니는 명준의 짧은 왼다리를 물끄러미 바라보며 '느한테 맞는 일이 이실 거여…'라고 거듭 읊조렸다. 석준은 어머니의 붉게 변한 눈자위에서 물기를 보았다.

명준의 일상에 변화가 생긴 건 그때부터였다. 헛간을 뒤져 아버지가 생전에 사용하던 망치, 전동 드라이버, 톱 등을 꺼냈다. 뜬금없는 판자와 각목이 마당에 부려졌다. 곧 장의자가 완성되었고 다음 날부터 벤치프레스를 시작한 그의 눈빛이 달라져 있었다. 매일 아침 운동복으로 갈아입는 그의 입에서 기합 소리가 나왔다. 걷기 연습도 잊지 않았다. 왼다리는 키 높이 신발로 보완했다. 구두 뒤축에 붙일 굽도 스스로 구해 왔고 운동화 뒤꿈치에도 타이어 고무를 붙여 신었다.

- 서…억준아, 내가 전에 서…언풍기랑 테…레비 뜯었당 아방신디 야단맞은 거 기억 남시냐? 나 고트민 자…알 했저, 해실 건디.

석준은 형에게서 그렇게 환한 얼굴을 처음 보았다. 형에게 그런 손재주가 있다는 게 신통했고 장래의 아들을 입에 담는 것도 새삼스러웠다. 파리하던 얼굴에 핏기가 도는가 싶더니 명준이 책을 모으기 시작했다. 기계 설계와 가공을 위한 실용서들이었다. 컴퓨터 앞에 앉아 있는 시간도 늘었다. 컴퓨터 프로그램을 이용한 기계 설계에 도전했는데, 설계는 물론, 도면을 출력하여 물건을 손수 만들기까지 했다.

마을 사람들이 지나다 마당에서 뚝딱거리는 그를 보며 한

마디씩 건넸다. 그럴 때마다 얼굴이 환히 열렸다. 주변의 칭찬이 신명을 주는 거였다. 용재 아저씨네 개집을 만들어 준 뒤로는 목공 실력도 인정받았다. 명준이 사람들과 어울리기 시작한 건 고장 난 농기계들을 고쳐 주면서부터였다.

제대하고 돌아오던 날 석준은 마을 어귀에서 명준과 마주쳤다. 명준은 폭낭 그늘에서 마을 사람들과 둘러앉아 막걸리 잔을 돌리는 중이었다. 여전히 모음을 한 박자 늘이며 더듬긴 했으나 농담을 주고받으며 목젖이 보이게 웃어젖히곤 했다. 눈을 깔고 기우뚱하게 걷던 외톨이의 모습이 그에게서 빠져나간 듯도 했다.

차가워진 바람에도 볕이 좋았다. 바로 옆 귤밭 입구에서도 열댓 명이 땅바닥에 다리를 뻗고 점심을 즐기고 있었다. 조금은 다른 그들의 외모와 곁에 세워진 마이크로 버스를 번갈아 보며 석준은 그들이 외국인 인부들임을 알아차렸다. 명준이 자주 곁눈질을 했다. 시선은 그들 중 턱선이 갸름하고 긴 머리를 뒤로 묶은 앳된 여자에게 꽂혀 있었다.

명준은 낮에는 영농 조합 창고에 나가 귤 포장 일을 했다. 기계를 고치고 개량하는 취미를 가졌지만 밥벌이와는 거리가 멀었기 때문이었다. 컴퓨터로 설계도를 그리고 적당한 부품을 구해 조립해 본들 돈이 되지 않았고, 서른을 넘긴 나이에 할머니와 어머니의 물질에 기대 살기도 난처한 처지였다. '내가 그래도 자…앙남인디….' 명준이 뒷머리를 긁으며 어색한 표정으로 하는 말이었다.

명준에게 주어진 일거리는 천천히 돌아가는 컨베이어에서 크기별로 걸러진 귤들을 골판지 상자에 담아 포장하는 작업이었다. 기계의 도움을 받긴 해도 생산자 이름 찍힌 스티커를 붙여 마감하는 작업 등 여러 손이 필요했다. 석준도 영농조합 창고 일을 도왔다. 졸업 학기로 복학을 준비하는 겨울 동안 할 일도 마땅치 않았지만 형제가 함께하는 시간들이 좋았다.

하루는 조합장이 젊은 여자 둘을 작업장으로 데리고 와 소개했다. 오전 작업을 막 시작한 마을 사람들의 눈길이 한곳으로 몰렸다. 내일부터 함께 일할 거라는 조합장의 말에 석준도 시선을 들었다. 그중 하나가 낯설지 않았다. 조합장이 능글맞은 미소로 석준 형제를 향해 눈을 찡긋했는데 명준의 뺨이 벌써 빨개져 있었다. 석준도 몸이 더워졌지만 수줍어하며 고개를 꼬는 여자에게서 슬며시 눈길을 거두었다.

그 당시 명준은 퇴비 살포기를 개발하고 있었다. 해변 마을이라지만 거개가 반농반어로 흙에 입을 붙여 살았는데 귤

이외에도 감자, 마늘, 양파, 보리 등을 길렀다. 남자들이 주로 농사를 맡았고 물질은 여자들 몫이었다. 하지만 그녀들의 손엔 물속에서 조개류를 따는 빗창과 밭 매는 호미가 교대로 들려 있게 마련이었다.

젊은이들이 육지로 빠져나가자 집집마다 일손이 달려 밭에 거름 주는 작업에도 애를 먹었다. 돼지나 닭의 분변을 모아 손수레에 싣고 가 밭 가장자리에 부려 놓고 그것을 다시 넓은 면적에 뿌려대자니 헛심 팽기기 십상이었다. 자동화 시스템이 절실하던 차에 명준의 시도가 품을 대폭 줄여 줄지도 몰랐다.

그의 살포기는 경운기나 작은 트럭의 짐칸에 부착하여 별도의 엔진 없이 작동하는 방식이었다. 트럭 자체의 동력에 체인을 연결하여 트럭이 전방으로 움직일 때마다 짐칸에서 퇴비가 조금씩 땅으로 떨어지도록 하는 게 핵심 기술이었다. 싣고 온 퇴비를 밭 한쪽에 부려 놓을 필요가 없어 작업 시간도 대폭 절약될 것이었다.

드디어 시제품이 나왔다. 명준이 용접 기술까지 배워 가며 겨우내 창고에서 시행착오로 진땀을 뺀 결과였다.

- 이제 노…옹사에 자…아신이 생겸져생기네.

명준이 큰소리는 쳤지만 이미 귤밭을 팔아먹은 뒤였으므로 시운전은 마을 부회장을 맡은 용재의 밭에서 했다.

- 형! 이걸 다른 작업도 겸허게 만들 순 어신가 마씸?

석준이 가슴을 부풀리며 제안을 했다. 적잖이 놀라는 용재의 표정을 본 터였다.

- 게메글쎄, 자알…허민 될 것도 닮고.

뜨뜻미지근한 대꾸와 달리 명준이 바짝 미간을 모으며 코를 벌름거렸다. 닭과 돼지 그리고 마소의 분변을 건초나 왕겨에 섞어야 좋은 거름이 되므로 같은 기계로 그것까지 쉽게 처리할 수 있으면 금상첨화였다. 말하자면 다용도 설비였는데, 즉석에서 차기 목표가 세워진 셈이었다. 같은 기계에 부품 하나만 바꿔 끼면 수거해 온 거름을 트럭에 실은 채로 건초와 비율을 맞춰 가며 섞을 수 있게 설계를 변경했다. 그 다음엔 적당한 장소에 부려 두고 발효시켜 같은 기계로 뿌리면 되는 것이었다.

석준은 얼마 지나지 않아 명준의 퇴비 살포기가 다용도 기계로 거듭났다는 소식을 들었다. 졸업 후 취업 준비로 바쁜 이듬해 봄이었다. 명준의 들뜬 목소리에 특허를 냈다는 희소식도 끼어 있었다.

석준이 광고 회사에 취직했다는 소식을 전한 날, 명준도 또다시 업그레이드된 변화를 동생에게 알렸다.

- 여…엉농 조합 관두고 공장 차렸져.

여전히 더듬긴 했지만 모음을 늘리는 증상이 많이 줄어 있었다. 석준은 명준이 자신감을 얻은 효과라 여겼다.

- 우리 형이 사장님 된 거네?
- 으응, 결혼 날짜도 잡고….

순간 석준의 머릿속에 스치는 얼굴이 있었다. 짐작대로 신부는 쩐응옥, 그녀였다. 길에서 맞닥뜨린 명준이 그녀에게 눈길 주던 장면과 조합장이 그녀를 데려와 소개할 때 붉어지던 얼굴이 차례로 떠올랐다.

- 나도 이젠 사롬모냥 살아보잰.

명준이 그날따라 전화기 저편에서 말을 많이 했다. 안 그래도 어머니한테 들은 이야기가 있었다.

귤 수확기에 마을로 들어와 한두 달씩 머물다 떠나는 인부들 틈에서 그녀를 보았단다. 어머니는 단체 손님을 받은 동네 초입 민박집 주인한테 응옥의 일거수일투족을 전해 듣고 있었다. 베트남에서 노동 비자로 들어온 처녀의 태도가 곱고 인사성 바르다는 말이 귀에 쏙 들어온 터라 명준에게 넌지시 의사를 타진했다. 그녀가 한국말도 곧잘 한다는 소문에 어머니가 몸소 찾아가 말을 붙여 보고 마음을 굳혔다. 그러고는 조합장에게 부탁해 오래 다닐 일자리를 따로 마련해 준 것이었다. 응옥을 단체에서 빼오느라 무척 힘들었다며 조합장이 목을 세워 생색을 내더란다. 그녀가 합법적으로 한국에 더 머물게 된 사연이었다.

서울에서 직장 다니던 석준은 그 뒤로도 어머니에게서 수시로 전화를 받았는데 '느네 성이 말이여…'로 시작하는 소식을 빼놓지 않았다. 응옥의 이름은 어느새 '우리 옥이'로 바뀌어 있었다. 아들을 장가들인 뒤에도 한 집에 살 거라고 했다. 안채를 장남 부부에게 내주고 당신은 방이 두 개인 별채로 옮길 계획이었다. 제주의 관습과는 거리가 있었다. 비록 울안에 차린 컨테이너 공장이지만 명준이 어엿한 자신의 사업체를 가졌음에도 어머니에게는 늘 아픈 손가락이었다.

반복되는 재취업 시도에 지쳐갈 무렵, 석준은 취기를 빌려 명준에게 전화를 걸었다. 하소연이나 해 볼 생각이었는데 가만히 듣고만 있던 명준이 제안을 했다.

- 내려왕 공장 일 좀 도와주라. 튼튼이 사진도 찍고. 경치는 여기가 더 좋지 않으냐. 여긴 손이 많이 달려. 잘만 허믄 이걸로 돈도 좀 만질 수 있고. 요새 기계 맨들어 달랜 허는 주문이 늘어 샤링기허고 프레스기도 들여놨져.

자신감 벤 어조에 말더듬이 줄어 있었다.

- 아 예, 그게 지금은 좀….

어정쩡하게 대답은 했지만 내심 반가웠다. 이튿날 짐을 쌌다. 직장 떨어진 판에 더 고민해 봐야 어차피 서울에서 답을 찾긴 어려웠다. 못 이기는 척 귀향을 결심했다.

그렇게 돌아온 고향에서 부쩍 바빠진 형의 빈자리를 메워가며 시위에 참가하고 농성장에 머릿수를 채워준 지도 벌써 두 달째였다.

2
어린 형수

"비대위에서 알려드립니다. 다들 지금 바로 삼거리로 나와 주시기 바랍니다. 긴급 상황입니다."

스피커를 통해 마을회장 강봉규의 목소리가 날아들었다. 아침상에서 숟가락을 놓기도 전이었다. 명준이 먼저 몸을 일으켰다.

"오늘은 좀 빠지믄 안 되크냐?"

"형이 나선댄 될 일도 아니잖으꽈."

봄볕 기어드는 툇마루를 밟고 신발을 꿰는 명준에게 어머니와 석준이 번갈아 한마디씩 던졌다.

"느도 이젠 이 모슬마을 사롬 아니냐."

명준이 마당을 나가려다 등을 돌렸다. 같이 가자는 뜻이었다. 석준은 어머니와 형수를 번갈아 보며 어정쩡하게 몸을 세워 마루 밑에 밀어 뒀던 작업화를 꺼내 발을 꿰었다. 응옥도 걱정스런 얼굴로 제 남편을 따라나섰다.

해안으로 진입하는 삼거리엔 벌써 한 무리가 모여 있었다. 스무 명도 넘어 보였는데, 강 회장이 자신의 경운기를 바리케이드 삼아 해변 너럭바위로 통하는 삼거리 한쪽을 막아놓았다. 마을 사람들은 바닥에 횡으로 앉아 다른 길목을 막았다. 외부에서 그 길로 들어온 대형 트럭들이 사람들과 정면으로 대치한 모양새였다. 이름만 대면 알 만한 S건설을 옆구리에 새긴 트럭 석 대가 꼬리를 물었고, 짐칸에는 공사 장비와 현장 사무소로 이용될 컨테이너가 실려 있었다. 트럭 엔진 소리와 사람들 아우성이 마구 섞였다.

"비켜요, 비켜! 공무 집행 방해로 조치하겠습니다."

뒤따라온 경찰차에서 길을 열어 달라고 방송했지만 사람들은 물러나지 않았다. 강 회장이 대열을 뚫고 앞으로 나와 경찰 승용차에서 내린 간부와 맞섰다.

"돌아갑서, 꼴도 보구젱보고 싶지 안 허난."

"해변에 세운 천막부터 자진 철거하세요."

"누게 몸대로누구 맘대로."

"도에서 이미 결정 났다니까 그러시네."

"우리도 주민총회로 부결시킨 걸 무사어째서 이 난리꽈?"

두 남자가 서로 배를 대고 밀며 옥신각신했지만 곧 집단으로 몸싸움이 벌어질 기세였다. 이윽고 경찰 간부가 무전기로 병력 지원을 요청했다. 거친 언어들이 오간 뒤였다. 채 한 시간도 되지 않아 검정색 버스 두 대가 마을 입구에 도착했다. 창문마다 철망을 붙인 버스에서 사내들이 쏟아져 나왔다. 검정 전투복에 방패와 곤봉으로 무장한 경찰 병력이었다. 그들이 줄 맞춰 다가오자 마을 사람들 사이에서 새된 목소리가 날아올랐다.

"폭력 경찰 물러가라!"

젊은 축이 노인들을 뒤로 물리고 앞으로 나서며 스크럼을 짰다. 무장 병력 뒤에서 튀어나온 검은 유니폼 사내들이 마을 사람들을 덮쳐 순식간에 피켓들을 빼앗았다. '대대로 살아온 땅을 지키자, 해군 기지 결사반대' 등의 글씨들이 군홧발에 짓밟혔다.

"아이고."

비명 소리가 나는가 싶더니 양 노인이 땅바닥에 뒹굴었다. 마른 몸이 힘없이 밀린 거였다. 뒤로 빠져 있던 다른 노인들이 앞으로 나서며 드러누웠다.

"이놈덜, 나 먼저 죽여 비동죽여 버리고 가라."

할머니들이 합세하자 사내들이 달려들어 팔다리를 붙잡고 한 사람씩 끌어내기 시작했다. 길이 열리고 경운기가 견인되었다. 공사 트럭이 해변을 향해 다시 움직이기 시작했다. 공사를 맡은 건설 회사가 오늘은 기어이 현장 사무소를 차릴 기세였다. 너럭바위를 몇 달째 지키고 있는 농성장이 사라지고 그 자리에 그들의 컨테이너가 내려질 모양이었다.

"잠깐!"

석준의 귀에 외마디 소리가 들렸는가 싶었다. 컨테이너 실은 대형 트럭이 급정거하더니 엔진을 껐다. 운전수가 트럭에서 내려와 차 밑을 들여다보고 손사래를 치며 뒷걸음으로 물러났다. 강봉규 회장이 앞바퀴를 보듬고 누워 있었다. 지휘하던 경찰 간부가 굳은 표정으로 중지 명령을 내리고 휴대폰을 꺼내 어딘가로 통화를 하더니 병력을 뒤로 빼기 시작했다. 유니폼 사내 둘이 달려들어 발버둥치는 강 회장을 바퀴에서 떼어냈다. 다행히 크게 다친 데는 없어 보였는데, 그 순간 비명소리와 함께 곤봉 하나가 강 회장의 어깻죽지에 떨어졌다. 그가 흙바닥에 털썩 주저앉았다. 경찰은 급히 달려온 앰뷸런스 안에 그를 던져 넣듯 싣고 갔다. 병력이 철수한 자리에 힘없이 주저앉은 사람들이 서로의 안전을 확인했다. 명준이 응옥의 핏기 빠진 이마에 맺힌 식은땀을 닦아 주었다.

"혼저어서 데령 들어가라. 옥이가 많이 놀랜 거 닮다."

어머니가 명준을 다그쳤다.

다음 날 강 회장이 마을에서 보이지 않았다. 그의 아내 백삼녀가 소식을 알렸다. 병원에서 치료받던 회장이 한밤중에 경찰에 끌려갔단다. 긴급회의가 소집되었다. 40명 남짓이 마을 회관으로 모여들었다. 젊은 남자는 드물었고 거개가 노인과 여자들이었다.

"내 팔십 평생에 그놈덜신디 얻어맞는 일이 또 생길 줄은 몰랐네. 하이고, 우리가 언제꼬지 그놈덜 발밑에서 기어야 허는 건지 원."

양 노인의 장탄식에 여기저기서 걱정들이 건너왔다.

"삼춘, 어디 다친 딘 어수과?"

삼녀가 양 노인에게 다가앉았다. 곁에서 듣기만 하던 노파들도 합세하여 입을 모았다. 전날 삼거리에서 악을 쓰던 주름진 얼굴들에 수심이 가득했다.

"그 험헌 시절엔 우릴 잣담 안에 몰아 놓앙몰아 두고 산사롬덜 못 들어오게 막으랜 허더니 이젠 거꾸로 되었네."

"게메 마씸그러게 말입니다. 지금은 우리가 저놈들을 막는 꼴이니 시상이 바뀐 것 닮기도 허고."

"바뀐 게 뭐 이수과? 예나 지금이나 우리 꺼 뺏어 먹지 못행 안달 아니꽈? 옛날엔 집집마다 불을 질러 부렁게 마는 이젠 아예 대놓고 땅꼬장땅까지 뺏젠 허지 안 햄수과."

"어디 땅뿐이냐. 손손이 부쳐 먹던 바당꼬지바다까지 뺏아 가젠 허는 걸. 지들 맘대로 부둔지 뭔지 맨들엉 미국 군함 들이젠 허는 거 아니냐고!"

"이 섬에 이제 또 외국것덜이 난리치게 만들 모냥이여."

"왜정 때 친일파 앞세운 왜놈이나 시방 뒤에서 조종허는 양놈이나 매혼가지, 바뀐 게 뭐 이시니? 그추룩그처럼 큰 해군기지가 우리 부락에 들어설 이유가 무시거란 말이라."

"민간인도 사용헐 수 이신 부두랜 허난 무시거 떨어지는 거라도 이시카부텐있을까 봐 좋아라 허는 축들도 이신 모양이지만…."

"경그렇게 얼빠진 축들이 이시난 저놈덜도 모심냥맘대로 밀어붙이는 거 아니냐고. 부락민덜 몬모두 찬성헌 걸로 공식 발표했댄 햄수게."

노인들 사이에서 뽀글뽀글 파마머리가 새된 소리로 열을 올렸다. 주름 많은 얼굴에 어울리지 않게 염색한 머리가 검었다. 마을 입구 민박집 여자였다.

"크루준지 무시건지 허는 큰 민간 배가 들어온댄 해도 잠은 몬 그 안에서 잘 건디. 낮에 돌아다니당 밤 되믄 도로 들어강 배안에서 자는 관광객덜이 부락에 무신 도움이 될 거란 말이꽈. 똥오줌 싸지르고 쓰레기나 잔뜩 버려동버려두고 가민 우린 그 뒤치닥거리나 해야 헐 걸."

삼녀가 유리컵으로 탁자를 두드려 웅성거림을 멈췄다. 부회장 이용재가 의사봉을 잡았다. 강 회장이 이번엔 쉽게 풀려나지 못할 거라는 용재의 말에 회의실이 숙연해졌다. 이미 두 차례나 약식 재판을 받고 구류 살다 나온 강봉규의 전과 때문이었다. 당장 선장 잃은 배를 어찌할 것인가를 두고 말들이 오갔다. 회장에게 비상 대책 위원장을 겸임시킨 건 실책이라는 분위기였다.

시위 중 다친 사람을 가려 적절하게 조치해 주고 성한 사람들을 재무장시키는 임무를 당장 누군가 맡아야 했다. 졸지에 공석이 된 마을 회장 자리는 어차피 부회장인 이용재가 맡는 게 순리였다. 반대가 없었고 용재가 묵묵히 소임을 받아들였다. 대신 그는 비상 대책 위원회를 따로 꾸려 시위의 선봉에 내세우는 조건을 걸었다. 책임을 분산시키자는 제안에 그의 아내와 곁에 둘러앉은 젊은 여자들이 박수로 응답했다. 침묵이 이어졌다. 굳이 반대하는 사람이 없었으므로 따로 비대위원장을 뽑는 절차가 진행되었다.

타천으로 몇 사람이 거론되었으나 본인들이 고개를 저었다. 시선들이 석준 형제에게 쏠렸다. 몇몇이 석준을 흘끗흘끗 바라보았지만 그중 한 노파가 '에이 무시걸 알아사 말이쥬 뭘 알아야 말이지' 했다. 대처에서 들어와 잠시 머물다 떠날 사람으로 생각하나 보았다. 명준이 슬며시 손을 들었다. 가만히 지켜보던 용재가 고맙네, 하며 먼저 박수를 쳤다.

명준이 일어나 다리를 끌며 앞으로 나갔다. 좌중에서 신음인지 탄식인지 모를 소리가 흘러나왔다. '제가 자격이 될진 모르쿠다마는…'으로 시작된 짤막한 수락 연설에 남자들이 고개를 떨어뜨렸다.

"형! 무사 경_{왜 그렇게} 나서수과?"

집으로 돌아오는 길에 석준이 먼저 입을 열었다. 빈털터리로 귀향한 몸이라 식구들 눈치 보며 뜸을 들이다 비대위에 참여는 했지만 여전히 반대 운동이 시원스레 이해되는 건 아니었다. 결사반대라니, 그게 어디 목숨까지 걸 일인가. 나라에서 국방력을 강화하겠다는데 딴죽 거는 모양들이라니. 어차피 질 싸움, 반대를 외치며 적당히 밀고 당기다 마을에 떨어질 눈먼 보상금이나 챙겨 볼 속셈들인가 싶기도 했다. 석준은 우선 당장 어머니가 촌구석에서 고생하는 게 영 못마땅했다. 찬성파 의견에도 일리가 없는 건 아니잖아. 동네가 개발되면 땅값이 오를 것이고 오른 땅을 팔아 육지에 나가 살면 좀 좋아. 고향 싫다고 다들 떠나는 마당에 지킬 게 남아 있기나 하냐고.

광고 회사 다닐 때 구린 주문을 받고 드론 띄우다 쓴맛을 본 석준은 괜히 머리 복잡해지는 게 싫었다. 실인즉, 이쪽 말을 들으면 이쪽이, 저쪽 말을 들으면 저쪽이 옳은 것도 같았다. 섣불리 어느 한쪽에 발을 깊이 담궜다 무슨 낭패를 볼지 모른다. 시대의 흐름을 외면하면 옹색하게 살 수밖에 없다고 명준에게 훈수를 두려다 주제넘은 듯하여 말을 바꿨다.

"혼펑생 끼니 걱정허던 노인들이 돈냥이라도 잡아 볼 기횐디, 그걸 이추룩이처럼 막아서는 게 맞는 건지 모르쿠다."

"돈보다 더 귀한 것도 이신 거여. 여기 살고 있는 우리가 주인이다! 딴 건 몰라도 우리 땅을 구워 먹든 삶아 먹든 우리가 결정헐 일이다! 허는 그 심정…. 넌 아직 그런 마음 알리 어실 테쥬만…."

"아명 경헌댄 해도아무리 그렇다 해도 그걸 무사왜 형이 앞장서느냐 이 말이우다."

"나 고튼 사름이라도 시켜 주난 고마운 일 아니냐. 나 아니랑 누게라도 해야 헐 일이고…."

명준이 느리게 말했다. 그의 시선이 한라산 꼭대기에 아스라이 걸렸다. 정상의 바위벽을 가리던 구름이 돈내코 계곡을 타고 돗드르로 흘러내리는 중이었다. 석준은 명준의 진지한 표정에 일순 압도되었고 그쯤에서 논쟁을 거두었다.

그 저녁 어머니가 몸져누웠고 할머니가 찾아와 위로했다.

"장두 놓은 셈 허라장두 낳은 셈 치라."

"지금꼬지 살아남은 장두나 이성있어 그 말씀이꽈."

"조들 거 었져조바심 낼 것 없다, 지금은 경헌그런 시절 아니난…."

해군 기지가 마을에 들어오는 걸 막자는 편이 찬성하는

편보다 많아졌지만 한 마을이 두 패로 갈려 반목하는 현상은 쉬 누그러지지 않았다. 제사를 함께 지내던 친척들도 서로 외면하는 경우가 생겼고, 마을 안에 두 개 있는 구멍가게마저도 고객이 갈렸다. 서로 다른 생각을 가진 주민들이 제 입맛에 맞는 가게를 찾는 결과였다. 지역 발전 논리도 쉬 사그라지지 않았다.

삼거리마트 주인 여자는 나름의 이유를 대며 찬성파 목소리를 냈다. 오십을 갓 넘겼을까. 도시물 좀 먹은 야무진 외모였고 동조자를 꽤 많이 모은 듯했다. 이따금씩 석준이 담배 사러 들렀으므로 그녀의 경상도 억양이 새삼스러울 건 없었다. 하루는 그녀가 석준을 설득하려 들었다.

"언제까지 촌구석에 틀어박혀 돌밭 갈고 미역이나 건질라꼬. 군부대 들어오면 일자리가 생겨 나기 마련 아이가."

"그러게요."

석준의 무신경한 대꾸 뒤로 가게 문이 벌컥 열렸다. 마른 몸피에 콧날이 날렵한 사내가 거침없이 들어와 냉장고에서 한라산 소주 두 병을 꺼내 들었다.

"하이고 저 인간이 또…."

주인 여자가 구시렁거리다 석준과 눈이 마주치자 어색한 웃음을 흘렸다. 사내는 여자의 남편인 듯했다. 그가 곁눈으로 여자를 일별하고 나가려다 멈칫하더니 어깨를 돌려 석준에게 시선을 꽂았다. 낯이 익었다.

"어, 이거 누게라? 명준이, 아니 우리 비상 대책 위원장님 아시(아우) 아니라. 내려왔댄 소문은 들어신디. 느도 육짓밥 먹어 봥 잘 알 테쥬만, 세상 변한 거 모르고 줄 잘못 섰당 하루아침에 인생 조질 수도 이실 건디, 쳄…."

찬성파의 앞잡이라는 지상길이었다. 농성장에 모인 사람들은 지상길을 쥐상길이라 불렀다. 잔꾀로 마을을 곤경에 빠뜨렸다는, 말하자면 그가 바로 '마을 사람 대다수가 해군 기지 공사에 찬성한다'는 구실을 꾸며 낸 인물이었다. 전임 회장을 꼬드겨 총회를 열고 친한 사람들만 불러 모아 도장을 받아 냈다니 그런 별칭도 무리는 아니었다. 정부는 '참석자의 과반수 찬성'이라는 형식적 요건을 공사 진행 명분으로 내세웠다. 지상길의 잔꾀가 통한 거였다. 내막을 알게 된 사람들이 정식으로 마을 총회를 다시 열어 결과를 뒤집었지만 뒷북치기였다. 마을로 꺾이는 대로변에 새로 들어선 부동산 중개소에 지상길이 뻔질나게 드나든다는 소문으로 짐작건대 그곳이 찬성파의 아지트인 듯했다. 이제 마을 사람들 거개가 결사반대를 외치고 있지만 정부가 건설 회사와 공사 계약까지 맺은 마당에 과연 막아 낼 수 있을까. 이제 찬성파는 굿을 보며 떡이나 먹자는 심산일 텐데…. 석준은 이리저리 머리를 굴리며 판세를 가늠해 보았다. 승산 없는 싸움에 뛰어든 명준이 여간 딱하지 않았다. 지상길이 마을 지키기 운동에 또 무슨 재를 뿌릴지도 모를 일이었다. 상길이 제 말만 하고 가게를 빠져나갔다.

"저어… 그러니까…, 여기가 고향인갑지예?"

여자가 석준의 표정을 살피며 새삼스레 물었다. 석준이 대답 대신 멋쩍은 웃음을 흘리자 그녀가 담배와 거스름돈을 건네며 뾰로통하게 입술을 빼고 투덜대듯 말을 이었다.

"부대 주변으로 상업 시설이 들어서 우리도 돈베락 맞을 낀데 대체 머가 불만들인지…."

그러잖아도 국방부에서 군인 아파트 부지를 물색한다는 소문이 골목을 쑤시고 다녔다. 찬성파 중엔 기존 도로변에 밭을 가진 자들이 많았다. 부대로 통하는 마을 진입로가 확장될 건 빤한 일. 벌써부터 보상금을 따져 보는 눈치들이었다. 어릴 적 떠난 고향으로 되돌아와 물려받은 땅으로 한몫 쥐려는 상길도 예외는 아니었다.

다행히 명준이 개발한 기계가 경쟁력이 있었다. 큰 기업에서 나오는 비슷한 제품이 있긴 했으나 명준을 위협할 정도는 아니었다. 특허 때문이기도 하거니와 농가 수요가 대기업을 자극할 만큼은 못 되었다. 농가들은 기계 한 대를 이웃끼리 돌려 가며 사용했다.

명준은 주문받은 물건을 직접 만들어 공급함으로써 복잡한 유통 과정도 생략했다. 마을에도 여러 대를 팔았는데 어귀에서 만나면 미안한 얼굴로 뒷머리를 긁는 사람은 물론이고 화난 얼굴로 눈길을 피하는 축도 명준의 기계를 사용하긴 마찬가지였다.

"석준아, 느가 더러 나강 보라."

명준의 부탁이 진지했다. 어머니가 고개를 끄덕여 장남을 거들었다. 농성 천막의 빈자리를 몸 성한 아들이 대신 채워 주길 바라는 거였다.

"영허당 또 느네 할망신디 혼소리 들음직허다 원. 아명해도 성신디형한테 야간조는 좀 경허지그렇지 안허냐?"

어머니가 응옥의 눈치를 보며 석준에게 동의를 구했다. 할머니 핑계를 대긴 했지만 어머니의 심중도 다르지 않을 것이었다. 어머니가 응옥을 데리고 산부인과를 다녀온 뒤였다.

응옥에게는 아무 이상이 없다는 진단 결과였다. 어머니와 할머니가 만나면 화제는 '혼인헌 지 육 년이 다 되어 감신디 시방도 소식이 어시난…', 이었고 누가 먼저랄 것도 없이 혀를 찼다. 다음 진찰은 명준 차례였다. 하지만 명준은 짜증스런 얼굴로 차일피일 미루었다. '느도 곧 마흔이여'로 시작되는 모자간 대화는 '그만 좀 헙서'로 간단히 끝나곤 했다.

그도 그럴 것이 명준은 몸이 열 개라도 견뎌 내기 힘든 형국이었다. 석준은 얹혀사는 처지에 뭐라도 도움을 주고 싶어 머리를 굴렸다. 광고 전문가답게 명준의 기계를 널리 알리고 싶었지만 뾰족한 수가 떠오르지 않았다. 나이 든 농부들에게 온라인 광고는 먹혀들 것 같지 않았다. 하는 수 없이 현수막을 디자인해 마을 진입로에서 잘 보이는 용재네 밭담에 붙였다. 명준에게 비대위원장을 맡긴 미안함 때문이었던지 용재가 흔쾌히 허락했다. 하지만 그것도 며칠 견디지 못하고 바람에 찢겨 나갔다. 결국 가진 돈을 모두 털었다. 그 자리에 쇠기둥을 박고 제품 사진과 전화번호 새긴 입간판을 달았다. 명준이 '뭘 이런 걸 다', 했지만 싫지 않은 표정이었다.

퇴비 살포기 주문량이 늘었다. 애프터서비스나 부품 교환을 원하는 전화도 수시로 걸려 왔다. 석준은 밥값은 한 듯하여 은근 뿌듯했다. 농가들은 보리 수확을 끝낸 뒤에도 땅심 돋우는 일로 여전히 분주했다. 밭에 유기농 퇴비를 뿌리기 좋은 시기였다.

비대위 천막에도 발길들이 뜸해졌다. 언제 다시 경찰이 들이닥칠지 모르는 상황이었지만 사람 모으기가 쉽지 않았다. 걱정 섞인 자포자기도 늘었다. 명준의 호소에도 '우리가 영헌댄 저놈덜이 그만둘 거냐', 라는 말이 금기어에서 슬슬 풀려나고 있었다. 명준이 비상대책위원을 조별로 나누고 순번까지 매겨 둔 보람도 없이 몇은 농성장에서 꼬리를 감췄다. 그들이 찬성파로 돌아섰다는 소문도 들렸다.

태풍에 쓸려 날아간 천막을 다시 세우는 일도 명준의 몫이었다. 그 와중에 명준의 어깨에 근심거리 하나가 더 얹혔다. 응옥이 편두통을 자주 앓았다. 대단치 않아 보이던 증세가 나날이 심해져 진통제를 끼고 지냈다. 잠수병을 의심한 명준이 시어머니를 따라 바다에 들어가는 아내를 말렸다.

"그까짓 거 약 먹으민 바로 나슬 걸… 쯧쯧. 우리 부락에 물질도 안 허멍 사는 예청이(여자가) 어디 시니(있니)? 시작헌 지 얼마나 됐댄. 그거라도 안 허민 무신 돈을 몬지가만져 본댄 말이라."

"저는 괜찮아요."

면박을 주며 눈 흘기는 어머니에게 응옥은 죄라도 지은 양 머리를 조아렸다. 시어머니는 이미 엄한 스승이 되어 있었다. 어머니는 자신이 어릴 때 배운 물질을 그대로 전수하려 했는데, 고리궤짝을 뒤져 갈옷 물소중이와 물적삼을 꺼내 입혀 보려다 결국 할머니한테 핀잔까지 듣고 말았다. 어머니는 첫날부터 질구덕과 작살뿐 아니라 골갱이호미, 성게 칼도 응옥이 직접 챙겨 들게 했다. 물가에서 자랐다는 응옥의 수영 솜씨가 수준급이었음에도 어머니는 칭찬에 인색했다. 잔소리는 이해할 만했다. 해녀들의 물질이란 게 본래 목숨 거는 작업이기 때문이다. 하지만 엄격한 훈련으로도 며느리의 두통까지는 어찌해 볼 수 없는 모양이었다.

"병원이라도 데령 가야지 안 허쿠과?"

석준의 제안에 명준이 걱정스런 눈빛으로 호응했다.

"게메그러게, 말 나온 짐에 느가 좀 속아 주라수고해주라. 알다시피 지금은 내가 좀…."

결국 석준이 나섰다. 응옥이 따라오면서 자꾸만 미안하다고 했다. 앞서 걷던 석준이 그녀의 심중을 헤아려 보았다. 한국말이 웬만큼 통하긴 해도 숫기 없는 여자가 혼자 시내로 나가 병원을 찾아 다니기는 쉽지 않을 듯했다. 고맙다가 아니고 미안하다는 것은 자기가 시댁 식구들에게 부담이 되었다는 자책이지 싶었다.

MRI를 비롯 의사가 권하는 검사를 두루 받아 보았지만 잡히는 건 없었다. 담당 의사도 뇌 사진을 들여다보며 고개만 갸웃거렸다. 병원을 나오는 길에 그녀가 진땀을 흘리며 벽을 짚었다. 빗방울이 뺨을 스쳤다. 석준은 응옥의 손을 끌고 찬바람을 피해 병원 근처 카페로 들어갔다. 그녀의 지친 모습이 안쓰러웠고 따뜻한 물이라도 한 잔 마시게 하면 덜 하겠지 싶었다. 아담한 분위기에 녹아 있는 커피향이 좋았다.

"베트남 커피 주문할게요. 하노이 출장 가서 마셔 봤는데 좋더라구요. 따뜻한 게 들어가면 어지럼증이 조금은 가라앉을 겁니다."

석준이 서먹한 분위기를 피하려 멋쩍게 웃으며 말을 붙였다. 그녀를 이처럼 가까이 마주한 건 처음이었다. 응옥이 심호흡으로 숨을 가다듬더니 엷은 미소를 보였다.

"미안…해요."

"괜찮아요, 말해 보세요. 제가 알아도 되는 거라면."

응옥이 앓는 두통의 원인이 신경과민일 수도 있다는 의사의 소견을 들은 터라 그녀의 긴장부터 풀어 주고 싶었다. 남편이 너무 바쁘다 보니 대화 상대가 되어 주지 못한 이유도 있을 거라는 짐작을 했다.

"꿈 꿔요, 무서운…. 그리고…, 소리도 들려요."

시어머니와 시할머니의 임신에 대한 기대와 성화 때문에 받은 스트레스가 원인인가 싶었는데 그건 아닌 듯했다. 어차피 응옥에겐 문제가 없다는 산부인과의 진단 결과도 있지 않았나. 누명 아닌 누명이 풀렸으니 그게 원인이라면 오히려 있던 두통도 사라져야 맞는 것이었다. 성장기 어린애도 아니고 그게 꿈 때문이라니 믿기지 않았지만 본인이 그렇다니 믿을 수밖에.

혹시나 하고 내과와 신경정신과에서 몇 번의 진찰을 더 받아 보게 했다. 결과는 마찬가지였고 신경성이라는 진단이 전부였다. 응옥이 석준과 함께하는 시내 나들이를 좋아하는 것 같았다. 명준도 석준에게 고마워했고 석준도 그녀와 이야기 나누는 게 싫지 않았다. 병원 가는 날이 은근히 기다려지기까지 했다. 병원을 나올 때마다 그는 근처 카페로 응옥의 손을 이끌었고 마주앉으면 데이트하는 기분이 들었다.

"아저씨가 친구 만나는 거 나쁘대요. 아참, 그런데 으음…, 도러언 님."

남편을 아저씨라고 부르는 응옥이 석준에 대한 호칭은 여전히 입에 붙지 않나 보았다.

"형수님, 그거 구닥다리에요."

석준이 자세를 정면으로 고쳐 앉으며 소리 내어 웃었다. 응옥이 고개를 갸웃거렸다.

"그게 말이죠, 으음…."

한국어를 배우는 외국인들에겐 호칭처럼 헷갈리는 게 없을 것이었다. 마땅한 설명을 궁리하는데 테이블 위에서 호출기가 몸을 떨었다. 석준이 카운터로 가 아메리카노 두 잔을 들고 자리로 돌아왔다. 응옥이 긴 속눈썹을 들어 올리며 석준의 의중을 파고들었다. 그러고는 석준에게 오빠로 불러도 되는지 물었다. 밤마다 텔레비전 드라마로 한국어를 공부하는 그녀가 젊은 여자들의 말투를 익힌 것 같았다.

"차라리 그게 낫겠네요. 우리 둘만 있을 때는요, 하하"

석준은 그렇게 대꾸하며 미열을 느꼈다. 나이 어린 형수에게 편한 상대가 되었다는 안도감 말고도 딱히 꼬집을 수 없는 야릇한 감정이었다. 그녀가 오빠라는 호칭에 묻어 있는 어감을 알까.

"오빠도 내 친구들 싫어요?"

화제가 원위치로 되돌아왔다. 베트남 사람들과 인연을 끊고 살아야 한국에 빨리 적응한다는 명준의 주장에 동조하는지 묻는 거였다.

얼마 전 건넌방에서 들려온 명준의 목소리가 거칠었다. 응옥은 기어드는 소리로 '미안해요'만 연발했었다. 응옥이 일하러 온 노동자들 사이에서 베트남 남자를 발견하고 한참 동안 이야기를 나눈 날 밤이었다.

"그날 그 남자, 아는 사람이었어요? 그게 지난주 월요일이었나…."

석준이 말끝을 흐리며 물었다. 새삼스럽긴 했지만 여러 날이 지났음에도 궁금증이 사라지지 않던 참이었다. 식은 커피를 한 모금 홀짝이더니 응옥이 입을 열었다.

"고향에서 왔다고 해서…."

그녀의 눈 밑이 벌게졌다. 아직도 억울한 표정이었다. 그녀가 이따금씩 자신들의 언어로 누군가와 통화를 했지만 명준이 곁에 있을 땐 여간 눈치를 보는 게 아니었다. 신호음이 울리자마자 서둘러 통화 정지 버튼을 누르고는 또다시 '미안해요', 하며 머리를 조아렸다. 명준은 '미안할 짓을 안 하면 될 거 아녀'라고 뾰로통하게 대꾸했다.

응옥은 베트남 북부 출신이었다. 하노이 외곽 농촌에 한쪽 눈을 잃은 아버지와 병약한 어머니가 산다고 했던가. 자매는 모두 다섯이고 막내 동생만 아들인데 응옥은 여섯 남매 중 셋째였다. 언니 둘은 출가했고 두 여동생과 막둥이가 부모와 함께 사는데 남동생의 고등학교 뒷바라지에 온 식구가 매달리는 형국이었다. 시집간 언니들도 도울 형편이 되지 않았다. 멋쩍게 웃으며 '우리 집 괜찮아요' 했지만 그리 괜찮은 것 같지 않았다.

"그럼 여동생 둘은요?"

너무 꼬치꼬치 캐묻나 싶어 석준이 헛웃음으로 분위기를 바꿨다. 응옥이 다시 '괜찮아요' 하며 순순히 말꼬리를 이었다. 여동생들은 초등학교 졸업 후부터 하노이 주변 신발 공장, 섬유 공장 등을 전전하고 있었다. 자매들 중 그나마 고등학교를 졸업한 건 응옥이 유일했다.

"그런데 저어, 우리 형 어디가 맘에 들었어요?"

무례하게 보일까 봐 시선을 맞추며 최대한 부드러운 표정을 지었다. 책임질 수 없는 묘한 감정도 털어 낼 겸, 석준은 이참에 묵혀 둔 궁금증을 해소하고 싶었다. 한국인과의 결혼으로 궁핍한 친정을 돕고 싶었대도 이해 못 할 바는 아니었다. 웬만큼 배운 처녀가 자기보다 열 살이나 많은, 그것도 장애를 가진 남자를 선택했을 때는 그럴 만한 이유가 있어야 되는 거였다.

"아저씨 착한 사람이에요. 솔직하고요."

석준은 고개를 끄덕여 주었다. 잔꾀 부릴 줄 모르는 명준이 숨김없이 자신을 노출했을 것이었다. 응옥이 무슨 말인가를 더 하려다 입을 닫았다. 수줍음이 뺨에 배어 나왔다. 석준은 그녀의 시선을 훔치다 불쑥 올라오는 질문 하나를 목구멍 아래로 애써 눌렀다. 신랑감에게 정말로 애정을 느꼈는지 궁금했는데, 왜 아니었겠나 싶다가도 그녀에게서 현재 진행형으로 이어지는 답을 듣는다면 질투가 날 것 같았다.

응옥의 한국어 실력이 하루가 다르게 늘고 있었다. 석준은 자신이 부담 없는 대화 상대가 되어 주고 선생 노릇을 잘 한 덕분이라는 생각에 우쭐해졌다.

그녀의 한국 생활도 벌써 8년째, 외모만으로는 여느 한국 여자들과 다르지 않았다. 치렁치렁 허리까지 내려오던 머리카락은 어느새 짧은 생머리로 바뀌어 있었다. 제주도 말을 곧잘 따라했고 들어 줄 만도 했다. 해군 기지 반대를 위해 동조 시위하러 들어오는 외지인들이나 마을 골목을 지나는 관광객들도 그녀를 특별히 호기심 어린 눈으로 보지 않았다. 긴 대화를 나누기 전엔 그녀가 먼 나라 출신임을 눈치 못 챌 듯했다. 시어머니 또래의 토박이 여자들과 자주 어울려 바다에 나가고 시할머니와 텃밭에서 말동무해 드린 효과였다.

어머니는 아기를 갖지 못하는 응옥을 타박하며 할머니 핑계를 자주 댔지만 정작 할머니가 응옥에게 부담을 주는 것 같지는 않았다. 할머니 댁에 나르는 잔거리 심부름도 응옥이 도맡았는데, 할머니는 응옥을 보면 두 손을 잡고 부드럽게 눈을 맞추었다.

응옥은 할머니가 쓰던 물건도 물려받았다. 하루는 할머니께 다녀온 그녀가 마루에 올라앉아 길쭉하게 감싼 검은 천을 풀었다. 안에서 나온 건 쇠끝이 닳은 빗창이었다. 그녀가 자랑스러운 얼굴로 할머니에게서 들은 이야기를 전했다. 그게 바다에 들어가 해산물 따는 도구 이상의 의미를 품고 있다는 거였다. 할머니가 응옥에게 많은 이야기를 해 준 것 같았는데, 요약하자면 '시대가 달라졌으니 너는 나처럼 살면 안 된다. 주인으로 살아라. 절대 기죽지 마라', 였다.

그러잖아도 응옥이 기죽을 여자는 아니었다. 순종적 태도와 수줍은 얼굴에도 고집과 강단이 배어 있었다. 어머니에게 배우는 물질도 습득이 빨랐다. 어린 시절의 베트남 친정 동네가 강변이었고 자연스레 헤엄을 익혔으므로 물맛이 다를 뿐 바다에서의 자맥질도 그닥 새삼스러울 건 없는 듯했다.

하루는 어머니가 마당에 들어서자마자 아찔했던 경험을 풀어 놓으며 며느리를 칭찬했다. 해녀 중에도 상군으로 불리는 어머니였지만 그날은 깊은 바위틈에 붙은, 평소보다 큰 전복을 딸 욕심에 무리한 잠수를 했나 보았다. 시야를 가리는 해초 줄기를 옆으로 걷어 내며 깊이 찔러 넣은 빗창이 하필이면 바위틈에 끼어 빠져나오지 않았다. 그걸 잃어버릴까 봐 한쪽 끝에 줄을 달아 허리에 묶었는데 그날따라 주머니칼을 뽑아 들고 애를 썼지만 줄이 여간 질기지 않았다. 숨이 차고 정신이 혼미해진 순간 뒤에서 누군가 단칼에 노끈을 잘라 주고 어머니를 수면 위로 밀어 올렸다. 그게 응옥이었다는 건 짠물을 게워 내고 정신을 차린 뒤에야 알았다. 고부 사이가 오랜 동무처럼 사근사근하게 바뀐 계기였다.

뒷문을 열면 야트막한 언덕에 보이는 할머니의 집으로 자손들이 자주 올라가긴 했지만 할머니가 몸소 내려오는 일은 드물었다. 평생을 물질로 지낸 사람치곤 할머니에겐 어딘지 모를 위엄이 있었다. 번듯한 가문의 따님이라 그렇다는 말을 어머니에게 듣긴 했지만 할머니는 무슨 비밀이라도 감춘 사람처럼 말수가 적었다.

할머니 방에 걸린 결혼사진 속 젊은 여인은 포기한 듯 멍한 표정이었지만 미색만큼은 두드러졌다. 귀 뒤에서 말아 올린 머리도 세련된 스타일이어서 요즘 젊은 여성들 못지않았다. 싱글 양복에 바지가 헐렁한 남자는 어딘지 모르게 촌스런 느낌이었는데 오히려 하얀 웨딩드레스에 백합꽃을 들고 선 신부가 돋보였다. 연지곤지 찍고 식을 올리던 시절 아니었나, 갸웃하며 석준은 사진을 오래 바라보았다. 신부의 오뚝한 코 밑으로 화난 듯 야물게 닫힌 입술이 보통내기가 아니었음을 말해 주고 있었다.

언젠가 아버지가 주위를 살피며 어머니에게 귀띔했었다. 할머니가 여맹위원장이었다고. 석준이 초등학교에 막 들어갔을 때였다. 빠끔히 열려 있던 안방에 묘한 긴장감이 돌았고 부모의 귓속말을 엿들었다는 죄책감 같은 게 어린 가슴에 오래 남았다. 그게 사실이라면 해방 직후 어지러운 시절의 일이었을 것이다. 석준이 언젠가 형에게 물었다. 혼자만 간직하기엔 비밀의 무게가 너무 버거웠다. 형이 대답 대신 꿀밤을 먹이며 입술에 검지를 세웠었다. 그 순간 공포감 같은 게 목덜미를 감고 지나갔다.

뜬금없이 되살아난 그때 기억이 석준의 머릿속에 똬리를 틀었다. 할머니가 고 심방을 들먹인 뒤부터였다. 그에게 응옥을 데리고 가 보라는 거였다. 할머니가 평소답지 않게 석준네로 자주 내려와 어머니에게 같은 말을 반복했다. 할머니가 돌아간 뒤에 어머니는 '느네 할망 좀 이상해진 거 닮지 안허냐? 사람이 갈 때가 되면 기억이 희미해졍 자기가 한 말을 자꾸만 잊어버려라 마는…' 하며 걱정 섞인 흉을 보았다. 얼핏 노망, 이라는 말을 꺼내려다 참는 듯도 했다.

하지만 할머니 성화가 아니더라도 머리를 싸매고 아침부터 허리를 꺾어 토하는 응옥을 그냥 놔둘 순 없는 노릇이었다. 식구들이 미간을 좁혀 서로의 얼굴을 바라보며 심중을 헤아렸다. 입덧인가 싶어 은근히 미소 짓던 어머니도 자신이 먹던 진통제를 더 이상 나눠 주지 않았다. 병원마다 신경성 외에 별다른 진단을 내놓지 못하자 실망이 크던 참이었다. 석준도 자신이 말동무해 준 뒤로 조금씩 나아지는가 싶더니

다시 증세가 심해지는 형수를 보며 대책을 찾던 중이었다.

"나도 몰르키여. 할망이 하도 말씀허난 속는 셍치고 느가 혼번 고치 다녀오라. 요새는 도력이 희미해진 건지, 너럭바위에 나강 시키지도 않은 굿을 혼자 해라마는…."

"어이구 참, 어멍도. 지금이 어떤 세상인디…."

"꼭 경만 생각할 것도 아닌 게…, 병원서도 모른댄 허난 어떵헐 거니. 고 심방도 젊을 땐 제법 영험해셨져. 귀신 들엉 지랄병 난 사롬, 헛것 보고 경기 든 아이덜, 하영도많이도 살피지 안 해시냐. 그이가 어멍 심방한테 배운 건 느도 알지 안 햄시냐? 석준이 느도 열병으로 눈 뒤집어질 때 그 어멍이 고쳤져. 문막레 심방 모르는 사롬 어서나시난없었으니. 말도 말라. 눈 팡팡 오는 밤중에 늘너를 업엉 내창내 건넝 올라가는디, 그 땐 모수운무서운 줄이나 알아시냐. 느네 아방은 그때도 술 취행 쫓아오당 맺 번이나 자빠지고. 혼마하마트면 돌도 못 냉긴 널 먼저 보낼 뻔허지 안 해시냐. 아이고 그 노릇 지금 허랜 허민 다신 못 헐 일이여."

응옥을 데리고 집을 나섰다. 석준은 차를 몰고 갈까 하다 이내 생각을 바꿨다. 차를 타더라도 내려서 계곡 따라 10여 분은 더 걸어 올라야 하는 길이었다. 두 오름 사이의 좁은 시멘트 도로가 끝나는 지점에서 만나는 곶자왈은 어머니에게도 힘이 들 테고 그렇다고 형을 걷게 할 순 없었다.

실인즉 석준은 응옥과 함께하는 시간이 즐거웠다. 응옥은 이해력이 좋았다. 늘어 가는 한국어 실력도 그랬지만 간간이 주고받는 제주어도 둘 사이의 동질감을 만들어 주기에 충분했다. 그녀가 던지는 질문에 답하다 보면 한동안 잊고 있던 사투리가 정겹게 재생되곤 했다.

제주는 넓은 섬이어서 동서남북의 언어가 조금씩 달랐다. 석준도 섬의 북쪽 동네로 다니다 보면 나이 든 토박이들의 대화가 귀에 딱 들어붙지 않은 적이 있었다. 이를테면 응옥이 배운 말은 남제주 사투리였다. 그것도 중산간 출신 노인들이 재미 삼아 가르치는 토속어를 응옥이 스펀지처럼 빨아들인 결과였다. 즐거움과 두통은 반비례하는 법. 석준은 아침부터 소풍 가는 날이라며 응옥을 부추겼다. 응옥도 도시락 가방을 챙겼다.

멀리 북으로 한라산 정상이 보였다. 느지막이 출발한 5월 하순의 산길이 팍팍했다. 도순교를 지나 강정천을 따라 올랐다. 계곡 왼쪽으로 오름이 나타났다. 궤사리오름이다. 잠시 후 오른쪽으로 꺾어 들었다. 분뇨 냄새를 맡은 것 같았는데 이내 '제주흑돼지농장' 간판이 다가왔다. 잰걸음으로 축사를 에둘렀다. 역겨운 냄새가 한참을 따라왔다. 민망하기도 하여 응옥의 관심을 돌리려고 얼핏 보이는 후박나무의 약효를 들먹이며 길을 재촉했다. 20년이 다 되는 기억을 더듬은 끝에 활오름으로 가는 오솔길을 찾아 냈다. 어릴 때 아버지를 따라 자주 다니던 길이었다. 아버지가 가꾸던 귤 밭을 만났을 땐 집을 나선 지 반 시간쯤 지나 있었다. 여전히 귤나무가 많았다.

뒤따르던 응옥이 석준이 멘 배낭을 당겼다. 쉬어 가자는 신호였다. 배낭을 열고 응옥이 미리 넣어 둔 도시락을 꺼냈다. 석준이 좋아하는 베트남식 김밥이었다. 이른바 월남쌈. 전날 마을 밖으로 나가 농협 마트에서 구해 온 파인애플과 파프리카, 그리고 할머니가 기르는 양파와 오이를 썰어 넣고 쌀국수와 함께 라이스페이퍼로 말던 그녀를 곁눈으로 보았던 터였다. 종잇장처럼 얇은 투명 막 안에서 색색의 재료가 식욕을 자극했다. 응옥이 담아 온 커피 맛이 그만이었다. 기억의 모서리에서 애란과 마시던 스타벅스 까페라떼 냄새가 풀려 나오자 석준은 잠시 욕지기를 느꼈다. 그는 도시형 여자들과는 결이 다른 응옥의 매력에 흠뻑 젖어 들었다. 그것은 맑은 샘물 같았고 애잔하면서도 뭉근했으며 슬픔과도 닮아 있었다. 발아래로 펼쳐진 푸른 바다와 종려나무 숲을 훑고 올라온 바람 속으로 응옥의 커피향이 엷게 스며들었다. 석준은 먼 하늘로 시선을 옮겼다. 키 큰 후박나무 우듬지 사이로 깔린 새털구름이 천사의 날개로 보였다.

"그만 가요."

그녀가 자리를 털고 일어나 빈 텀블러를 집어넣은 배낭을 둘러맸다.

"다 왔는데 이리 주세요."
"괜찮아요."
"지금은 머리 안 아파요?"

그녀가 가지런한 이를 드러냈다. 지끈거린다며 이마에 주름을 잡던 얼굴이 산으로 들어오면서 환하게 열려 있었다. 그냥 산속 공기를 쏘인 효과려니 했다. 그녀가 앞장서서 몇 발짝을 떼다 걸음을 멈췄다.

"여기 와 본 것 같아요."

그녀가 손을 뻗어 아버지의 귤 밭이 있던 가장자리를 가리켰다. 한때 삼부자가 벽돌을 날라 지어 놓은 변소만 한 헛간이 밭 한구석을 차지한 채 옛 모습 그대로였다. 가까이 가서 빠끔히 열린 함석 문짝 틈으로 눈을 넣었다. 어둑한 창고 안에 계곡물을 끌어올리는 펌프와 큼지막한 고무통이 들어 있었다. 누군가 나름 열심히 경작하는 모양이었다.

'저 밭을 팔고 육지에 나가 대학을 다녔는데…. 취직해서 번 돈을 다 모았더라면…' 속절없는 상상 끝에 답은 정해져 있었다. 그랬더라도 팔아먹은 밭을 되사진 못할 것이었다. 제주의 땅값은 이미 천정부지였다. 석준은 자신의 처지를 생각할수록 가슴만 답답했다. 머리가 맑아지고 속이 시원해졌다는 응옥과는 반대였다.

"어머니랑 여기 와 봤어요?"

응옥이 고개를 저었다.

"마음에 드는 곳이라 익숙하게 느껴지나 보죠 뭐."

말이야 그렇게 했지만 그 또한 예삿일은 아닌 듯했다.

"아참, 지난번에 저랑 병원 가던 날 꿈 이야기했었죠? 무슨 소리가 들린다고 하지 않았나요?"

"그게 저어…."

응옥이 갑자기 시무룩해졌다. 이번에는 석준이 '괜찮아요'를 연발했다. 괜한 걸 물었다는 생각이 들어 응옥에게서 눈길을 돌려 가던 길을 재촉했다.

먼발치에 낡은 집 한 채가 나타났다. 고 심방의 당집이었다. 여전히 밧줄로 묶어 놓은 지붕이었지만 바람이 세게 불면 지푸라기가 날릴 것 같았다. 처마에 붙여 세운 장대 끝에서 누르스름하게 바랜 흰색 깃발이 펄럭였다. 신당임을 알리는 표식이었다.

여기저기 무너져 내린 돌담이 몹시도 을씨년스러웠다. 정낭을 끼우는 돌기둥 옆의 별채는 폭격이라도 맞은 듯 한쪽 벽이 뚫린 채 안이 들여다보였다. 어둑한 흙벽에 망태기가 걸려 있고 그 아래 곡괭이와 삽이 놓여 있었다. 한때는 그 안에서 마소가 여물을 먹고 있었을 것이었다.

석준은 마당에 풀 밟힌 흔적을 따라 안채로 눈을 돌렸다. 오랫동안 사람 손을 타지 않은 마당이었지만 돌담 아래 가지런한 꽃들엔 공들여 가꾼 흔적이 묻어 있었다. 마당 한쪽에서 분홍 수국이 흐벅지게 만개한 자태를 드러냈고, 담장을 기어오른 넝쿨장미가 햇볕을 받아 붉은 열기를 토했다. 어릴 적 어머니 손을 잡고 와 본 기억 속 그 집이 아니었다. 그때는 안채와 사랑채 사이의 마당이 깔끔하게 정리되어 여염집보다 넓어 보였다.

마을마다 교회가 들어서고 '미신 타파' 구호가 사람들을 다그치던 시절에도 더러는 당집을 찾았다. 심방을 마을로 불러들이는 대신 무대를 깊숙한 산속이나 계곡으로 옮겨서도 무속 신앙의 명맥이 이어졌다. 그때만 해도 어멍 심방 문막례가 굿을 주관했었다. 굿이 있는 날엔 심방을 돕는 소미들이 마당을 분주히 오갔고, 과일이며 떡이며 해산물 술통 등을 진 지게꾼이 계곡을 따라 올라오곤 했다.

정낭에 걸치는 막대기 세 개가 모두 왼편 구멍에서 빠져나와 바닥에 내려져 있었다.

“심방 어른, 안에 계시꽈?”

마루 끝에 한 줄로 세워진 네 칸짜리 바람막이 새시 문짝이 모두 닫혀 있었다. 석준이 몇 차례 헛기침을 하고 나서 툇돌 위로 올라 문을 두드렸다. 해변으로 내려올 때 말고는 거의 두문불출한다는 소문을 들은 터라 고 심방의 부재를 염려하진 않았었다. 한 번 더 불러봤지만 안에선 인기척이 들리지 않았다. 석준은 마당에 선 응옥에게 잠깐 기다리라는 손짓을 하고 출입문 손잡이를 옆으로 밀었다. 낡고 틈이 벌어진 새시 문짝이 바닥에 끌려 새된 소리를 냈다.

마루를 건너 지게문을 당겨 열고 문지방을 넘었다. 어두침침한 실내에 적응되자 눈앞으로 제단이 다가왔다. 굿당이었다. 절간 뒷마당의 산신각을 연상시키는 그림을 배경으로 제단 위 목기들이 과일을 받치고 있었다. 사과와 참외 그리고 주먹만 한 귤이었다.

놋쇠 향로에 꽂힌 향 꼭대기의 꼬부라진 재와 방안을 맴도는 연기로 석준은 심방이 멀리 가진 않았음을 짐작했다. 제단 위 정화수가 눈길을 당겼다. 심방이 무엇을 빌고 있었을까 궁금했다. 어느새 마루까지 올라온 응옥이 열린 방문 안으로 고개만 밀어 넣고 기웃거렸다.

"우리도 이런 거 많아요."

베트남에서도 향 피워 제사 지내는 풍습이 있다는 거였다. 밖에서 무슨 소리가 들렸다.

"거 누게라?"

쉰 듯한 목소리의 주인공은 고 심방이었다. 심방의 손에 골갱이호미가 들려 있었다. 텃밭에서 일하다 들어온 모양이었다. 굿을 의뢰하는 사람도 없어진 터라 그도 생계를 그렇게 유지하나 보았다. 응옥이 죄라도 지은 양 부리나케 마당으로 뛰어나가 고개를 숙였다.

"안에 계신 줄 알고…."

석준은 겸연쩍은 웃음으로 알은체를 했다. 오래전 동네 조무래기를 그가 기억할 리 없지만, 최근에도 비대위 천막 앞에서 몇 차례 맞닥뜨린 터라 그에게도 석준이 낯설진 않을 것이었다. 석준은 삼거리 시위 현장에서도 그를 본 적이 있었다. 그는 지척의 마을 회관 정자 모퉁이에서 가늘게 뜬 눈으로 이쪽을 지켜보았다. 그때 그가 석준을 물끄러미 바라보다 말없이 돌아섰고 석준은 오랫동안 뇌리에서 그의 뒷모습을 지울 수 없었다.

응옥이 고 심방에게 깊이 머리 숙여 인사했다. 그녀의 얼굴을 뚫어져라 들여다보던 고 심방이 갑자기 놀란 사람처럼 뒤로 물러났다. 그러고는 양 손바닥으로 자신의 귀를 막으며 숨을 몰아쉬었다. 석준이 주인 없는 방에 들어 미안하다는 말을 하려는데 고 심방이 손사래를 치며 느리게 말했다.

"혼저 데령 어서 데리고 내려가게!"

그의 목소리에서 고통 같은 게 느껴졌다. 밑도 끝도 없이 무슨 소린가 싶어 석준이 한 걸음 다가가 말을 붙였다.

"심방 어른, 형수가 많이 아픕니다. 어른이 나성 도와 줍서."

그가 눈을 감고 다시 제 귀를 막았다.

"나중에 보게. 자넨 그 길이 얼마나 험헌 줄 몰라."

그가 지친 얼굴로 어깨를 돌려 안으로 들어갔다. 방문이 덜커덕 소리를 내며 닫혀 버렸다. 멍해진 석준은 마당에 서서 한참을 생각했다. 알쏭달쏭했지만 그냥 내려가라는 뜻인 건 분명했다. 오늘은 일단 철수하고 볼 일이었다. 그가 나중에 보자고 했으니 아주 내쳐진 것도 아니잖은가.

"이보 전진을 위한 일보 후퇴, 아세요?"

눈치껏 이해했는지 응옥도 순순히 따라 나왔다.

그간에도 긴급을 알리는 사이렌이 몇 차례 더 울어댔다. 그럴 때마다 삼거리로 사람들이 모였지만 낯익은 얼굴들이 조금씩 줄었다. 불려 나온 사람들로는 중과부적이었다. 삼거리에 쌓아 둔 바리케이드용 돌담을 경찰이 치워 버린 터라 마을을 통과하려는 장비 실은 트럭을 막지 못하기는 매한가지였다.

대책위원들이 태풍에 날아간 비대위 천막을 다시 세웠지만, 경찰은 기어이 해변까지 밀고 들어와 농성장을 철거했다. 그러고는 건설업체를 동원해 너럭바위 해변을 철조망으로 에워쌌다. 그 안에 가둬진 땅이 너비 200보, 길이 1km를 족히 넘겼다.

철조망 밖으로는 일정한 간격을 두고 쇠막대기들이 세워졌다. 막대기마다 철판을 붙여 놓았는데, 거기에 새겨진 문구는 새로 들어설 해군 기지 안으로 아무도 들어오지 마라는 경고문이었다.

석준은 한밤중에 명준을 따라나섰다. 법대로 조치한다는 엄포와 폐쇄회로 카메라의 감시가 은근히 걱정되었으나 엎질러진 물이었다. 형을 혼자 보낼 순 없었다. 달빛이 길을 밝혔다. 파도도 잠잠했다. 명준이 공장에서 쓰는 절단기로 철조망을 끊었다. 잠시 후 휴대폰이 울었다. 신임회장 용재였다. 석준은 그가 실어 온 천막을 트럭에서 내려 잘라 놓은 철조망 밑으로 밀어 넣고 자신도 안으로 기어들어갔다. 그러고는 원래의 자리에 다시 농성장을 차렸다.

다음 날 저녁 너럭바위 천막 속으로 몇 사람이 더 합류했다. 양 노인도 빠지지 않았다. 그렇게 또 며칠을 넘겼으나 하루하루가 불안하긴 마찬가지였다.

"경찰이 집에 왔다 갔져."

용재가 투덜대며 점퍼 안주머니에서 꺼낸 건 계고장이었다.

"모레꼬지 철거 안허민 현장에서 잡아간댄 허네. 여기를 아예 폭파시킬 거라고."

“나라가 본디 깡팬걸, 지덜이 우리 땅을 사용하겠다면 무신 수로 막을 거냐 이 말이여.”

“자연 보호? 말이 좋아 그렇지, 니기미 아명아무리 떠들어 본댄 소용이 이실 거냐고. 쇠귀에 경 읽긴디.”

“잘라 놓은 철조망쯤이야 그놈덜이 또 붙여 놓을 거고.”

용재의 걱정에 다들 한마디씩 푸념을 보탰다. 늘 듣던 소리라 새삼스러울 것도 없었다. 사유지가 아닌 해변에 국가 시설이 들어오는 걸 주민의 이름으로 막는 데도 한계가 있었다. 자연 보전 지역으로 정해두고 개발을 제한하던 오래된 규제마저 지방 정부가 나서서 푸는 중이었다.

“이젠 어떵허민 좋을 거니?”

“어떵은 마씸. 허는 데까지 해 보는 수배끼.”

결기를 다지는 용재의 말이 오히려 처량하게 들렸다. 달궈진 해가 서쪽 바다로 빠져들고 있었다. 핏빛 저녁놀에 농성장 분위기가 한층 더 가라앉았다.

“여기모냥 놀이 멋진 디도 어신디…. 어서져 불기 전에 구경이라도 실컷 헙서.”

“호꼼 이시민조금 있으면 얼씬도 못 허게 헐 거우다, 저 바위 아래서 원 어시 몸도 곰고원 없이 멱도 감고."

"석준이 느도 어릴 때 저 너럭바위 아래 몸 곰으멍멱 감으며 놀지 안 해시냐? 보말도 잡고."

불콰해진 얼굴로 양 노인이 끼어들었다. 이미 막걸리 한 사발을 비운 뒤였다.

"아방 생각 날 때마다 혼자 여기 앉앙 울어신디. 우리 아방 모진 목심 여기서 잃어불지 안 해시냐. 모슬 수십 호가 혼날혼시에 식게제사 지내는 그날…. 석준이 넌 모를 테쥬만, 눈발이 히어뜩허던 날 군인들이 온 부락을 뒤져 보이는 사롬은 몬 끌어당 이 바당에 던져 부렀져. 이유나 이서시냐. '무신 죄꽈?' 소리 지른 사롬은 그 자리서 바로 죽여 불고, 그 말조차 함부로 꺼내지 못 헌 사롬덜은 짐승고치같이 끌어당 여기 너럭바위서 죽여 부러시난, 어디서 죽어신지만 다를 뿐. 흐이고…, 무신 운으로 그 난리통에 살아남은 이놈의 질긴 목심, 여기꼬장여기마저 어서져 불민 어디 강 울어라도 본댄 말이냐…."

"아이고 성님도 참. 이제랑 그만 헙서. 여기 사롬덜 눈물 나게 허지 마랑 마씨."

말없이 술잔을 따르던 노인 하나가 매듭을 지으려던 찰나,

귀에 익은 소리가 들렸다. 징소리였다. 어느새 철조망 안으로 들어온 고 심방이 굿을 시작했다. 사람들이 조용히 그쪽으로 얼굴을 돌렸다. 죽은 자의 이름들이 징소리에 실려 끝없이 퍼졌다. 달빛이 풀어 놓은 은비늘이 물이랑을 타고 자꾸만 밀려왔다.

예상했던 대로였다. 해경은 철조망을 다시 치고 감시 인력을 배치했다. 감시 팀은 아침에 나타나 울타리 주변을 어슬렁거리며 마을 사람들과 실없는 시비를 벌이다 저물기 전에 슬며시 자취를 감추곤 했다. 비대위원들은 조석으로 조를 바꿔 고무보트나 뗏목을 타고 바다를 통해 너럭바위에 올랐다. 충돌 없는 몇 주가 그럭저럭 지나갔다.

해경 경비선이 뒤따라온 날도 다행히 명준 형제와 함께 남자들 대여섯이 먼저 뭍에 올랐다. 경비선에서 내린 사내들이 뒤따라와 작전을 개시했다. 농성장을 빼앗기지 않으려고 명준이 몸부림쳤다. 해경과 함께 온 용역 회사 직원이 명준의 두 다리를 움켜쥐었다. 자신의 왼다리를 붙잡은 자의 어깨를 이빨로 물어뜯은 명준이 잠시 후 퍽 소리와 함께 쓰러졌다. 들것에 실려 나간 그가 삼거리에 부려졌다. 왼뺨이 심하게 부어오르고 찢긴 입술에서 피가 흘렀다. 다음 날 그는 집으로 찾아온 경찰에 연행되었다. 끌려가는 남편의 뒷모습을 바라보던 응옥이 실신했다.

진저리를 치다 깨어난 응옥의 눈에 눈물이 고였다. 소식을 듣고 내려온 할머니가 일어나려는 그녀를 눕혀 이마에 맺힌 진땀을 닦고 물수건을 올려 주었다.

"또 꿈을 꾸언디야?"

"자꾸 그 소리가…."

할머니의 물음에 응옥이 눈꺼풀을 내리며 지친 목소리로 대답했다.

석준은 지난번 심방 집을 다녀오던 길에 응옥에게 물었었다. 꿈속에서 듣는 소리가 무엇인지 궁금하던 참이었다. 잠들 때마다 비슷한 내용이 반복된다는 그녀의 꿈 이야기를 정리해 보자면 이런 것이었다.

열 살쯤으로 보이는 소년이 숲속에서 나타난다. 그늘진 덤불 바닥이 슬며시 움직이면 풀로 위장한 사각형 덮개가 뚜껑처럼 열린다. 머리만 빠져나올 만큼 좁은 구멍 위로 소년이 두 눈을 내밀고 주위를 살핀다. 천천히 양 어깨를 좁혀 위로 올라온 소년이 가는 팔로 금속성 물건을 보듬고 있다. 어둑한 숲속에서도 물건의 뾰족한 끝이 반짝인다. 포탄이다. 그것을 어디론가 옮기기 위해 조심스럽게 발을 뗀다.

대밭에 이른 소년의 걸음이 빨라진다. 그러다 갑자기 대나무 사이로 뛰기 시작한다. 덩치 큰 군인들이 소년을 쫓는다. 자신들의 큰 몸집과 군장이 대나무에 걸려 쉽사리 거리를 좁히지 못하자 총구를 소년 쪽으로 겨누고 방아쇠를 당긴다. 다행히 총알이 소년의 등을 비켜간다.

대밭을 빠져나온 소년은 비탈길로 접어든다. 군인들도 대나무밭을 빠져나온다. 소년이 뒤를 돌아본다. 군인들이 알아들을 수 없는 소리를 지르며 바짝 다가온다. 그들의 소총에 꽂힌 칼끝이 소년의 등에 닿을 때쯤 발 아래로 계곡이 보인다.

세차게 흐르는 물을 건너야 되는데 포탄이 너무 무겁다. 팔이 끊어질 것처럼 아프다고 느꼈을 때 발이 허방을 짚는다. 소년이 고꾸라진다. 포탄이 깎아지른 낭떠러지 아래로 구르다 단단한 바위와 충돌한다. 고막을 찢는 폭음과 함께 불꽃이 튄다. 내려다보던 소년이 두 손으로 얼굴을 감싸고 쓰러진다. 손가락 사이로 피가 흘러나온다.

응옥은 소년의 감정이 그대로 느껴진다고 했다. 폭발음과 신음소리가 들리고 군인 하나가 소년의 머리에 총을 겨누는 대목에서 소스라치듯 잠을 깬다는 것이었다. 그러니까 꿈에서 그녀를 공포에 몰아넣는 소리는 포탄이 터진 직후에 들리는 소년의 신음이었다. 그녀가 생시에 듣는 환청에도 비명과 신음, 오열이 섞여 있지만 소년의 목소리는 아니라고 했다.

자고 나면 깨질 듯한 편두통과 멀미는 경찰이 마을 사람들을 밀어붙이던 날부터 시작되었다. 그녀는 명준이 시위에 나설 때마다 현장을 지켜보았다. 식구들이 말렸지만 그녀의 반응은 '집에 있는 게 더 무서워요'였다. 석준은 그녀가 극단적 공포를 느낄 때 심해지는 증상에 주목했다. 깨어 있는 동안 그녀를 괴롭히는 환청, 그 목소리의 주인공도 소년과 관련이 있지 않을까.

명준이 잡혀간 뒤로 재판이 신속히 열렸다. 국가는 10개월 금고형에 3천만 원 벌금을 병과했다. 졸지에 폭력 전과자가 된 그가 덤으로 공사 지연에 따른 손해 배상금까지 물어야 할 판이었다. 그보다 더 큰 문제는 그의 부재로 공장이 마비되는 것이었다.

석준이 대신 공장을 맡았지만 어디부터 손을 대야 할지 감이 잡히지 않았다. 명준에게 면회를 자주 갈 수밖에 없었다. 아내 건강을 염려하는 명준의 반대로 응옥은 그때마다 동행이 거부되었다. 수감 초기에 딱 한 번 면회를 다녀온 그녀가 식구들을 놀라게 한 탓이었다. 어머니와 할머니가 유리벽 너머 명준에게 차례로 안부를 묻고는 등 뒤에 있던 응옥을 앞쪽으로 옮겨 세웠다. 응옥이 유리벽에 손바닥을 대고 더듬더듬 무슨 말인가를 하려다 이내 어금니를 깨물었다. 명준이 그만 돌아가라는 손짓을 하며 핏기 없는 얼굴을 돌렸다. 돌아오는 버스 안에서도 눈물을 훔치던 그녀가 마당에 들어서자마자 휘청거렸다. 양손으로 귀를 막고 쓰러진 그녀를 석준이 황급히 안아 올려 안방에 눕혔다. 이튿날 아침이 되서야 정신이 돌아온 그녀의 온몸이 땀에 젖어 있었다.

면회가 반복될수록 명준의 태도가 바뀌어 갔다. 처음엔 공장을 걱정하며 석준에게 이것저것 부탁을 하던 그가 점점 시국과 마을 걱정으로 면회 시간을 채우곤 했다.

"도대체 형님이 무사 경 나서는 거꽈?"

"이제사 졸바로제대로 선 기분이다."

"……"

"날 위로헐 생각은 말라. 나도 여기서 생각 많이 해시난. 내 처지가…, 서글픈 우리 역사를 닮은 것도…. 그렇다고 팔자타령만 허멍 앉아 이실 순 어신 일. 만날 주눅 들어 댕기던 절름발이 오명준은 이제 잊어 불라."

감옥을 제 발로 찾아든 사람의 얼굴이었다. 유리벽 너머에서 명준이 목을 꼿꼿이 세웠다. 지나치게 가슴을 편 자세였다. 석준의 머릿속이 갑자기 복잡해졌다. 자신보다 반 뼘이나 작았던 형의 키가 몇 달 만에 쑥 자란 듯했다. 사람 없는 길로만 다니던 형, 돌담 밑에 주저앉아 자신이 끌고 온 가는 다리를 내려다보며 '나 같은 게 살앙 뭐 할 거니', 하던 사춘기 시절 형을 떠올리며 석준은 일순 목젖이 뻐근해졌다.

"공장은 마씸?"

"당장은 느가 알앙 허라. 이러거나 저러거나."

명준의 발음이 명료했다. 더듬는 버릇은 사라졌고 잔잔한 미소에 뭔지 모를 자신감까지 배어 있었다.

석준은 혼자서라도 공장을 돌려 보고 싶었다. 형에 대한 의리이기도 하거니와 당장 돈이 아쉽기도 했다. 하지만 공장으로 걸려 오는 전화를 받기가 꺼려졌고 애프터서비스 요청이 들어올 때마다 제대로 응답할 수 없어 얼굴이 화끈거렸다. 다행히 응옥에게서 고객 명단을 건네받았다. 한 달이 지나 석준은 자신이 할 수 있는 고객 서비스를 크게 두 가지로 압축할 수 있었다. 간단한 무상 수리와 유상 부품 교체.

베어링과 체인이 주로 말썽을 부렸다. 무리하게 힘을 받은 베어링이 깨지기도 했고 트럭 엔진에서 퇴비 살포기로 동력을 전달하는 체인이 톱니바퀴를 이탈하는 것도 문제였다. 석준은 어깨너머 배운 실력을 최대한 발휘하여 고객들의 요구를 웬만큼 맞춰 줄 수 있었다. 자전거 체인과 작동 원리가 다르지 않았으므로 때로는 헐거워진 조인트를 조여 주기만 해도 기계가 정상적으로 작동되었다. 부속품만 보내면 알아서 갈아 끼우겠다는 고객도 적지 않았다. 그의 방문이 늦어도 크게 타박하지 않았다. 시골이라 한 집만 건너도 아는 사람들이므로 야박하게 구는 사람은 적었다.

석준은 샤링기와 프레스기에도 조금씩 적응이 되었다. 새로운 제품을 만들진 못해도 명준이 만든 기존의 것과 똑같은 모양을 만들어 보고 싶었다. 철판을 자르는 샤링기는 비교적 단순했으나 평평한 철판을 눌러 입체적으로 찍어 내는 프레스기는 조작이 어려웠다. 도면에 맞춰 볼트 구멍을 내는 작업 정도야 해 볼 만했지만 잘라 놓은 철판을 붙이는 용접은 또 다른 과제였다.

하마터면 프레스 기계 밑으로 들어간 손가락이 타이밍을 맞춰 빠져나오지 못할 뻔도 했다. 안전장치를 걸어 두는 걸 깜박 잊은 탓이었다. 석준은 자신의 손가락을 오랫동안 바라보았다. 그것이 제 몸에 붙어 있되 교체 불가능한 부품이라는 사실을 아는 데는 몇 초면 충분했다. 잠시 진저리를 쳤다.

식은땀이 등골을 타고 내렸다.

그럴수록 주인이 자리를 비운 공장에 정성을 들였다. 형이 석방되는 날 번듯하게 돌아 가는 현장을 보여 주고 싶었다. 외주 제작 유혹도 없진 않았으나 대량 주문이 아닌 바에야 단가를 맞출 수 없었다. 난이도 높은 기술은 더디더라도 전문가를 찾아가 배워야 했다. 창고엔 명준이 확보해 둔 부품이 꽤 남아 있었다. 충분한 자신감을 얻을 때까지 준비하자, 새로운 주문을 받지 말고 이미 판매한 제품 관리에 치중하자. 고심 끝에 내린 절충안이었다.

응옥도 석준을 따라다니며 일을 도왔다. 그녀가 오후엔 두통이 덜하다며 공장에 나와 또박또박 공들인 발음으로 고객들의 전화를 받았다. 기존 명단과 대조해 가며 석준의 출장 스케줄을 잡아 주기도 했다. 그녀가 먼저 공구통을 챙기는 게 석준도 싫지 않았다. 석준이 트럭 밑으로 들어가 바닥을 살필 땐 응옥이 곁에서 공구를 집어 주었고 필요한 크기의 나사를 미리 골라 건네주었다. 말하자면 그녀는 석준의 유능한 조수였다.

3

베트남

"아명해도 안 되키여. 혼번 댕겨 오랜허라."

아침 밥상 앞에서 응옥이 또다시 쓰러진 날 부리나케 내려온 할머니가 뜸을 들이며 입을 열었다. 응옥을 친정에 보내 보자는 제안은 어머니가 먼저 꺼냈는데 할머니의 묵혀 둔 허락이 이제야 떨어진 거였다. 걱정 어린 표정이야 고부가 다르지 않았으나 할머니는 마지못해 따라 주는 모양새였다. 고심방에게 기대는 마음에도 차이가 없어 보였지만 응옥에게 물질을 가르치며 지켜본 어머니가 좀 더 현실적인 대안을 찾는 눈치였다.

석준을 바라보는 할머니의 눈빛에 안타까움이 그득했다.

당집에서 쫓기듯 되돌아온 사실을 이미 응옥에게서 들었을 터, 고 심방에게 좀 더 적극적으로 간청하지 못한 걸 못내 아쉬워하는 눈치였다. 방으로 데려다 눕힌 환자에게 들릴세라 어머니가 목소리를 낮추었다.

"느 생각은 어떵허니?"

그러니까 그녀가 베트남으로 돌아가고 싶어 과장하는 건 아닌지, 무슨 낌새를 챈 건 없는지 석준에게 묻는 거였다.

"저야 뭐 그저…."

어정쩡하게 대꾸했지만 석준은 상황이 잘 풀리면 뜬금없는 베트남 여행을 하겠구나 싶었다. 딱히 할 일도 없는 작은 아들이 순순히 따라나설 거라는 믿음이 어머니의 질문에 깔려 있었다. 석준이 슬그머니 숟가락을 놓고 마루에서 엉덩이를 떼었다. 소나기처럼 지나간 법석 때문에 밥맛이 싹 가신 뒤였다.

뒤통수로 들은 동네 아낙들의 대화 속에 일전에 마을에서 도망친 중국 여자 이야기가 있었다. 마을 늙다리에게 시집온 그 여자는 삼 년을 겨우 넘겼는데 어느 날 어린 자식을 데리고 종적을 감췄다는 거였다. 남편이 중국까지 찾으러 갔지만 허탕치고 돌아와 넋을 빼놓은 채 술로 세월을 보낸다고 했다. 다음 스토리는 듣지 않아도 빤했다. 그 여자가 훔쳐 낸 돈이 얼마라느니, 부부 싸움이 잦았다느니, 바람기 있어 몰래 누굴 만나는 걸 본 사람이 있다느니, 거개가 그런 거였다. 소문을 옮기는 아낙들이 가끔은 사내의 주먹질을 탓하기도 했다. 여자가 달아난 이유가 그럴듯해야 이야기의 균형이 잡히고 아퀴가 맞게 마련이었다.

짐작대로였다. 어머니가 석준에게 두툼한 봉투를 내밀었다.

"이걸로 일주일만 혼디함께 댕겨오라."

"……."

"혼자 보내기가 좀…."

심각한 표정으로 보아 어렵사리 내린 결론이란 걸 충분히 알 수 있었다. 말하자면 석준에게 맡겨진 역할은 응옥의 길동무 겸 행여 있을 위험의 감시자였다.

"무사, 형수가 도망이라도 칠까 봐 조다람수과걱정하십니까?"

"꼭 경해영그래서 허는 얘긴 아니고, 느 성도 어시난없으니…."

할머니는 비교적 담담했지만 어머니의 표정엔 근심이 잔뜩 묻어 있었다. 석준은 카메라부터 챙겼다. 운이 좋으면 몇

컷 건져 올지도 모를 일. 베트남에 대해 좀 더 알고 가기로 했다. 이제 와 베트남어를 배우긴 글렀지만 그 나라의 역사와 문화 정도는 알 필요가 있었다. 그러다 보면 좋은 일자리가 생길지도 모르고. 은근히 설렜다.

노트북을 열고 검색을 시작했다. 베트남의 정치와 경제에 대한 기사를 훑던 중 도이모이라는 단어가 눈길을 잡았다. 중국의 어제와 오늘이 다르다면 베트남은 아침과 저녁이 다르다는 말을 들어 온 터였다. 그새 많이 변해 있을 것이었다.

눈에 익은 하노이 노이바이 공항에 도착했다. 석준은 애란을 데리고 광고 찍으러 왔을 때를 떠올렸다. 가슴에 묘한 흥분이 일었다. 파트너가 바뀌었을 뿐, 좋은 결과를 얻어 귀국해야 한다는 목표는 다르지 않았다. 응옥은 오랜만에 친정 식구들을 만날 기대로 한껏 달떠 있었고 석준은 그런 그녀의 모습이 보기 좋았다.

그녀가 끙끙대며 입국장 컨베이어벨트 위에서 가방을 내렸다. 그 속에 친정 부모와 동생들에게 줄 선물이 들어 있을 것이었다. 석준이 자신의 작은 캐리어와 바꿔 들자고 했지만 응옥은 소리 없이 웃으며 고개를 저었다. 행여 신혼여행 온

커플로 보이지 않을까 계면쩍었다.

구름 낀 날씨라 볕이 강하지 않았는데도 석준은 입국장 밖으로 나오며 선글라스를 썼다. 그러다 문득 생각이 바뀌었다. 신혼부부로 보이면 또 어때. 이내 선글라스를 벗어 버렸다. 묘한 해방감이었다.

하노이는 소음과 배기가스에 갇혀 있었다. 5년이 조금 넘었을 뿐인데도 전보다 훨씬 더 북적거렸다. 여전히 인도와 차도의 구별이 없었고 사람과 승용차, 트럭, 손수레, 오토바이가 뒤엉켰다. 번화가를 걸어 다니자면 외지인에겐 상당한 각오가 필요할 성싶었다. 석준과 응옥이 탄 택시가 번잡하고 좁은 시장 골목을 요리조리 잘도 빠져나갔다. 택시 범퍼를 스친 오토바이가 뒤도 돌아보지 않고 지나갔다. 그건 택시도 마찬가지였다. 사소한 일에 신경 쓸 거 없다는 태도였다.

작은 플라스틱 의자를 길가에 놓고 앉아 음료수를 마시거나 밥을 먹는 풍경은 그대로였으나, 예전과 달리 젊은이들이 휴대폰을 하나씩 쥐고 있었다. 깔끔하고 세련된 옷차림에 넓적한 최신형 스마트폰을 들여다보는 이들도 더러 눈에 띄었다. 여기저기 파인 아스팔트에 고인 물은 스콜이 지나간 흔적이었다. 응옥이 손가방에서 꺼낸 쪽지를 들여다보며 택시

운전수에게 자주 말을 걸었는데 손짓으로 보아 길을 가르쳐 주는 듯했다.

"거의 다 온 것 같아요."

알아듣지 못하는 언어에 귀를 닫고 차창 밖을 두리번거리던 석준에게 들려온 한국어였다. 그녀가 한마디 더 보탰다.

"식구들 이사했어요."

그제야 석준의 의문이 풀렸다. 응옥을 농촌 출신으로 알고 있었는데 택시가 도시 중심부로 들어오지 않았나. 결혼 후 첫 친정 나들이라 했으므로 그녀에게도 초행길이긴 마찬가지일 터, 지나쳐 왔는지 택시가 가던 길을 되돌아와 다시 방향을 잡았다.

도시로의 진입은 얼마 전 막내 동생의 진학을 앞두고 내린 아버지의 결단이었단다. 그때까지는 하노이 외곽 한적한 마을에서 농사를 지었다는데 식구들을 데리고 천만 인구의 도시로 들어왔으니 여간 고생스럽지 않을 듯했다. 베트남도 교육열만은 한국에 뒤지지 않았고 도농 간 문화 격차가 도시로의 이동을 더욱 부추기고 있었다.

바퀴가 5분쯤 더 굴렀을까. 관광객들이 음료수를 들고 배회하는 호수 공원을 지나 오래된 건물이 밀집한 동네로 들어섰다. 응옥이 택시를 세웠다. 하수구 냄새 쿰쿰한 좁은 골목에서 노인들이 장의자에 걸터앉아 부채로 더위를 식히는 중이었다.

그들 중 한 남자가 몸을 벌떡 세워 택시로 다가왔다. 응옥이 택시비를 계산하는 동안 먼저 내린 석준이 트렁크에서 짐을 꺼내려던 참이었다. 가까이 다가온 남자가 택시를 보내며 어깨를 돌린 응옥의 두 손을 덥석 잡았다. 그녀가 울음을 터뜨렸다. 검정 뿔테안경에 살집 없는 초로의 사내. 그녀의 아버지임을 석준은 직감했다. 땡볕에 그을린 팔다리와 색을 넣은 유리알 뒤로 움푹 파인 한쪽 눈이 그가 누군지 말해 주었다. 미리 연락을 받고 골목 어귀까지 나와 딸을 기다렸나 보았다.

막다른 골목에 대나무를 겹으로 붙인 대문이 열려 있었다. 마당이라기보다는 차라리 통로에 가까운 좁은 공간에서 맨드라미 화분이 붉은 자태로 객을 맞이했다. 아버지가 큰소리로 인기척을 하자 안에서 젊은 여자 둘이 뛰어나왔고, 머리 허연 여자가 그 뒤를 따라 나와 응옥을 둘러쌌다.

잠시의 소란 뒤에 응옥이 고개를 돌려 출입문 옆에 서 있는 석준을 소개했다. 그녀가 굳이 통역해 주지 않아도 환영의 언어를 알아들을 수 있었다. 그들의 표정과 몸짓만으로도 충분했다. 석준은 낡은 벽돌집 이층으로 안내되었다. 시멘트 계단 아래에서 사람들이 떠드는 소리가 들렸다. 아래층은 다른 세입자들이 사는 것 같았다.

"미안해요, 집이 좀…."
"뭘요, 시원하고 좋은데."

석준은 면구스러워하는 응옥에게 가볍게 대꾸하며 이층으로 올라섰다. 폭이 좁고 뒤로 길게 빠진 조그만 프랑스식 건물이 앞뒤로 뚫려 있었다. 낡은 창문이 달려 있었으나 작은 집에 여러 가구가 살다 보니 소음과 노출이 오히려 자연스러운 상황이었다. 폭 3m쯤 되는 길쭉한 공간을 쪼개 만든 방이 앞뒤로 두 개였다. 그중 하나가 막내아들의 공부방이었다. 나머지 하나는 부모의 방일 것이고. 부엌으로 쓰는 공간에 플라스틱 의자 세 개가 놓였고, 맞은편 벽으로는 뒤통수 길게 빠진 구식 텔레비전이 자리를 차지했다. 주방을 겸한 거실이었다. 그 사이 어느 구석에서 넷째와 다섯째 딸이 서로 다리를 끼워 자겠지 싶었다. 텔레비전 받침대 위에 딸들 것으로 보이는 로션 병과 작은 거울이 놓여 있었다.

볼이 홀쭉한 응옥의 어머니가 커피를 권하며 석준에게 말을 건넸다. 응옥이 몹시 면구스런 표정으로 통역을 했다. 아들 방을 치워 놓았으니 머무는 동안 사용하라고. 석준이 고개를 숙여 정중하게 거절했다. 서로에게 불편한 친절이었다. 하룻밤도 아니고 일주일인데…. 그는 숙소를 예약해 놓았노라고 통역을 부탁했다. 실인즉 오는 길에 간판을 봐 둔 게스트하우스가 있었다.

석준이 머물 숙소까지 응옥이 따라와 방을 둘러보고 돌아가면서 오늘 저녁 식사는 식구들과 같이하자고 했다. 방에 딸린 테라스에서 넓은 호수가 한눈에 잡혔다. 허리춤 높이의 난간에 팔꿈치를 괴고 셔터를 누르면 맞춤일 전망이었다. 호수에 번지는 놀을 몇 컷 담아 두고 응옥의 피붙이들이 기다리는 집으로 향했다.

좁은 거실에 온 식구가 모여 있었다. 응옥의 두 언니가 분주하게 상을 차리는 중이었다. 늘 먹는다는 국수와 요리 몇 가지가 상 위에 올라왔다. 닭볶음은 귀한 손님을 위해 특별히 만든 음식으로 보였다. 응옥의 막내 남동생도 교복을 입은 채 일어서서 고개를 까딱했다.

석준은 눈을 맞추지 못하고 수줍어하는 남동생이 응옥을

많이 닮았다 생각했다. 자리가 좁아서 응옥의 두 언니는 싱크대 옆에 선 채로 젓가락에 국수를 감아 먹었다. 공장 일을 마치고 뒤늦게 합류한 여동생들도 언니들 옆에 섰다. 어머니는 겸상을 하면서도 남자들의 이야기와 응옥의 통역에 귀 기울일 뿐 음식에 거의 손을 대지 않았다. 만성 위염 때문이라고 했다. 응옥이 베트남 소주 맛있어요, 라며 아버지와 석준에게 따랐다. 30도에서 풍기는 향이 누룽지처럼 구수했다. 몇 순배가 돌았고 이야기가 꼬리를 물었다.

아버지가 한국에 대해 많은 질문을 했고 딸이 부지런히 통역을 했다. 그는 한국이 분단을 극복하고 경제적 성공을 이룬 노하우와 한국인들도 자기들처럼 통일 의지가 강한지 물었다. 그는 한미 관계에 대해서도 비교적 소상히 알고 있었다. 그러다 생각난 듯 벌떡 일어나더니 방으로 들어갔다. 석준이 베트남 현대사 공부를 시작했다고 말한 직후였다.

잠시 후 방에서 나온 응옥 아버지의 손에 나무로 만든 상자가 들려 있었다. 그 안에서 나온 물건은 닳고 손때 묻은 노트였다. 여러 권이 노끈으로 묶여 있었는데 응옥이 아버지의 인생 노트라고 했다. 석준이 일기장이냐고 물었을 땐 그녀가 고개를 끄덕이다 가로저었다. 긍정도 부정도 아닌 모호

한 반응이었다. 말하자면 그 물건은 자서전에 가까웠다. 아버지가 요즘 부쩍 완성을 서두른다고 말했다. 무리하게 몰두하다 앞을 영영 못 보게 될까 봐 온 식구가 말리는데도 자꾸만 고집을 피운다고 응옥 어머니가 걱정을 했다.

석준은 그 내용이 궁금했지만 그가 함부로 보여 줄 성싶지는 않았다. 보여준대도 베트남어를 모르는 사람에겐 그림의 떡이었다. 석준은 응옥의 눈치를 보며 슬그머니 화제를 돌렸다. 첫날이었고 어차피 첫술에 배부를 순 없을 테니까.

"따님 결혼을 반대하지는 않으셨습니까?"

난처한 통역이 건너갔다. 석준도 던져 놓고 생각하니 민감한 질문일 수 있겠다 싶었다. 하지만 주저 없는 답변이 건너왔다. 명준이 허락을 받으러 응옥과 함께 베트남 집을 방문했을 때 아버지는 즉답을 못 했단다. 명준이 다시 찾았고 결국 허락을 얻어 냈다. 응옥의 결심이 크게 작용한 건 맞지만 아버지는 명준에게서 '정직한 청년'이라는 인상을 받았다. 명준이 종이에 그림을 그려 가며 어설픈 영어로 농기계 사업을 길게 설명했는데, 아버지는 그의 다리만을 물끄러미 바라보고 있었다. 그러고는 응옥에게 '다리 하나쯤은 문제도 아니다'라고 했다. 응옥이 아버지에게 받은 결혼 허락이었다.

응옥의 아버지는 아침마다 아내를 손수레에 태우고 호숫가로 나간다면서 크게 웃었다. 자기는 '로맨티스트'란다. 그나마 하나뿐인 눈이 백내장으로 흐려져 아내에게 길잡이를 시키는 거였다. 빈혈로 어지러워 잘 걷지 못하는 아내와 상부상조하는 셈이었다. 부부가 음료수 장사를 하고 있었다. 관광객들이 지나다니는 호숫가에 수레를 세우고 즉석에서 사탕수수를 짜서 파는 일이 부부의 생업이었다.

부부가 하루에 몇 잔을 팔 수 있을까. 한 잔에 1만 동을 받는다는데…. 한국 돈으로 따져 보니 겨우 5백 원 정도였다. 게스트하우스로 돌아온 석준은 양쪽의 물가를 비교하며 베트남의 자본주의를 생각했다. 그러다 문득 단어 하나가 머릿속을 헤집고 들어왔다. 도이모이. 아까 응옥의 아버지가 그 단어를 입에 올렸었다. 약간은 흥분한 표정이었다. 도이는 '변화'이고 '모이'는 새롭다는 뜻인데, 아침과 저녁이 다르게 느껴질 정도로 성장하는 나라. 오늘날의 베트남을 도이모이 정책을 빼 놓고 설명할 수는 없었다. 그가 새로운 변화의 물결을 어떻게 생각하는지 궁금해졌다.

제주도에서 어머니에게 받은 임무는 석준의 뇌리에서 사라졌다. 하노이에 도착하고 단 하루 만이었다. 그도 그럴 것이 응옥의 태도에 의심할 만한 낌새가 없었고, 오히려 그녀가 조석으로 석준의 숙소를 찾아 주었다. 하롱베이를 다시 찾아 시간을 죽이려던 궁리는 더 이상 하지 않아도 되었다.

호숫가로 번져 오는 황혼도 제법 위안이 되었다. 버드나무 아래에서 검게 변해 가는 저녁놀을 바라보는 시간만은 온전히 자신의 것이었다. 가져온 노트북으로 베트남을 검색하고 궁금증을 해소하는 데 하루의 대부분을 보냈다. '나는 지금 베트남 현지 연수 중이다. 필요하면 응옥 아버지에게 달려가 궁금증을 해소할 수도 있지 않은가.' 마음을 다잡고 나니 후회 없는 여행이 될 것 같았다.

나흘 째 되던 아침. 석준이 용기를 내어 응옥에게 아버지 자서전을 보여 줄 수 있는지 물었다. 장담할 순 없지만 말은 전해 보겠다며 그녀가 돌아갔다.

저녁 무렵 노크 소리에 석준이 방문을 열었다.

"이거 아버지가…."

응옥이 쇼핑백을 내밀었다. 반투명 비닐 안에 넓적한 물건이 보였다. 석준이 덥석 받아 창가 작은 책상 위에 올려 놓고 맞은편 의자를 빼 주며 응옥에게 앉을 것을 권했다. 짐작대로 아버지의 낡은 노트였다. 그런데 상자 안을 켜켜이 채웠던 분량이 두 권으로 줄어 있었다. 석준이 관심 가질 만한 부분만을 골라 보낸 것이었다.

석준이 그중 하나를 먼저 꺼내 들었다. 응옥이 표지에 쓰인 제목을 가리키며 '농장 시절'이라고 했다. 그 아래의 작은 아라비아숫자는 1988이었다. 석준은 그것이 개혁 개방 정책이 뿌리내리던 즈음의 기록물이라는 걸 알 수 있었다. 석준이 의자를 당겨 응옥에게 바투 앉았다. 서로의 팔꿈치가 스쳤다. 응옥이 조심스레 첫 장을 열었다. 연필로 꼼꼼히 눌러 쓴 글씨가 시작되었다. 그녀가 한국어로 번역해 들려 주었다. 매끄럽진 않았지만 알아듣는 데 무리는 없었다.

1959년생이라는 그녀의 아버지는 베트남 중부 지방이 고향이었다. 하노이에서 그리 멀지 않은 지역의 집단 농장 관리인이었고 노트 안에서는 서른을 앞둔 청년이었다. 인상적인 부분을 발췌하자면 이랬다.

1988년 2월 5일

지난 2년 반 동안 나는 최선을 다했다. 글도 열심히 읽었다. 무식한 자의 지시를 들어 줄 인민은 많지 않기 때문이다. 하지만 생각만큼 능률이 오르지 않았다. 나는 앞장서서 모범을 보였다. 분노를 모아 거름을 만들 때마다 내가 똥지게를 졌다. 당은 나의 노력과 공로를 인정했고 내게 영웅 칭호를 주었다. 작년에는 성에서 모범 농장에 수여하는 상도 받았다. 뭐든지 전투적으로 달려들면 안 될 게 없다. 농장 안에서는 나더러 너무 몰아댄다고 불평하지만 그건 정신 자세가 불량한 자들의 시각일 뿐이다. 불평분자는 어디에나 있게 마련이고 대개는 그런 자들이 잔꾀를 부린다.

1988년 3월 10일

인민의 8할이 농민인데 이웃 나라에서 쌀을 수입한다니 믿을 수가 없다. 삼모작도 가능한 기후와 토질 아닌가. 수확량이 목표에 미달되는 이유를 따져 보았다. 소속원들이 게으르기 때문이다. 다들 왜 정신 무장에 손을 놓고 있는가. 무시무시한 화력을 뿜어대는 미군에게 맨몸으로 달려들던 결기는 다 어디로 갔는가.

당에서는 물갈이가 시작되었다. 개방파들이 힘을 쓴다. 그놈들 중엔 물러 터진 자들이 많다. 제국주의와 싸울 때 어정쩡하게 타협이나 하던 놈들이 개혁을 외치며 미국과 손을 잡아야 한다고 떠들어댄다. 미국은 우리 땅을 짓밟고 온갖 몹쓸 짓을 하다 쫓겨난 날강도가 아닌가. 전쟁이 끝난 지 10년도 더 지났다. 부끄러운 줄 모르는 침략자가 반성은커녕 우리에게 제재를 가하고 있다. 참으로 어이가 없다. 수출입을 통제하더니 우리 배가 우리 바다를 오가는데 그 놈들이 군함을 몰고 와 제멋대로 막아선다.

개방파는 우리 전사들을 비판한다. 이념으로 밥을 만들 수 없다고. 현실을 똑바로 보자고. 자기들은 자존심을 버리는 게 아니라 숨기는 거라고. 힘 센 자의 경제 질서 안으로 들어가지 못하면 우리만 손해라고. 미국에게 굴복하는 게 아니라 그들을 이용하는 거라고. 그들은 미국과 타협하고 단절된 양국 관계를 정상화해야 한다고 주장한다. 나도 많이 생각해 보았다. 영원히 적을 두고 살 수는 없으니 언젠가는 그래야겠지. 하지만 그게 꼭 지금이어야 하나. 비굴하고 비참해진 기분에 자꾸만 눈물이 난다. 전쟁 영웅 몇몇이 개방파의 손을 들어 주었다는 소식이 들린다. 정말 혼란스럽다. 인민들이 배를 곯는 건 가슴 아프지만 우리는 지금보다 더 어려웠던 시절도 이겨 냈다. 독립과 통일의 의지로 똘똘 뭉친 결과였다.

개방파가 원하는 개혁 정책은 사실상 사유재산을 인정하고 자본주의 세상을 만들자는 것 아닌가. 농민들이 장마당에서 각자의 생산물을 내놓고 팔 수 있게 허락한 뒤로 인민들이 양단으로 갈라졌다. 약삭빠른 자들은 그 틈에 배를 불렸고 가난한 인민의 살림은 더 쪼그라들었다. 돈을 번 축에는 예전부터 당성 약한 반동들이 많았다. 뭐? 자본주의에서도 배울 건 배우자고? 지난 5년간의 시범 실시 결과가 성공적이라니. 통일 전쟁 때 피를 나누던 동지들이 돈 앞에서 서로를 할퀴고 미워하게 된 현실에 나는 분노를 느낀다. 내가 자랑스럽게 이끌어온 집단 농장이 왜 비판을 받아야 하는가. 내가 무엇을 잘못했는가.

집권에 성공한 개방파가 이번에도 전쟁 영웅을 솎아냈다. 내가 모시던 사령관님도 옷을 벗었다. 조국의 통일을 위해 목숨 바친 사람들이 밀려나고 있다.

1988년 9월 24일

한밤중에 습격을 받았다. 복면 쓴 세 놈이 느닷없이 문을 부수고 들어왔다. 농장 관리실 야전 침대에서 자고 있던 나는 미처 방어할 수 없었다. 놈들이 다짜고짜 나를 쓰러뜨려 짓밟고 몽둥이로 아무데나 때렸다. 그들은 말을 하지 않았고 누구냐는 질문에도 대답이 없었다. 몰매 맞는 중에 들려온 단어는 딱 하나였다. 반동, 나더러 반동이라니. 모든 걸 조국에 바친 나에게.

깨어나 보니 아침이었다. 부어오른 이마에서 피가 눈썹을 타고 흘렀다. 머리를 맞고 기절한 모양이었다. 붕대를 감아 지혈하며 생각했다. 내게 이런 짓을 할 만한 자들이 있었다. 지난주에 당 간부 둘이 나를 찾아와 관리실을 비우라고 했었다. 이 나라에 집단 농장은 더 이상 존재하지 않는다며 새로운 제도에 따를 것을 요구했다.

새로 당 서기에 오른 응우엔 반린은 자칭 실용주의 개혁파다. 그는 세 차례에 걸친 경제 개발 5개년 계획이 모두 실패로 돌아갔음을 인정하고 개혁 개방을 선언했다. 체제는 그대로 유지된다는 말도 잊지 않았다. 보수파의 불안감을 진정시키려는 목적이었다. 농장 안에서도 다들 마음이 들떠 있다. 환영하는 축과 새로운 개혁 효과를 의심하는 축이 삼삼오오 모여 옥신각신한다. 중국 소식에 밝은 몇몇은 덩샤오핑을 거론하며 그들이 성공했으니 우리도 그렇게 될 거라고 떠들어댄다.

1988년 10월 2일

관리실을 정리하고 내 발로 걸어 나왔다. 찾아오는 이 없는 농장에서 일주일을 더 버틴 뒤였다. 변화의 회오리가 몰려온다. 혼란스럽지만 어쩔 수 없다. 내가 존경하던 쯔엉찐 서기장도 스스로 물러나지 않았나. 그는 혁명 1세대 원로다. 호치민과 함께 프랑스, 일본, 미국을 물리친 영웅이 기득권을 내려놓고 개혁파 후배들에게 길을 터준 마당에 나 같은 조무래기가 자리에 연연할 순 없다. 전사의 자존심이라도 지키고 싶다.

1988년 11월 13일

당 간부들의 말대로 집단 농장이 해체되고 토지가 가족 단위로 분배되고 있다. 그들은 바둑판같이 금을 그어 각각의 사각형 안에 번호를 붙인 새 경작지 도면을 보여 주었다. 그중 한 칸이 내 가족에게 주어진 땅이었다. 말하자면 당에서 할당량을 정해 주던 노르마 제도는 잊어 버리고 이제부터는 개인이 알아서 농사를 지어 보라는 거였다. 소출의 일정 부분만 공출하고 나머지는 각자 알아서 먹든지 팔든지 하란다.

집단 농장 해체와 맞물려 도입된 가족농 제도는 시장 경제로 나아가는, 이른바 도이모이 정책의 핵심이었다. 석준은 갑자기 생각이 많아졌다. 노트를 덮고 응옥에게 저녁이나 먹으러 나가자고 했다. 게스트하우스 아래층으로 내려가자 현관에 걸린 벽시계가 벌써 9시를 지나고 있었다. 늦게까지 영업하는 식당을 찾지 못해 술과 음료를 파는 노점으로 다가갔다. 석쇠에 올린 생선에서 올라오는 고소한 탄내가 입맛을 당겼다. 도미처럼 생긴 물고기와 캔맥주를 주문했다. 석준이 응옥에게 한 잔 따르며 물었다.

"머리는 좀 어때요?"

"괜찮아요."

그녀의 입에 붙은 소리였지만 표정이 밝았다. 진짜로 괜찮은 것 같았다.

"여기선 덜 아파요. 아침에 눈뜨면 아버지가 내려다보고 있어요. 손도 잡아 주고요."

"이렇게요?"

석준이 응옥의 작은 손을 꼬옥 쥐어 보았다. 그녀가 손을 빼지 않았다. 여전히 같은 꿈을 꾸지만 아버지를 바라보면 두통이 줄어든다고 했다. 근본적인 치료는 악몽과 환청을 없애는 거였지만 친정에 와서 증상의 변화를 보이는 게 그나마 다행이었다. 그녀의 딜레마가 딱했다.

"그럼 한국 가지 말고 그냥 여기서 살래요?"

응옥이 고개를 저었다. 석준이 그녀의 눈을 들여다보며 한숨을 쉬었다.

다음 날 석준이 눈을 떴을 때는 정오가 지나 있었다. 머리가 지끈거렸다. 전날 밤 노점에서 과음한 결과였다. 응옥을 집 앞까지 데려다주고 되돌아와 혼자서 맥주 두 병을 더 마신 기억이 났다. 가득 채운 술잔 속에 그녀의 얼굴이 잔상처럼 떠다녔다. 건강을 핑계 삼아 눌러앉아도 그만일 텐데, 굳이 한국으로 돌아가겠다지 않나. 석준은 맥주에 베트남 소주를 섞어 취기를 올렸다. 가슴이 먹먹해져 그냥 잠들기 어려울 것 같아서였다. 응옥의 태도가 결코 경제적 이유만으로 보이진 않았다. 언젠가 어머니에게 들은 이야기가 석준을 더 혼란스럽게 했다.

뚜쟁이로 나선 어머니에게 응옥이 친정에 돈을 보내야 하는 사정을 고백하더란다. 일종의 결혼 조건이었다. 어머니는 명준의 동의를 받아 혼인을 서둘렀다. 그때도 막내동생 하나는 자기가 책임져야 한다는 응옥에게 어머니는 함께 물질이라도 나가자며 등을 두드려 주었다.

결혼 후 명준은 아내가 품삯을 벌기 위해 남의 밭일까지 하러 가는 걸 말리며 차라리 자신의 공장 일을 거들어 달라고 했다. 조수 하나 둔 셈 치고 따로 월급을 줄 테니 그걸 베트남에 보내라는 뜻이었다. '어머니도 참… 아픈 사람을 데리고…', 라며 며느리를 바다에 데리고 나가는 어머니를 타박하곤 했다. 그때마다 응옥이 괜찮아요, 라며 얼굴을 붉혔고 어머니는 명준에게 눈을 희게 굴렸다.

어머니는 아이가 없는 아들 부부를 불안한 눈으로 바라보았고 석준도 그 불안감을 더러 공유했었다. 하지만 하노이에 머무는 동안 석준은 자신의 어리석음을 탓했다. 언젠가 명준에 대해 물었을 때 '착한 사람이에요', 라던 응옥의 대답을 곱씹어 보았다. 착한 남자를 배신할 수 없다는 의리, 거기에 또 다른 감정이 묻어 있었다. 묘한 질투심이 석준의 가슴 언저리를 스쳐 지나갔다.

해질 무렵 응옥이 다시 찾아왔다. 창가에 마주 앉았다. 호수 위에 저녁놀이 불타고 있었다. 응옥이 냉장고에서 페트병을 꺼내 테이블 위에 놓인 유리컵 두 개에 냉수를 따랐다. 그녀가 석준의 곁으로 의자를 옮겨와 나란히 앉았다.

아버지의 노트 하나가 마저 열렸다. 표지에 붙은 제목은 '전사의 꿈'이었고 그 아래 작은 숫자는 1971이었다. 베트남 전쟁 때 그가 겪은 경험담이었고 이야기는 어제의 노트보다 17년이나 더 과거로 되돌아가 있었다.

1971년 10월 9일

가늘게 정신이 들었다. 얼마나 잤는지 모른다. 어두웠다. 웅성거리는 소리가 들렸다. 쇠붙이가 딸각거리는 소리와 함께 소독약 냄새도 몸속으로 들어왔다. 말을 해 보려 했으나 말라붙은 입술이 떨어지지 않았다. 누군가 다가왔고 여긴 병원이라고 했다. 여자 목소리였다. 그녀가 윗몸을 일으켜 물을 떠먹여 주었다. 왈칵 엄마가 보고 싶었다. 통증이 몰려오는 이마에 손을 대어 보았다. 머리를 친친 감은 천이 눈앞을 가렸다. 한 차례 더 수술을 받아야 한다고 했다. 내가 어떻게 된 건지 재우쳐 물었다. 파편 박힌 눈알을 뽑아냈다는 대답이 돌아왔다.

1971년 12월 1일

매일 밤 쫓기는 꿈을 꾼다. 기억을 더듬었다. 잠과 어둠이 구별되지 않았고 꿈과 생시의 경계가 흐느적거렸다. 그날 우리의 임무는 포탄을 최전선으로 미리 옮겨 놓는 것이었다. 적군이 쳐들어올 거라는 소문이 돌았기 때문이다. 우리 부대는 민간인과 군인이 섞여 있다. 부모 잃은 아이들이 아무 때나 아지트로 들어왔다. 나도 그중 하나다. 일손이 부족할 땐 아이들도 몸을 아끼지 말아야 한다. 아이들은 굴속에서 오히려 빨리 움직일 수 있다. 특히 덩치 큰 미군이 들어오지 못하도록 좁게 만든 입구를 아이들은 쉽게 빠져나간다. 원래부터 맨발인 우리는 신발이 없어도 빠르게 달린다.

1971년 12월 13일

갈수록 그날의 공포와 폭발음과 통증이 생생해진다. 날마다 그것들을 내 머릿속에서 지워 낼 궁리를 한다. 차라리 기억을 꺼내 어딘가에 옮겨 두면 고통도 내게서 떨어져 나가지 않을까. 나는 글을 쓸 줄 알지만 아무것도 볼 수 없으므로 참고 기다려야 했다. 왼쪽 눈이라도 살려 볼 테니 너무 걱정 마라는 의사의 말을 들은 건 그보다 한 달이 더 지난 뒤였다.

붕대를 푼 날, 강렬한 빛에 적응하고 보니 익숙한 동굴이었다. 파편 맞고 쓰러져 정신 잃은 나를 동지들이 발견하여 아지트로 옮겨 놓은 것이었다. 입구를 숲속으로 내어 풀이나 나뭇가지로 위장한 우리 부대의 아지트를 사람들은 개미굴이라 불렀다. 그 안에 넓은 공간도 여러 군데 있다. 책걸상을 들여놓은 교실이 있고, 찢긴 자리를 꿰매거나 총알을 빼내고 팔다리를 자르는 병원도 개미굴 속에 있다. 배수로와 환기구도 갖추었다. 우리는 불을 지펴 요리도 한다. 연기는 지상으로 뚫린 구멍으로 빠진다. 땡볕과 비를 피할 뿐 아니라 일정한 온도를 유지하므로 이 안에만 있으면 춥지도 덥지도 않다. 나는 열 살 때부터 여기서 글을 배우고 책을 읽었다. 오직 적에게 우리의 둥지가 발각되지 않기만을 바랄 뿐이다.

그러니까 이 글은 소년 병사의 일기였다. 그가 아지트에서 회복한 뒤 기억을 더듬어 써 내려간 거였다. 석준은 한쪽 눈만을 껌벅이며 한 자씩 적어 가는 그의 모습을 그려 보았다. 응옥이 더듬더듬 한국어로 옮기다 한 곳에서 멈췄다. 그러더니 코를 훌쩍이며 눈시울을 붉혔다. 석준이 휴지를 뽑아 그녀에게 건넸다.

그녀는 할머니 할아버지를 본 적이 없다고 했다. 전후방이 따로 없는 전쟁터에서 그들의 아지트는 부모 잃은 아이들에게 고아원 역할도 한 모양이었다. 그 안에서 보고 자란 어린 아이들은 저절로 투사로 길러졌을 것이다. 아이들을 전쟁터로 내몰지 말라는 서구인들의 주장이 당시의 전사들에게 어떻게 들렸을까. 석준이 혼잣말처럼 중얼거렸다. 응옥이 말없이 창밖을 내다보았다.

노점상들이 켜 놓은 불빛이 호수 위에서 흔들렸다. 오토바이 엔진음과 사람들의 웃음소리가 창틀을 넘어왔다. 석준은 슬그머니 손을 뻗어 커튼을 닫았다.

가슴께가 답답해진 석준은 마지막 장을 넘기다 손을 멈췄다. 뒤표지 안쪽에 엽서 절반 크기의 흑백 사진 한 장이 붙어 있었다. 군복 차림에 총을 멘 병사들이었다. 사춘기에 접어든 얼굴을 포함하여 두 줄로 모두 열 명 가량이었는데 응옥의 손끝이 앞줄의 키 작은 소년을 가리켰다. 아버지였다.

군복 상의 소매를 접어 입은 소년의 오른쪽 어깨에도 소총이 걸려 있었다. 총의 길이가 소년의 키와 엇비슷해 보였다. 사진을 찍으려고 어른들의 총을 잠시 빌린 듯도 했다. 석준은 소년의 얼굴에 시선을 꽂았다. 카메라 앞에 서 보지 않은 듯 어색한 표정이었다. 앳된 미소에 겁먹은 듯한 긴장이 서려 있었다. 정면을 응시하는 소년을 응옥도 오래 바라보았다. 빛바랜 사진 속에 똑바로 뜬 두 개의 눈, 그 위에 침묵이 길게 머물렀다.

응옥이 흐느끼기 시작했고 석준은 그녀의 얼굴을 당겨 가슴에 안고 눈물을 닦아 주었다. 보드라운 피부를 느꼈나 싶었다. 그가 그녀의 뺨을 두 손으로 천천히 감쌌다. 그녀가 가만히 있었다. 입술에 입술이 포개졌다. 심장 소리가 크게 들렸다. 누구의 것인지는 몰랐다.

"오빠, 그만…."

응옥이 석준의 가슴을 밀어냈다. 석준도 동작을 멈추었다. 둘은 말없이 서로의 눈을 들여다보았다. 석준이 천천히 일어나 응옥의 손목을 잡고 밖으로 나갔다. 아직 문을 연 식당이 있을 터였다.

하노이 시내를 빠져나와 노이바이 국제공항에 도착했다. 응옥의 친정 식구들도 택시 두 대에 나눠 타고 배웅을 나왔다. 너무도 빠르게 지나간 일주일을 아쉬워하는 얼굴들이었다. 자정을 넘겨 출발하는 인천행 비행 편에 맞춰 발권 데스크 앞에 섰다. 석준이 벨트 위로 응옥의 짐을 들어 올렸다. 올 때는 못 본 크고 검은 가방이 허리가 뻐근할 정도로 묵직했다. 결국 3kg을 빼내야 했다. 가방을 내려 구석으로 끌고 갔다. 식구들이 모두 따랐다.

응옥이 짐 정리를 다시 하려고 지퍼를 열자 비닐 봉투에 꼼꼼히 싼 여러 뭉치가 가방 속에서 모습을 드러냈다. 제주에 도착하면 사용할 간단한 살림 도구와 시댁 식구들에게 줄 선물로 보였다. 대충 내용물이 뭔지 알 수 있었는데, 땅콩 호두 등의 견과류가 꽤 부피를 차지했다. 한쪽이 터진 비닐 봉투 틈새로 말린 나물이 삐져나왔다. 응옥이 볼멘소리를 하자 응옥의 어머니가 몹시 곤혹스런 얼굴로 물건을 돌려받았다. 통역이 없어도 석준은 대화 내용을 충분히 짐작할 수 있었다. 한국에 다 있다는데도 기어이 욱여넣었다는 뜻일 것이다. 하나라도 더 챙겨 주려는 어머니와 손사래 치는 딸의 모습이 낯설지 않았다. 석준은 가방을 세우고 응옥을 거들어 지퍼를 닫으려다 손을 멈췄다. 또 다른 비닐 봉투에 들어 있어 미처 못 본 물건, 배냇저고리였다. 그 속에 함께 넣은 아기 신발과 플라스틱 장난감이 석준의 눈을 찔렀다.

"필요 없어요, 했는데 엄마가 자꾸만…."

응옥이 얼버무리며 얼른 가방을 닫았다. 딸이 한국에서 제대로 뿌리내리길 바라는 친정어머니의 소망이었다. 착잡해진 석준이 먼 곳으로 눈길을 돌렸다.

정리된 짐을 손수레에 싣고 가 다시 무게를 달고 가까스로 통과시켰다. 출국장 안으로 들어가려는데 식구들이 응옥의 손을 잡고 놓질 않았다. 어머니와 두 언니, 그리고 두 여동생이 차례로 응옥을 포옹했다. 서너 발짝 떨어져 말없이 서 있던 막내가 등 뒤에서 수건으로 감싼 물건을 내밀었다. 젖은 수건 안에서 나온 건 물병이었다. 아버지가 석준에게 어서 마시라는 손짓을 했다. 사탕수수를 짜서 만든 음료수였다. 한 모금을 넘긴 석준은 콧날이 시큰해지고 목구멍이 부은 듯 뻐근해져 더 이상 마시지 못했다.

석준이 출국장 안으로 들어가려다 뒤를 돌아보았다. 뒤따라오던 응옥이 제 아버지를 와락 껴안았다. 그의 품에서 벗어난 딸이 출국장 안으로 들어오면서 자꾸만 뒤를 돌아보았다. 키가 껑충한 남자의 마른 몸이 반소매 남방 안에서 힘없이 흔들렸다. 그가 안경을 벗어 들고 급히 손수건을 꺼냈다. 눈알이 빠져 움푹해진 그곳에서도 눈물이 흘러나왔다.

4

미여지벵뒤

조석으로 돌담 구멍을 뚫고 들어온 서늘한 바람이 마당을 한 바퀴씩 핥았다. 한쪽 볼이 깎인 허연 낮달이 허공에 게슴츠레 떠 있었다. 해가 뉘엿뉘엿 수평선 가까이 내려오긴 했으나 노을이 제 색을 내기엔 조금 일렀다. 늦장마 뒤로 불어닥친 태풍을 견뎌낸 너럭바위로 찬 기운이 올라오고 있었다. 석준도 긴팔 재킷을 입고 나왔지만 가슴속까지 후비고 들어오는 바닷바람은 어쩌지 못했다.

오늘따라 일찍 벌인 고 심방의 굿판이 끝을 달리고 있었다. 느닷없이 나타나 출입을 막아대는 경찰과 부딪치지 않으려니 그도 시간을 바꿔 가며 태우를 저어 들어오나 보았다.

바다 위로는 철조망을 칠 수 없는 게 다행이었다.

이따금씩 참가자가 바뀌긴 했으나 고무보트를 타고 들어온 사람들은 철거와 재설치가 거듭된 너럭바위 농성장에서 막걸리를 주고받으며 시간을 보냈다. 석준이 수시로 고무보트에 합류했다. 아직도 달력을 여섯 장이나 더 넘겨야 자유의 몸이 될 명준의 위상과 체면을 유지해 주려는 의도도 없지 않았다.

“귀신들은 다 무얼 허길래 고 심방이 저추룩저렇게 비는 디도 아무 효과가 어신지 원.”

“삼춘은 지금꼬지 무신 얘길 들은 거꽈? 고 심방이 해군이나 경찰놈덜 죽으랜 고사 지냄수꽈? 모심마음을 곱게 써야 끝이 좋은 거우다. 누겔 탓하멍 잘못되랜 빌민 오던 옥황상제도 돌아선댄 헙디다. 오래전부터 이 부락에서 억울하게 죽은 영혼덜 달래 주잰 저추룩 비는 거 아니우꽈.”

“게난그러니 허는 말 아니라. 총 든 육짓것들이나 군함에 대포꼬지 들이댈 양놈덜헌틴 어떵 해 볼 도리가 어신 걸. 예전에도 우리 것 안 뺏기젠 불고치 들고 일어나 봤주만 족헌아까운 장두들 모가지만 바쳐 불지 안 해시냐. 느네 서방도 지금 간형 이신디 느꼬지 다치카부덴다칠까 봐 허는 말 아니냐. 명준일

감옥에 처넣은 것도 모지랑모자라 벌금을 삼천이나 매겼댄 허난, 강 서방도 그 정도 나올 건디. 한두 푼도 아니고 그걸 어떵 다 감당헐 거니. 공사가 늦어진댄 우리헌티 계속 소송 걸민 손해 배상금만 늘어날 거 아니냔 말이여. 에잇 카악…."

눈 주변이 불콰해진 양 노인이 가래를 돋우어 천막 밖으로 멀리 뱉었다.

"경해도 헐 수 있는 데꼬진 해 보잰 허는 거 아니꽈. 우리 땅을 지들 멋대로 헐 수 없다는 것쯤은 알려 줘야쥬 마씸. 난 무신 몸 아까운 줄 몰랑 영 햄수과."

"우리 모슬에 삼녀 느고치 요망진야무진 여자 열 명만 이서도 이 모냥 되진 안 헐 건디. 난 아직도 잠녀들이 빗창 들렁 경찰서 앞에서 사과허랜 소리 질르던 그날이 눈에 선햄져. 그때가 해방 후 두 번째 삼일절이난 1947년 봄이쥬."

"그 전에도 잠녀들이 빗창만 들이대민 왜놈 순사들도 보짝 쫄았댄 헙디다. 만세운동 나선 예청여자들이 몬모두 그걸 손에 들렁 나와시난, 전복 따던 쇠꼬챙이로 총칼에 맞선 거라 마씸."

양 노인과 백삼녀가 근심 어린 얼굴로 주거니 받거니 말을 섞었다. 양 노인이 자기가 마시던 막걸리 찌꺼기를 털어 낸 양재기를 석준에게 돌렸다. 양 노인이 조선 말 개화기의 이재수 장군까지 들먹이며 맥 빠지는 소리를 자주 풀어놓기는 해도 농성장 참여도를 따지자면 개근상 감이었다. 더구나 그는 경찰 진압대와의 삼거리 싸움에서 몸을 다쳐 가면서도 농성장에 꼬박꼬박 얼굴을 보였다. 마을 사람들이 감히 그에게 딴지걸지 못하는 이유였다.

늘어나는 연행자와 감당 못 할 벌금에 농성장의 열기도 빠르게 식어 갔다. 엎친 데 덮친 격으로 경찰에 끌려가 조사받고 돌아온 사람들이 서로를 의심하기 시작했다. 심문하는 경찰의 정보가 너무도 정확하다는 게 문제였다. 누가 언제 무슨 구호를 외쳤는지까지 속속들이 알고 있더란다. 점당 100원짜리 고스톱 치는 패거리들과 당구장 건달들까지, 마을 사람들의 사생활은 물론이고 친소 관계까지 조직도로 그려 놓고 심문한다는 소문이 맞나 보았다. 경찰이 사람들의 일거수일투족을 꿰고 있다는 건 마을의 속사정을 잘 아는 밀고자의 소행이라고 입을 모았다. 농성장에서는 누가 경찰 끄나풀인지를 두고 옥신각신했다. 지상길이 자주 거론되었다. 그가 경찰과 어울려 다닌다든지 먼발치에 숨어 시위 현장을 엿보더라는 말도 나왔다. 반대파에게 상길은 독립군 뒤를 캐던 밀정 같은 존재가 되어 있었다. 석준은 민간인 사찰에 하수인 노릇하던 경험을 떠올리며 떫은 입맛을 다셨다. 아무튼 해군 기지 찬성파와의 화해는 쉽지 않아 보였다.

"야, 경헌디 석준아. 월남은 잘 이서냐?"

"아이고, 삼춘이 언제 거기 가 보기나 해영 곧는 말이꽈?"

화제를 돌리려는 양 노인의 말허리를 자르며 삼녀가 다시 끼어들었다.

"꼭 가 봐사 알 거라? 우리 부락에서 월남전 자원해 간 소나이덜이사내들이 얼마나 많은지 몰랑 곧는 말이냐? 육이오 터지난 우린 뽈갱이가 아니다, 허멍 몬 해병대 자원입대허고, 월남전 터졍 파병헌댄 허난 또 거기로 쓸려 강 공 세운 소나이덜이 우리 부락에 어디 한둘이냐고?"

"아이고, 따졍 보민 이용만 당한 거쥬 마씸. 지 목심 내낭 양놈 따까리 노릇 헌 게 무신 공이랜 허는 말이꽈?"

석준이 끼어들 겨를도 없이 양 노인과 삼녀가 옥신각신했다. 아까부터 석준의 눈은 고 심방에게 꽂혀 있었다.

고 심방이 지화를 뿌리고 난 뒤 주섬주섬 도구들을 챙겼다. 새로 둘러친 철조망 때문에 그도 짐을 지고 바위 절벽 아래로 내려가 바다를 통해 동네로 다시 올라와야 할 처지였다. 하지만 그는 바로 가지 않고 석준이 앉은 천막을 향해 천천히 걸어왔다. 석준의 마음에 반가움과 두려움이 교차했다. 응옥을 데리고 그의 처소에 들렀을 때의 기억이 되살아났기 때문이었다. 매몰차게 쫓아내던 그가 지금 석준에게 먼저 다가오는 게 아닌가.

"지난번엔 내가 좀 심해서."

"……."

석준이 멋쩍은 얼굴로 머리를 긁적이자 그가 말을 이었다.

"자네 형수랜 했지? 반갑기도 허고 혼편으론 겁도 나고. 우리끼린 알아보게 마련이난. 내일 또 와지크라 올 수 있겠나?"

석준은 아침상을 물리자마자 혼자 집을 빠져나왔다. 계곡을 따라 고 심방의 당집을 향해 올라가는 내내 엊저녁에 들은 고 심방의 말을 곱씹었다. 도대체 알다가도 모를 일이었다. 겁이 나는 건 뭐고 우리끼리 알아본다는 건 또 뭔가.

응옥에게 말하면 따라올 것도 같았지만 행여 그녀에게 해

될까 조심스러웠다. 임금님 수랏상에 먼저 수저를 대야 하는 궁녀의 기분이 이런 걸까. 기대감과 불안감이 마구 뒤섞였다. 그러나 고 심방에 대한 막연한 믿음이 석준의 마음을 가라앉혔다. 의식을 치를 때마다 마을 사람들을 위해 기도하는 그의 진지한 태도를 누차 보아 왔기 때문이었다.

그가 읊어 내는 대사가 어찌나 간절한지 석준도 더러 가슴이 먹먹해지고 코끝이 찡해지곤 했다. 미리 가서 잘만 부탁하면 응옥의 두통을 치유해 줄지도 모르고 운이 좋으면 형 내외에게 아이가 생겨 할머니와 어머니의 소원이 풀릴지도 모를 일이었다. 기왕 내친걸음, 한때 그에게 영험한 재주가 있었다는 소문을 믿어 보기로 했다.

심방의 집으로 들어가는 올레에 비질 자국이 보였다. 여전히 정낭은 바닥에 내려져 있었다. 마루를 막아선 새시 문 한 칸이 빠끔히 열린 채 중얼거리는 목소리가 안에서 새어 나왔다. 툇마루에 흰 고무신 한 켤레만 놓인 걸로 보아 그가 혼자 주문을 외우며 무슨 의식을 치루는 듯했다. 석준이 마루에 앉아 기다려 볼까 했으나 방안에서 고 심방의 다른 음색이 튀어나왔다.

"들어오쥬."

방안에 향내가 그득했다. 고 심방의 얼굴이 푸르스름했다. 창호지를 투과한 빛으로 방안 물건들과 벽화를 충분히 알아볼 수 있었으므로 그의 안색이 특별히 실내의 그늘이나 벽에 반사된 빛깔 때문이랄 수도 없었다.

"요즘 힘든 거 아니꽈? 무리허는 듯 보영 마씸…."

"눈이 볽구먼. 내가 좀…."

고 심방의 건강 상태가 정상이 아닌 걸 확인한 셈이었다. 한참 뜸을 들이더니 그가 손을 뻗어 한쪽 구석에 놓인 개다리소반을 당겼다.

"손님 대접헐 만헌 게…, 이거라도 혼잔 들어 보겠나?"

그가 상 위에서 바닥이 꺼멓게 그을린 약탕관을 들어 유리잔 위로 올렸다. 거기서 오래 달인 보약이라도 걸쭉하게 흘러나올까 싶었던 예상은 빗나갔고, 어린애 주먹만 한 잔으로 떨어지는 물줄기가 오히려 맑았다. 생수에 오미자를 우려 놓은 듯, 핏방울을 떨어뜨린 듯도 했다. 각도에 따라서는 보라색으로 비치는 오묘한 붉은 빛이 투명한 유리잔 옆으로 빠져나왔다.

석준이 잔을 받아 들고 위에서 내려다보았다. 표면에는 빗물 위에 떨어진 기름띠처럼 무지개가 떠 있었다. 짙은 향이 올라왔다. 장미 같기도, 쟈스민 같기도 했는데 한 모금을 넘기자 비릿하면서도 톡 쏘는 냄새가 비강에 퍼졌다. 이상한 액체를 내려다보며 석준이 물었다.

"무신 차꽈?"

"집중력을 높여 주는 차…. 관시탕이랜 허는 건디, 시간을 꿰뚫어 주는 효력이 이성있어서 혼 잔에 뒤가 두 잔에 앞을 볼 수 있지. 거푸 석 잔 마시민 몸 상할 수 이시난 맹심해야 돼."

알쏭달쏭했지만 그의 표정이 워낙 진지했다. 앞과 뒤를 보게 해 준다는 말이 무슨 뜻인지 알 수 없었고 조금은 우스꽝스럽기도 했다. 뒤통수에 느닷없이 눈을 달아 주지 않는 한 뒤를 보게 하는 약이 있겠나. 하지만 집중력을 높여 준다는 말은 그럴 수도 있겠다 싶었다.

그가 경기 든 아이들에게 침을 놓아 고쳐 주곤 했다는 소문은 익히 들어 알고 있었다. 일평생 심방이었던 그의 어머니를 따라다니며 배운 민간 의술도 웬만큼은 될 터. '느도 그 사람 어멍이 살렸져.' 언젠가 어머니가 석준 자신에게도 말하지 않았던가. 눈보라 날리던 한겨울 밤, 경기 든 애기를 들쳐 업고 눈 쌓인 돌밭 계곡을 오르던 바로 그 스토리였다.

손을 주무르다 검지와 중지 사이를 찔러 피를 냈는데 열이 끓고 눈을 뒤집던 아이가 침 한 방에 쌔근쌔근 잠들더라지.

석준은 문득 어릴 때 기억 하나를 끄집어냈다. 초등학교에 막 입학하던 봄이었다. 동네를 돌며 걸식하던 미친 여자가 있었다. 일본 남자를 따라갔다가 아이 하나를 업고 되돌아온 여자였는데, 콜레라로 아이가 죽자 이상 행동이 시작되었다. 교문 앞에 산발하고 나타나는 그녀의 빨래판 같은 갈빗대와 평평한 가슴에 붙은 까만 젖꼭지, 그리고 사타구니를 가린 시꺼먼 거웃, 그런 그림들이 석준의 눈앞에 오랫동안 어룽거렸다.

혼자서 뭐라고 중얼거리거나 고래고래 악을 쓰기도 했지만 무슨 말인지는 알아들을 수 없었다. 키 낮은 돌담 골목을 발가벗고 뛰어다니는 여자의 피부가 푸르스름했는데 얼굴에는 술 마신 사람처럼 벌겋게 열이 올라 있었다. 그녀의 핏발 선 눈이 무서워 석준은 학교에 안 가겠다고 어머니에게 떼를 쓰곤 했다. 동네 아주머니들이 붙잡아 억지로 옷을 입혀 보기도 했지만 그녀는 가슴을 쥐어뜯으며 곧바로 벗어 버렸다.

밤마다 보리밭을 뛰어다니며 울부짖는 그녀의 광기를 고친 사람도 고 심방 어머니 문막례였다. 지금의 당집에 데려다 무슨 약인가를 달여 먹였다는 소문이 돌았었다. 그 뒤로 온순해진 그녀는 마을 여자들과 함께 물질도 다녔다. 석준이 귀향한 뒤로는 그녀를 볼 수 없었다. 지금은 쉰 살을 넘겼을 그녀가 얼마 전에 결혼해 부산으로 갔다는 말을 바닷가 농성장에서 누군가에게 들었다.

아무튼 석준은 고 심방이 어머니 문 심방보다 한 수 위이기를 바랐다. 그의 진지한 표정이 믿음을 압박했다. 그의 말대로 관시탕을 한 모금 넘겼으니 뭔가 눈앞에 뿅하고 나타나지 않는다 해도 최소한 집중력은 높여 주겠지. 그러잖아도 심장박동이 빨라지고 있었다. 진한 커피를 마실 때와 비슷한 기분이었다. 팔뚝에 솜털이 일어나고 피부에 작은 벌레가 기는 느낌도 들었다. 술을 마신 듯 몽롱했다. 한 모금 더 넘겨보려 했지만 비린 뒷맛이 역하여 잔을 내려놓았다.

“그만 마시게. 마른 정신으론 심방 말 믿지 않을 것 닮앙 조금 권한 것뿐. 나도 때때로 마시쥬만 지나치면 몸이 상헐 수도….”

석준의 얼굴을 찬찬히 들여다보는 고 심방 눈에 푸른빛이 돌았다.

"자네, 날 좀 도와줄 수 이신가?"

"무슨 말씀이신지. 저는 우리 형수를 좀 봐 주십사 허는 이유로 들른 건디 마씸."

"알고 있네. 그 병은 백약이 무흔디, 자네 형수는 심방 팔자를 타고나서. 지난 번 눈을 마주허는 순간 나도 전율이 일 정도로 우리끼리만 통하는 그런 기운이 이시난…. 어쩌면 모숩다는 말이 맞겠지. 이 길이 얼마난 험난한 가시밭길인 줄 몰르지 안 허난…. 전생에 큰 업을 짓거나 억울한 혼은 그걸 풀어야 허고, 다 풀지 못헌 업과 한은 다헐 때까지 머리에 가시관으로 백혀. 대개의 무병이 두통을 안고 오는 이유가 바로 그것 때문이라. 우리네 귀에 들리는 신음과 비명이 무언 줄 아는가. 억울한 혼이 구천을 떠돌멍 도와 달랜 울부짖는 한이지. 그 소리 안 듣젠 허민 심방으로 거듭 낭 죽는 날꼬지 혼령들이 품은 그 한을 풀어 줘사 허는 거라. 제 병 고치젠 의사 되는 거나 마찬가지 숙명이고, 그걸 거부허민 제 명에 못 살아. 경헌디…."

그가 여기까지 말하다 말고 심호흡을 했다. 후유, 소리가 깊고 길었다. 그가 약탕관 옆구리로 빠져나온 손잡이를 쥐고 자신의 잔을 채웠다. 석준은 불안한 눈으로 유리잔 속에서 흔들리는 액체를 바라보았다. 고 심방이 곁눈으로 석준을 일별하더니 잔을 내려놓았다. 헛기침으로 목구멍을 긁으며 짬을 들인 그가 다시 말을 이었다.

"딴 사름 심방 맨드는 일도 내가 심방되는 것모냥 힘든 일. 나신디도 언젠간 그런 날이 올 거랜 생각은 허멍도 막상 닥치민 그게 어디 말추룩말처럼 쉽겠나. 이 업을 딴 사름신디 물려주기 전에 먼저 죽어져시민 했쥬만 이미 글러 먹은 일이 돼 분걸."

석준은 필요할지 모른다며 어머니가 적어 준 쪽지를 점퍼 안주머니에서 꺼내 슬그머니 앞으로 내밀었다. 응옥의 이름 나이 생시 등이 적혀 있었다.

"그게 뭔 필요일 텐가. 그보다 먼저…. 자네 혹시 나를 조금 도와줄 수 이신가?"

점점 더 헷갈리는 주문이었지만 석준은 고개를 주억거리며 묵묵히 들을 수밖에 없었다.

"무시걸 어떵…."

"자네가 형수 데리고 온 날 나는 봐서봤어. 자네 마음속 내밀한 감정 말이여…. 발뺌헐 필요는 어서. 숨긴다고 내 눈에 안 보이는 게 아니난. 속세의 관계와 무가의 윤리가 꼭 같은 건 아니난 딱히 비치로왕 헐부끄러워 할 필요도 없고. 경해영 허는 말인디…."

그가 관시탕으로 입술을 축이더니 석준의 눈을 들여다보며 천천히 말을 이었다.

"내, 자네허고 거래헐 게 혼 가지 이서."

"제가 심방 어른께 해 드릴 수 있는 게 무시거 있댄 마씨?"

"눈…. 자네가 내 눈이 되어 대신 무얼 좀 봐 주게."

고 심방이 숨을 몰아쉬더니 말을 이었다. 심방의 눈이 곧 눈물이라도 떨굴 듯 슬퍼 보였다. 나이 들어 노안이 왔다는 뜻이 아닌 건 분명했지만 들을수록 헷갈리긴 마찬가지였다. 그가 장님은 아니었으므로 필시 마음의 눈이 떠지지 않는다는 의미일 터, 누구나 타고난 재능이 따로 있음을 인정한다면 그에게 주어진 재능은 아무래도 귀신을 보는 쪽이 아닌 듯했다. 심방이 이윽고 과거를 풀어 놓으며 석준에 대한 제안을 못박고 있었다.

그의 이름은 고장생, 1949년생이었다. 그러니까 이 섬이

지옥 피비린내로 진동하기 시작한 바로 그 이듬해였다. 그는 제주에서 심방이라 불리는 무당 어미와 그녀를 보조하며 굿을 챙기는 아비에게서 자랐다. 그의 이름 '장생'에는 부모의 희망이 각인되어 있었다. 용하기로 소문난 어미 덕에 그 시절에도 끼니 굶는 날은 드물었다. 세상이 흉흉할수록 복채 들고 찾아오는 이가 많았다. 육지에서 빌려온 전쟁으로 다들 곤궁하던 시절에도 식구들은 그럭저럭 버텨 냈다.

공부를 썩 잘하던 그는 고등학교 입학을 앞두고 서귀포에서 제주시로 유학했다. 섬에서도 우수한 학생들이 제주 시내로 모여들었고 거기서는 아무도 그를 심방 아들이라고 놀리지 않아 좋았다. 역사에 흥미를 느끼던 차에 서울로 올라가 K대 사학과에 지원했지만 결과는 낙방이었다.

홧김에 자원입대했다. 동창들을 따라 해병대를 지원했는데 아버지의 적극 권유도 한몫했다. 아버지는 기왕에 가려거든 거기가 좋겠다고 했다. '귀신도 잡는댄 허는 해병대는 애국 청년들만 가는 데랜 허난…', 하며 어색한 미소를 지었다. 폭도의 가족이 아니라는 걸 증명하자면 상대적으로 그쪽이 안전하다는 뜻이었다. 부대에는 제주 출신이 유난히 많았다. 스물한 살 피 끓는 청춘이 애국심으로 불타올랐다. 파월 장병 모집에도 가장 먼저 손을 들었다. 각종 작전에 그의 부대가 투입되었고 그는 사단장 표창을 두 개나 받았다.

제대 날짜를 받아 두고 고민을 거듭했다. 조직 문화가 적성에 맞는 것 같기도 하여 내친 김에 말뚝을 박기로 했다. 모자에 갈매기 하나를 붙인 직업 군인도 대우는 좋았다. 영원할 줄 알았던 유신 정권이 끝났을 때 그에게 또 다른 기회가 왔다. 국군보안사령부에 차출된 것이었다. 권력에 손을 뻗은 신군부가 그를 배치한 곳이 전남 지부였다. 출퇴근은 여느 공무원과 다르지 않았고 복장도 더 이상 군복이 아니었다. 머리도 적당히 길렀으므로 외모만으로는 민간인과 구별되지 않았다. 그의 임무는 지역 내 불순분자를 감시하고 그들의 동향을 적어 날마다 상부에 올리는 일이었다.

그곳에서 한 여인을 만나 사랑에 빠졌다. 하지만 결혼을 약속한 그녀의 느닷없는 실종이 그의 삶을 바꿔 놓았다. 하루에도 몇 번씩 내부 보고서와 일지 등을 뒤지고 수소문했음에도 실마리는 잡히지 않았다. 수많은 사람들의 운명이 엇갈린 혼돈의 시대라곤 하나 그는 이른바 정보를 다루는 자였다. 하물며 그녀의 생사조차 파악 못 하는 허탈감을 좀처럼 견딜 수 없었다.

제 사람을 지켜 주지 못했다는 자학과 좌절의 나날을 보내던 그가 마침내 귀향을 선택했다. 자살 대신 선택한 결정이었다. 매일 밤 악몽에 시달렸고 두통을 앓았다. 그를 가장 괴롭힌 것은 소리였다. 깨어 있는 시간에도 여인의 신음과 비명이 들려 왔다. 잊으려 애써도 소용없었고 백약이 무효였다. 결국 어머니 심방에게 고백했고, 오랜 고심 끝에 받아 든 처방은 무가에 입문하여 마음을 다스리는 것이었다.

여기까지가 심방이 된 사연이었다. 문제는 그가 간혹 영계의 소리를 듣기는 하되 영의 눈으로 볼 수는 없다는 거였다. 그는 죽기 전에 꿈에서라도 그녀를 보기를 소원하였다. 딱 한 번만이라도….

그가 택한 방법은 스스로 개발한 관시탕이었다. 어미가 귀신 씐 환자를 고칠 때 사용하던 것인데 그가 약효를 강화시켰다. 자신의 몸을 실험 대상으로 삼고 시행착오를 겪어 얻어 낸 결과물이었다. 그걸 마시고 과거로 되돌아가는 듯했으나 들려오는 소리만 커질 뿐, 그녀의 모습은 쉽사리 잡히지 않았다. 보이는 듯하다가도 이내 뿌옇게 흩어졌다. 짙은 안개 속을 더듬는 듯 답답했고 말을 걸어도 반응이 없었다.

애를 태우던 그가 관시탕의 용량을 높이기 시작했다. 죽어도 그만이라는 생각이었다. 어미가 부작용을 누차 경고했고 그도 모를 리 없었지만 결국 중독이 왔다. 손이 떨리고 입술이 퍼렇게 변해갔다. 굿을 쉬는 날엔 더 커지는 환청이 그의 머릿속을 후벼댔다. 그렇다고 날마다 굿을 할 수도 없었다. 꺼져 가는 체력이 문제였다. 그녀가 이미 세상을 떠났을지도…. 세월이 흐를수록 불길한 의심이 짙어졌다. 그녀의 혼령을 대신 만나 줄 영매가 필요했다. 영매는 그녀에게 무슨 일이 있었는지도 전해 줄 것이다. 그러면 평생의 한을 풀 수 있을 터. 온전한 굿으로 그녀를 달래 좋은 곳에 보내 주고 그도 곧 따라가고 싶었다.

"내가 무사왜 너럭바위에 올랑 영가덜을 불러내는지 알암서? 이승의 업을 다해영 가젠 허는 몸부림이지. 자네가 알리는 어실 테쥬만 '미여지벵뒤'라고 죽어도 죽지 못헌 영령들이 떠도는 곳, 제 갈 길로 가지 못행 왁왁헌 벌판을 헤매는 혼령들을 보듬엉 영원의 안식처로 보내 드리는 일은 우리 고튼 심방이 아니민 불가능헌 일. 이 불행한 섬에 원혼들이 떼로 몰려 떠돌아 다니지 않는가. 그 원혼들을 고이 모셔드려야 내 업이 풀릴 걸 어떵헌단 말이라. 게다가 내겐 이제 남은 시간도 얼마 어신 거 닮고. 체력이 떨어지민 도력도 떨어질 수배끼 어실거난없을거니."

고 심방의 말을 믿을 수도, 그렇다고 무시할 수도 없게 된 석준의 가슴 언저리로 응옥의 고통이 송곳처럼 뚫고 들어왔다.

"지금 바로 답을 달랜 허는 건 아니난 생각해 보고 나중에 답해 주게. 허지만 형수 목숨이 자네신디 달릴 수도 이실 거난 어떵헐지는 잘 생각허게."

부탁 같기도, 협박 같기도 했다. 고 심방이 자신의 속마음을 확대경으로 들여다보는 듯하여 석준은 먹은 게 얹힌 기분으로 산을 내려왔다.

조만간 너럭바위를 폭파한다는 정보에 농성장 분위기가 차갑게 가라앉았다. 대규모 군함을 대자면 일직선으로 평평한 부두가 필요할 것이었다. 바다로 밀려 나간 바위를 깎아내고 안으로 들어간 부분은 메워야 할 터였다. 그곳엔 방파제용 콘크리트 구조물을 쏟아부을 것이었다. 예상하지 못한 건 아니지만 이대로 두면 이 마을이 더 큰 몸살을 앓을 건 불 보듯 뻔했다.

마을 총회에서는 시공업체를 상대로 법원에 가처분 신청

을 냈다. 시공업체인 S물산에서 끌고 온 바지선이 선박 검사를 받지 않았으므로 작업을 중지해 달라는 요구였다. 받아줄지 확신은 없었다. 법원이 받아들여 준대도 작업을 길게 멈춰 놓긴 어려울 것 같았다. 환경 영향 평가와 자연 보전 지구 해제를 위한 막바지 절차가 남아 있긴 해도 그거야 정부가 밀어붙이기로 하면 뚝딱 해치울 요식 행위에 불과했고 그들의 태도로 보아 의심의 여지는 없었다.

작은 섬 두 개가 앞바다에 솟은 채 닿을 듯 너럭바위를 마주보고 있었다. 석준이 서 있는 너럭바위는 거대한 용암 덩이가 바다로 밀려 나온 형상이었다. 그곳이 지구상에서 보기 드문 천연 보호 구역이라는 사실이 석준의 가슴을 처량하게 눌렀다. 거기서 솟아나는 용천수는 얼마나 좋았던가. 그 맑은 물을 온 마을 사람들이 길어다 마셨고 아이들은 거기서 멱감고 물장구를 쳤다. 화산섬에서는 매우 드문, 사시사철 마르지 않는 그 냇물에 발 담그면 정강이를 간질이는 물고기의 촉감이 짜릿했다. 이곳에서 이어진 개천을 타고 은어 떼가 올라오곤 했는데…. 돌고래는 또 얼마나 자주 몰려오는가. 멸종 위기를 맞은 맹꽁이와 그들을 숨겨 주는 습지의 층층고랭이도 사라질 판이었다. 천연 기념물로 지정된 연산호

군락이 바로 옆인데 너럭바위가 무너지면 거긴들 멀쩡할 리 없었다.

불현듯 생각이 확장되었다. 그동안 석준은 내 고향 지키기와 자연 보호라는 구호 속에 매몰되어 그 너머의 문제를 새겨 보지 못했었다. 내 나라 정부가 자연을 부수며 이 섬에 기어이 군사 기지를 만들고자 하는 목적이 무엇인가. 자발적인가 마지못해 하는 것인가. 그것도 아니라면 자의반타의반인가. 그것으로 이익을 보는 세력은 누구인가. 가뜩이나 무거워진 석준의 머릿속이 더 혼탁해졌다.

더했다 덜했다 할 뿐 베트남을 다녀온 뒤로도 응옥의 증상은 여전했다. 새벽잠을 설친 그녀가 안절부절못하고 파리한 얼굴로 마당을 오가는 일도 잦아졌다. 어머니가 며느리의 그런 행동을 못 봤을 리 없지만 직접 타박을 놓지는 않았다. 대신 원망 섞인 볼멘소리가 석준에게 떨어졌는데 고 심방을 다시 찾아가 잘 좀 설득해 보라는 거였다.

이마에 잔주름을 잡고 미간을 잔뜩 좁힌 응옥에게 어머니가 물질하러 갈 채비를 재촉했다. 응옥이 조반을 몇 술 뜨는 둥 마는 둥 하던 숟가락을 놓고 약병을 꺼냈다.

"그걸 먹는댄 나숩니까? 괜히 속만 버릴 걸…."

석준이 어머니를 말려 볼 요량으로 끼어들었다.

"물속에 들어가면 괜찮아요. 조금은…."

'조금은'이라는 말이 꼬리에 붙는 걸로 보면, 바다 속에서 바쁘게 손을 놀리다 보면 두통을 잠시 잊는다는 얘기였다. 그녀도 시할머니, 시어머니로 내려온 숨비질을 순순히 받아들이는 모양이었다. 석준은 시내 병원에서 처방해 준 진통제로 그녀가 심리적 위안이라도 얻기를 바랐지만 마음은 궤사리 오름에 가 있었다. 이제 결심을 해야 한다. 들은 그대로 전해도 될까.

어머니와 할머니에게는 '당집에 다녀오더니 증상이 완화되더라'고 전한 게 전부인데…. 진퇴양난이었다. 그냥 응옥을 위해 굿이나 한번 해 주자면 몰라도 그녀가 무당이 되어야 한다는 말을 꺼낼 용기는 없었다. 그건 석준 스스로도 내키지 않았고 명준을 설득할 자신은 더더욱 없었다. 고 심방의 말을 어디까지 믿어야 할지도 고민이었다. 호기심이 생기다가도 은근히 겁도 났다. 석준은 사흘을 더 보내며 이리저리 머리를 굴려 보았다.

관시탕이 효과가 있을까. 그걸 마시면 정말 특별한 능력이 생길까. 하긴, 세상엔 과학적으로 설명되지 않는 현상이 더러 있고 내 지식이 미치지 못한다고 무조건 무시할 일도 아니었다. 결심이 서면 답을 달라 했으므로 그곳에 다시 못 갈 이유도 없었다.

하지만 내가 그의 소원을 들어 주었는데 응옥에게 차도가 없으면 나만 바보되는 건 아닐까. 확실한 효험을 볼 수 있다면 응옥은 무가의 길로 순순히 들어설까. 어머니와 할머니는 동의하실까. 형은 허락할까. 여기까지 생각하다 석준이 무릎을 쳤다. 그리고는 하늘을 보았다. 맑은 날이었다. 보름달이 떠오를 것이고. 그래 오늘 밤에도 그가 나타날 거야.

석준은 응옥을 고무보트에 태웠다. 너럭바위에 가 보자는 말에 그녀가 순순히 따랐다. 저물녘이었으나 아직 해가 있었고 자주 다니던 길이라 절벽 바위틈을 오르는 게 그리 어렵진 않았다. 천막에 먼저 도착해 있던 삼녀가 반갑게 응옥의 손을 잡았다. 응옥에게 해변 농성장은 처음이었다. 경찰이 언제 들이닥칠지 몰라 늘 조마조마하는 곳이었다. 두통이 부쩍 심해진 삼거리 시위 이후로 식구들은 그녀를 시위 현장에 얼씬도 못 하게 했다. 더군다나 비대위원들 위주로 조를 짜서 지켜 온 너럭바위 농성장은 언감생심이었다. 마을 분위기도 전 같지 않아 비대위원들의 눈치를 보며 몸조심하는 사람이 늘었다. 경찰이 경고문을 붙인 뒤로는 철조망 안으로 발 담그기가 쉽지 않은 탓이었다. 비대위원끼리는 서로를 격려하며 '우린 간이 배 밖으로 나온 사람들'이라고 했다.

석준의 예상이 맞았다. 고 심방이 바위 뒤 바다에서 불쑥 올라오더니 비대위 농성장 가까이에 자리를 잡았다. 이번에도 어둠이 내리기 전이었다. 붉은 놀이 그의 몸짓 뒤로 몽환적인 배경을 깔았다. 징소리와 함께 굿이 시작되었다. 천지신명 옥황상제를 부르며 한참 동안 도포자락을 휘날리던 그가 술잔을 채우고 목소리를 한껏 높였다. 그가 사람들 이름을 하나씩 부르기 시작했는데 열댓 걸음 떨어진 천막에서도 알아들을 수 있었다. 세상이 미쳐 버린 그 겨울, 너럭바위에 끌려와 억울하게 죽어 간 이 마을 혼령들이었다.

"강공심, 강기준, 강달헌, 강대생, 강동열, 강동진, …."

늘 그렇듯 가나다순이었다. 걸걸한 목소리로 이름 끝을 늘이며 운율을 타던 그가 중간 중간 멈추고 잔기침을 눌렀다. 손에 쥔 작은 수첩을 펴서 다시 확인하기를 여러 차례, 이미 다 외웠을 법한 이름들이지만 하나라도 빠뜨릴까 조심하는 모습이 역력했다.

"… 홍순익, 홍신표, 홍영택, 홍인표, 홍행표."

줄잡아 200이 넘는 이름과 생년월일을 부르는 데 10분도 더 걸렸다. 이어서 그가 부모와 함께 죽은 애기들을 불러냈다. 죽창에 찔려 쓰러진 어미의 젖을 빨다 패대기쳐진 어린 것의 사연을 말하는 대목에서 그가 흐느꼈다. 삼녀가 수건을 꺼내 눈물을 찍었다.

응옥이 느닷없이 자리를 박차고 일어나 심방에게 다가갔다. 석준이 말릴 틈도 없었다. 눈들이 그녀에게 쏠렸다. 그녀는 집에서 입던 베이지색 면바지에 티셔츠 위로 녹색 카디건을 걸친 차림이었다. 그녀가 천천히 팔을 올려 가는 손가락으로 허공에 곡선을 그었다. 나름의 춤사위였다.

고 심방의 북소리가 점점 급해졌고 가파른 장단에 맞춰 그녀도 팔다리를 빠르게 움직였다. 마침내 그녀가 점프하듯 위아래로 뛰었다. 천막 안에서는 서로를 마주보기도 했는데 하나같이 놀라는 표정이었다. 북이 느려지자 그녀의 동작도 상하에서 좌우로, 직선에서 원형으로 바뀌었다. 버들가지가 바람에 밀리며 휘청대는 모습이었다. 고 심방이 응옥을 내버려두었고 그녀는 굿이 끝날 때까지 춤을 추었다.

굿을 다 마친 고 심방이 도구를 챙길 때까지 그녀는 어둠이 내린 바다를 향해 석상처럼 멍하니 서 있었다. 고 심방이 여느 때처럼 지게 위에 짐을 올려 바위 아래로 내려갔다. 석준이 응옥을 천막으로 데리고 와 담요 깔린 구석자리에 눕혔다. 그녀가 이내 잠에 빠져 들었다. 다들 아무 말도 하지 않았다. 석준은 밤을 꼬박 새웠고 응옥은 다음 날 아침까지 긴 잠을 잤다.

"어제 일 기억나요?"

석준이 물었고 응옥이 고개만 끄덕였다. 기분이 어떠냐고 다시 물었을 때 응옥은 엷은 미소를 띠며 머리가 개운해졌다고 말했다.

"꿈 없었어요. 머리 아픈 뒤로 처음이에요."

석준이 그녀에게서 특별한 가능성을 발견한 날이었다. 반갑고 슬펐다.

5

관시탕

"혼자 온 거라?"

고 심방이 먼저 입을 열었다. 짙은 눈썹 아래 우물처럼 깊은 눈이 석준의 속을 꿰뚫어 보는 듯했다. 혼자 온 게 좋다는 건지 응옥과 같이 오라는 뜻인지 짐작하기 쉽지 않았다. 그를 다시 찾은 석준은 두려움이 앞섰다. 쉼 없이 연기를 올리는 향불과 방 한가운데를 차지한 약탕관이 분위기를 압도했다.

"식구들이 아직 마음을 정하지 못해수다."

가족회의를 연 것도 아니고 진지하게 상의해 본 적도 없지만 그게 모범답안은 되리라 생각했다. 고 심방이 천천히 고개를 끄덕였다. 응옥이 신들렸다는 소문이 이미 동네에 퍼졌을 터, 석준은 차라리 잘된 일이라 생각했다. 응옥을 무가에 입적시키자면 가족의 협조는 필수 아닌가. 어머니와 할머니는 차치하고 형을 설득할 자신이 없던 참이었다. 하지만 소문이 마을 사람들의 귀에 들어가 기정사실로 굳어지면 식구들인들 어쩌겠나. 목숨 하나 살리는 셈 치고 받아들이지 못할 것도 없지 싶었다. 석준 자신도 그녀가 무당 되는 게 못마땅했으나 그 또한 팔자려니 했다.

"궁금한 게 이수다."

"……."

"형수는 아직 우리말이 서툽니다. 신내림을 받는댄 해도 굿이나 제대로 치뤄질 건가 마씸?"

"심방은 죽은 자를 달래는 존재. 산 사롬의 말재주가 무어 그리 중헐 텐가. 산 사롬들은 어차피 구경꾼에 불과한 걸."

"경해도 누가 굿이라도 청허민 마씸."

"물욕이 판치는 시상에선 돈이 가장 큰 귀신일 터. 돈 귀신이라도 불러당 부자 맨들어준다 허민 모를까, 요즘 시상에 우리 고튼 심방헌티 누가 굿을 청한댄 말이라."

"경허민 형수가 심방 되엉 해야 될 일이 무어란 말이꽈?"

"제 자신과 불행한 영혼들을 위해 허구헌 날 빌고 또 빌어

야지. 좋은 굿을 헐 수만 이시민 금상첨화겠지만, 경 안 해도 심방 노릇에 문제는 어서. 사설을 줄줄이 풀어 내고 춤을 잘 춘댄 좋은 굿이 될 텐가. 아명 사설을 제대로 풀어낸댄 해도 헛거라. 중헌 건 신끼지, 신끼 말이라. 타고난 신끼도 허드렁어설프게 설쳐대민 사그라지는 법. 가진 재주 하나 믿엉 점쟁이 흉내 내당 챙피당한 인간이 어디 한둘인줄 알암서. 제 욕심을 버려야 해. 심방은 놈을 위해 자기를 비워야 허는 업을 타고난 사롬. 끝어시 마음밭을 갈고 닦아야 만신이 들어 앉앙 그 공력을 도와주는 건디, 끄응…. 사그라들지 안 허는, 바로 그 호날하나를 비우지 못해영 이 모냥으로 욕망에 갇혔고, 몸꼬장몸까지 이 지경으로…."

그가 물끄러미 약탕관을 내려다보았다. 수련이 부족하니 만신이 제대로 도와주지 않았고 도력을 약물에 의존하다 건강을 잃었다는 뜻이었다. 밭은기침을 자주 했고 그때마다 말허리가 잘렸다. 하지만 의사 전달을 위해 애쓰는 기색이 역력했다. 거침이 없다가도 때로는 느리게 또박 또박. 심방이 갖춰야 할 정신 자세와 태도에 대하여 일갈하는 대목에서 그는 단어 하나에도 부러 힘을 주었다. 나름의 소명의식이 느껴졌다. 그의 논리대로라면 그가 모시는 신마저도 인간 정리를 끊지 못하는 그를 도와주지 않는다는 거였다. 매사가 그렇듯 체력이 떨어지면 열정도 식기 마련, 그가 젊은이의 집중력을 빌리려는 의도는 이해가 되었다. 하지만 그가 혈기 왕성하던 시절에 소원을 풀지 못한 건 알다가도 모를 일이었다. 석준의 마음을 읽기라도 한 듯 그가 말을 덧붙였다.

"어멍이 쓰던 약은 효과가 들쑥날쑥…. 관시탕을 제조허멍 내 몸을 대상으로 날마다 실험해서. 그렇게 느지막이 완성된 약이 효과는 이섰지만 몸이 먼저 시들어 분걸. 몸이 약기운을 노시[도무지] 젼디지 못헌 거쥬."

석준에게 도움을 청한 이유였다. 측은지심이랄까. 심방으로 늙어 가는 그가 딱했다. 석준이 곁눈으로 방안을 훑어보자 그가 물었다.

"이런 행장덜을 꼭 집안에 차려야 허는지 염려허는 건가?"

"……."

"의식에 소용되는 행장덜은 기냥 상징일 뿐. 십자가나 불상인들 아니겠나? 기도에만 집중허민 백 가지 행장이 무신 소용이겠나. 그런 건 마음에나 두면 될 일. 나야 어멍신디 배운 거 습관적으로 쓸 따름이고…. 점 봐 달랜 찾아오는 사름들이사 무시거 그럴듯허니 봬 줘야 영험허다 생각헐 테고. 신당을 요란스레 꾸며야 신도도 꼬이난 어떵헐 말인가. 어리숙헌 중생덜이사 절간이나 교회가 커야 성직자의 권능도 큰 줄 아는 법이난."

석준은 문득 고 심방이 자신의 과거사에 대해 풀어놓던 기억을 끄집어냈다. 젊은 시절 그가 사학과에 진학하려다 포기했다는 대목이 함께 떠올랐다. 그의 전력은 무지몽매한 미신 추종자 또는 사이비 교주의 이미지와 다소 거리가 있었다. 그가 수시로 굿을 하고는 있지만 오늘날 그게 다 무슨 소용이냐는 볼멘소리를 주변에서 자주 듣던 참이었다.

"심방 어른이 굳이 너럭바위로 내려오시는 이유를 여쭤 봐도 되쿠과?"

"자네신디 관시탕을 권하는 이유나 크게 다를 게 어서. 기왕 나선 일인디 부락민들신디도 특별한 기회를 가져 보랜 허는 몸부림이라고나 할까. 생각해 볼 기회 말이라. 당장 눈앞에 보이는 것에만 아둥바둥허지 말고 시간의 눈으로 오늘을 보라고. 시간을 앞뒤로 살펴 긴 안목으로 살펴야 비로소 제 처지도 알고 해결책도 생길 일 아닌가. 당장 눈에 뵈는 적만 적일 텐가. 전에도 완장 창[차고] 설치는 종자덜만 모수웡[무서]

워 뒤에서 욕이나 해대명 미워했지 정작 그 종자들 뒤에서 팔짱 낀 채 조종허는 괴물은 보지도 못헌 거 아닌가. 어찌 흐릿헌 눈으로 과녁을 겨누겠나. 싸움에 이기젠 허민 적을 똑바로 확인해야 헐 거 아니냔 말이쥬."

"저것이 정말 시간을 건너뛰게 해 준단 말이꽈?"

"당장 해 보크라? 자네 눈에 뭐가 보일 건지 궁금도 허고."

"게나저나그러나저러나 굳이 저를 택헌 이유라도 이수과?"

"절실함. 자네처럼 절실한 이유가 이서야 원하는 바를 얻을 수 이시난. 과거로 시간 여행을 떠나민 반드시 만나게 될 사롬이 이실 거라. 그게 누겐지 지금 장담할 순 어서도 반드시 자네가 아는 사롬일 거라. 여행 댕기당 보민 때론 놓익은 것에 끌릴 때가 있지 안 헌가. 인연이랜 허는 게 본디 경헌 거난. 자네가 대신 내 눈이 돼 주민, 꼭 봐야 할 사롬을 만날 수 이실 거라. 가까운 대리인일수록 감정을 나누는 게 쉬운 법이고, 내 짐작이 마지민 자네와 난 남남이 아닐 수도…."

"무슨… 말씀이신지…."

"그야 댕겨오민 확인헐 수 이실 일."

석준의 오장육부 어딘가에 딱히 꼬집을 수 없는 충동이 꿈틀거렸다. 맹렬한 호기심이었다. 고 심방이 바로 그걸 자극하고 있었다. 고 심방이 어리둥절해 하는 석준의 손에 유리잔을 쥐어 주었다. 약탕관을 기울였고 붉은 액체가 잔에 가득 채워졌다.

"어떵, 마셔 볼 텐가? 지금이라도 늦진 안 해시난 생각 어시민 거절해도 상관 없네."

석준은 뱃속 깊은 곳에서 올라오는 묘한 진동을 느꼈다. '뭐해 어서 마시잖고.' 누군가 재촉하고 있었다. 설마 죽기야 하겠어. 지난번에도 한 모금 넘겨 봤잖아. 내친걸음이었다. 더 이상 머뭇거리다간 모양만 구겨질 듯했다.

석준은 눈을 감고 양손으로 잔을 감싼 채 벌컥벌컥 마셔 버렸다. 느끼한 맛과 톡 쏘는 향이 목구멍에 남았다. 훅, 올라오는 뜨거운 뒷맛은 고량주 한 잔을 한입에 털어 넣은 느낌이었다. 막걸리처럼 약간의 신맛도 목젖에 걸렸다. 발효된 식물에서 나온 알콜 성분이 틀림없었다.

몇 차례 심호흡을 하자 취기가 올라왔는데도 눈앞이 훤해졌다. 신기했다. 지게문 창호로 들어온 뒷마당 그림자를 촛불 두 개로 겨우 쫓아낸 방안에 먼지 같은 입자들이 부유했다. 불현듯 시력이 좋아진 듯도 했다. 집중력을 높여 준다는 효과가 바로 이런 건가.

고 심방이 미닫이문을 열어 석준을 옆방으로 안내했다. 실내가 아까보다 어두웠음에도 사물의 윤곽은 오히려 뚜렷했다. 방의 한 면은 책으로 빼곡한 서가였다. 한때 고 심방이 관심을 두었다는 역사 서적은 물론이고 모서리 닳은 심리학, 인류학, 철학서 등이 석준의 눈을 붙잡았다. 최근 것으로 보이는 시사 주간지도 여기저기 빈틈에 포개어져 있었다. 고 심방이 헛기침으로 주의를 환기시키며 석준을 다른 쪽 벽으로 이끌었다.

그가 이마 높이에 붙은 동그란 손잡이를 잡아당기자 작은 문이 양쪽으로 열렸다. 안은 벽장이었다. 이번엔 그가 문틀 위쪽에 매달린 줄을 아래로 당겼고 어두운 공간에서 사다리가 내려왔다.

“난 이 자리서 기다릴 거난 댕겨오게. 태평양 전쟁 말기에 왜놈덜이 파 놓은 굴로 연결될 거라. 사삼 땐 토벌대를 피해 일가식솔이 피신했던 공간인디, 거기서부턴 나도 모르난 일어나는 양 맽겨 두고.”

석준은 고 심방을 일별하고 사다리에 올라 좁고 어두운 벽장 안으로 들어갔다. 관 속 같았다. 사방을 더듬다 몸을 왼쪽으로 돌렸다. 막힌 벽으로 팔을 뻗어 살짝 밀어 보니 삐

걱거렸다. 다시 손바닥에 힘을 주고 어깨에 힘을 실었다. 빠끔히 벌어진 아래쪽 틈새로 빛이 들어왔다. 조금 더 밀자 벽의 밑 부분이 뚜껑처럼 들렸다. 위쪽을 고리로 매달아 둔 널빤지 문짝이었다.

바깥으로 머리를 내밀어 보았다. 대밭이 언덕처럼 비탈진 뒤꼍 방향이었다. 아래를 내려다보니 성인 허리 높이의 큼지막한 옹기가 입을 벌리고 있었다. 몸을 돌려 밑으로 발을 뻗어 내렸다. 옹기 주둥이 둘레에 발을 디디려다 그 속으로 미끄러졌다. 몸이 누르는 힘으로 옹기 바닥의 둥근 판자가 아래로 빠졌다. 미끄럼틀을 타듯 비스듬히 내려온 곳, 고 심방이 말한 동굴이었다. 대밭 밑으로 이어지는 굴이 널찍하여 키를 세워 양팔을 벌릴 만했다.

축축한 습기가 팔뚝을 감았다. 흐릿했지만 주변을 알아볼 순 있었다. 사오십 보쯤 떨어진 위쪽에서 햇빛이 기둥처럼 내려왔다. 빛이 떨어지는 곳으로 발을 옮겼다. 고개 들어 올려본 천장에는 십여 미터 위의 지상으로 공기 구멍이 뚫려 있었다. 동굴 깊은 곳에서 물소리가 공명되어 들려왔다. 작은 웅덩이로 떨어지는 물방울 소리였다. 먹을 것만 구할 수 있다면 추위와 더위를 피하기 좋은 조건이었다.

빛줄기가 오직 하나인 것으로 짐작건대 지상에서 들어오는 별도의 출입구는 없나 보았다. 애초에 그런 게 있었더라도 덤불이나 바위 등으로 막힌 성싶었다. 뾰족한 돌이 자주 밟혔다. 바닥을 비춘 둥글고 노란 빛이 무대 위로 떨어지는 핀 조명처럼 보였는데 크기가 함지박만 했다.

신기하게도 바로 그 자리에 화단이 만들어져 있었다. 볕을 이고 선 새빨간 꽃들이 예사롭지 않았다. 양귀비였다. 공처럼 부풀어 오른 씨방이 곧 터질 것만 같았다. 주변으로 눈을 돌렸다. 이름 모를 버섯들이 양지와 그늘의 둥그스름한 경계에서 예닐곱 줄기의 양귀비를 호위하고 있었다. 고 심방이 약재를 구하는 곳인 듯했다. 생김새가 서로 다른 화려한 버섯들의 향기에 빠져드는 순간 재채기가 나왔다. 석준은 반사적으로 뒷걸음질쳤다. 허방을 짚었나 싶었는데 정전이 된 듯 갑자기 눈앞에서 물체들이 사라졌다.

•••

석준이 정신을 차려 몸을 세웠다. 다친 데는 없었다. 그런데 주변이 어느새 낯선 사무실로 바뀌어 있었다. 차렷 자세로 혼자 서 있는 방 한편에 책상 하나가 있고 그 위엔 검은 물체가 놓여 있었다. 회전식 손잡이가 붙은 구식 전화기였다. 벽에 세워진 전신 거울로 천천히 고개를 돌렸다. 모르는 사내가 석준을 마주보았다. 소스라치게 놀란 석준이 거울 옆에 걸린 달력으로 눈동자를 흘렸다. 1948년 5월. 그제야 석준은 관시탕을 떠올렸다.

석준은 청바지와 헐렁한 점퍼가 아닌 새까만 경찰 제복 차림이었는데 어색한 기분이 들진 않았다. 경사 계급장이 붙은 모자를 벗고 얼굴을 만져 보았다. 깔끔하게 면도한 피부와 뒤로 빗어 넘긴 헤어스타일도 평소의 석준이 아니었다. 말하자면 석준은 사내의 몸을 옷처럼 입고 있었다. 잔뜩 긴장한 사내의 불안한 감정이 느껴졌다. 그렇다면 석준이 사내의 몸속에 기생충처럼 들어가 일체화되었는지도 몰랐다. 책상 옆 소파와 키 낮은 테이블을 정리하고 곁에 의자 두 개를 더 배치했다. 그가 서류철을 탁자 위에 올려놓았다. 탁 하고 소리가 났다. 석준은 사내의 눈과 귀로 세상을 보고 듣게 된 것이 신기했다.

잠시 후 문이 열리더니 사람들이 방안으로 들어왔다. 양복 하나, 노란 견장 단 경찰 제복 하나, 군복이 둘이었다. 사내는 문 옆으로 비켜서며 그들을 향해 거수경례를 붙였다. 양

복과 경찰 제복은 한국인, 베이지색 군복을 입은 둘은 미군이었다. 미군 중 나이 든 쪽은 모자에 별 두 개 붙은 장성이었고 젊은 쪽은 그의 부관 장교였다.

사내는 나가지 않고 문 옆에 섰다. 잔뜩 긴장한 부동자세로 시선을 정면에 꽂았다. 하시라도 지시를 받아 이행하려는 자세였다. 장군이 소파에 앉자 검정 제복이 동행한 다른 양복에게 한국어로 '장관님도' 하며 그 옆자리를 권했다.

"이봐 경무부장! 그 친구 들어오라고 하지."

장관이 경무부장으로 불린 검정 제복에게 그렇게 지시하자 제복이 문 옆을 지켜 선 사내에게 턱짓을 했다. 사내가 문을 열자 또 다른 군복 하나가 방으로 들어와 경례하며 관등성명을 댔다. 어깨에 중령 계급장이 붙은 한국인이었다. 경무부장이라는 자가 벌떡 일어나 능숙한 영어로 미군 장성에게 중령의 신분과 용건을 통역했다. 미군 장성이 윗몸을 일으켜 중령에게 악수를 권하며 말을 걸었다. 통역은 다시 경무부장이 맡았다.

"우리도 상황은 알고 왔네. 제주에 내려온 김에 지역 연대장인 자네 얘기를 들어 보려고 부른 거야."

"자, 군정장관님 면전에서 소상히 보고해 봐."

한국인 장관도 미군 소장을 군정장관으로 부르며 통역을 거들었다.

"이 지역에는 남한만의 단독 정부 수립을 반대하는 사람이 많습니다. 경찰과 여러 차례 충돌이 있었고 인명 피해까지 발생한 상황입니다. 현재 청년들이 무장하고 한라산으로 올라가 저항하고 있습니다. 이대로 놔두면 양측에서 더 많은 사상자가 발생할 게 분명합니다. 이미 저희 경비대에서 그들 대표를 만나 중재하였습니다. 자수를 유도했고 평화적으로 분쟁을 끝내기로 합의한 바 있습니다. 우리 군에게 해결할 기회를 주시기 바랍니다. 무력 진압은 안 됩니다."

경무부장이 장군에게 중령의 말을 옮겼다. 긴 설명에 비해 옮겨진 영어는 매우 짧았다. 장군이 언짢은 표정으로 간단히 대꾸했고 경무부장이 한국어로 바꿨다.

"지금은 비상시국이고 미군정이 모든 권한을 갖고 있다. 그건 군정장관인 내가 결정할 일이다. 미국은 공산주의자의 활동을 허용할 수 없다. 그들은 소련 추종 세력이 아닌가."

돌아오는 문장은 장군의 말에 비해 길었다. 중령이 고개를 갸웃하며 볼멘소리를 했다.

"지금 제대로 통역하는 겁니까? 그들 중 대다수는 공산주의가 뭔 줄도 모릅니다. 선량한 양민이란 말이오. 그 사람들을 어쩔 셈이오? 그들은 미군정의 정책을 시정해 달라고 요구한 겁니다. 미군정이 왜놈들보다 더 가혹한 공출을 강요하니 어찌 견뎌 내겠소. 매점매석을 막는다는 명분은 현실을 모르는 헛소립니다. 오히려 힘 가진 놈들만 이 틈에 양곡을 숨겨 놓고 배를 불리고 있지 않소. 저항에 나선 쪽은 빨갱이가 아니라 그냥 굶주린 백성들입니다. 경찰의 과잉 진압과 무고한 살상을 피해 입산한 사람들이란 말이오."

중령도 밀리지 않았다. 하지만 이번에도 옮겨진 영어는 짧았고, 급히 달아오른 장군의 얼굴에서 콧수염이 파르르 떨렸다. 장군이 벌컥 화를 내며 목소리를 높였다. 비위를 맞추며 굽실거리던 경무부장도 화난 말투와 표정으로 통역했다.

"자네가 뭔데 내게 지시하나. 명령은 미군이 한다. 우리가 점령한 이 섬이 바로 공산주의자들 소굴이 아닌가. 이번 기회에 본때를 보여 주자는데 무슨 말이 그렇게 많아."

뭔가 어긋난다 싶었는지 중령이 경무부장을 향해 언성을

높였다.

“지금 당신이 책임을 피하려고 수작을 부리는 모양인데, 이런다고 과잉 진압으로 무고한 양민들을 죽인 경찰의 범죄가 덮어질 것 같소?”

더 이상 통역이 진행되지 않았고 옆에서 지켜보던 양복이 끼어들었다. 그의 검지가 중령의 가슴을 향해 있었다.

“저놈도 빨갱이 아닌지 조사를 해 봐야겠어. 군대 내에 반동분자가 많다더니 여기서도 냄새가 나는구먼.”

중령이 갑자기 달려들어 경무부장의 멱살을 쥐었다.

“이 나쁜 놈아. 저 코쟁이가 알아듣게 제대로 통역을 하란 말이다. 죄 없는 사람들을 다 죽일 셈이냐. 내가 평화적으로 해결한다잖아.”

경무부장도 지지 않았다. 편이 갈린 여섯 사람 중 한쪽 편은 고작 한국군 장교 하나뿐이었다. 몸싸움이 벌어졌고 두 남자가 바닥에 넘어져 엎치락뒤치락했다. 분위기가 험악해지자 장군의 곁을 지키던 미군 장교가 권총을 뽑아 들어 중령의 관자놀이에 댔다. 중령이 머리 위로 두 손을 들고 천천히 일어나자 경무부장이 다시 달려들어 중령의 명치에 모지락스럽게 주먹을 꽂았다.

“이놈이 아직 정신을 못 차렸구먼. 어느 안전이라고 네 따위가 덤벼들어.”

한국인 장관이 넥타이를 조금 느슨하게 풀었다.

“넌 이 시간부터 대기발령이야!”

장관이 한 마디를 더 보탰다. 그러고는 두 미군을 향해 비굴한 웃음을 지어 보였다. 장군이 손끝을 까딱거려 문 앞에 선 사내를 불렀다. 끌어내라는 뜻이었다. 그때까지 눈동자만으로 사태를 살피며 기립 자세를 유지하던 사내가 급히 다가갔고 몸을 말고 쓰러진 중령이 그의 등에 업혀 나왔다.

사내의 등 뒤에서 문이 닫혔다. 정신을 차린 중령이 제 발로 걷겠다며 등에서 내렸다. 경찰서 마당에 주차된 군용 지프에서 운전병이 달려왔다. 사내는 운전병과 양쪽에서 그를 부축하여 지프 뒷좌석에 태웠다. 운전병이 차문을 세게 닫고 차를 출발시켰다. 사내는 차문 닫히는 소리를 듣고 돌아서 다시 경찰서 현관으로 걸어 들어왔다. 현관문 안쪽이 어두컴컴했다. 문을 당기는 순간 갑자기 어지러웠다. 정전이 된 듯 석준의 눈앞에서 사물들이 사라졌다.

• • •

깨어나 보니 여전히 어두웠고 관처럼 좁은 공간이었다. 여기까지 되짚어 온 길을 곱씹어 보았으나 가뭇할 뿐이었다. 취객이 제 집을 찾아온 다음 날 어떻게 들어왔는지 기억 못 하는 이유와 같지 않을까. 손으로 벽을 더듬었다. 익숙한 촉감이었다. 사다리를 타고 벽장에서 내려왔다. 온몸이 땀으로 젖어 있었다. 어지럼증은 여전했지만 머리는 점점 맑아졌다.

"건너오시게."

심방의 목소리였다. 문지방 하나를 넘었을 뿐인데 다리가 후들거렸다.

"여기 드러눕게."

방바닥에 회초리만 한 크기로 잘라 놓은 잔가지들이 가지런히 깔려 있었다. 대자리를 펴 놓은 듯 촘촘한 나뭇가지에서 은은한 향이 올라왔다. 송진 냄새와 닮았다는 생각을 했는데 곧바로 설명이 이어졌다.

"죽어 가는 사롬도 살린댄 허는 녹낭녹나무이네. 기다리는 동안 군불을 지펴 놓은 걸세. 지친 몸뚱이 추스르는 데는 이만한 게 어시난. 예전엔 곤장 맞거나 옥살이 끝에 나온 사롬을 여기에 눕혀 치료해신디, 바닥이 황토라 뎁혀 놔두민 냉증 치료에도 그만이고."

석준은 떨리는 제 손을 주무르며 그 위로 몸을 눕혔다. 오한이 좀처럼 가라앉지 않았다.

"심호흡을 해 보게. 녹낭에서 나오는 장뇌유가 몸과 마음을 안정시켜 줄 테니."

고 심방이 하나 두울, 천천히 수를 세며 석준의 호흡을 도왔다. 석준은 몸이 구들장 밑으로 꺼지는 듯 나른했으나 고 심방이 드디어 본론을 꺼내는 바람에 정신을 다시 모았다.

"어떵, 누굴 만나기는 한 건가?"

"제가 만났다기보다는…."

"누군가의 몸에 들어가실 테지. 시간이 지나민 꿈모냥 아득해질 거난 기억이 어서지기 전에 밖으로 끌어내야 해."

"어디부터 말씀을 드려야 할지…. 아, 경찰 제복에…."

"그리고?"

"달력이 걸려 이십디다. 1948년."

"놓익은 얼굴 아니든가?"

"……"

"경찰 제복에 48년도라. 까마귀로 불리던…. 혹시 명찰은 봤나? 이름 말이여."

"으음 그게, 어…."

"눈을 감고 찬찬히 훑어보게. 한 글자라도 떠오르는 게 이 신지."

고 심방이 무릎걸음으로 바투 앉았다. 석준의 망막에 흐릿한 글자 하나가 걸렸다.

"아, 구자 마씸. 아홉 구."

고 심방이 제 무릎을 쳤다. 탁 하는 소리에 석준이 눈을 떴다.

"자네 하르방 이름, 오승구 아닌가?"

듣고 보니 명찰에 붙은 이름이 오승구였던 것 같았고, 그의 얼굴 또한 어디선가 본 듯했다. 할머니집 안방에 걸려 있던 사진 속 젊은 남자, 그가 틀림없었다. 석준이 태어나기 전에 세상을 떠난 할아버지, 그와 한 몸이었던 경험을 기억이 허락하는 대로 풀어놓았다.

고 심방이 심각한 표정으로 고개를 주억거렸다. 처음인데 그만하면 성공적이라는 칭찬에 석준은 우쭐했다. 과거를 여행하다 보면 자신과 가까운 인연을 먼저 만날 거라던 고 심방의 예언이 들어맞은 셈이었다. 석준이 오승구가 되어 경찰서 안에서 경험했던 극적인 순간들을 털어놓는 도중에 고 심방이 말허리를 잘랐다.

"딘…, 윌리엄 딘, 바로 그놈이로군."

고 심방이 이를 악물고 있었다.

"그놈이 제주에 다녀간 직후 연대장이 바뀌었지. 그 뒤로 도내 병력이 수시로 물갈이되었고. 토벌 작전에 부대를 바꿔가멍 투입헌 이유가 뭐겠나? 섬사름덜 대상으로 실전 같은 살상 경험을 익혀 갔고…. 미군정은 해방 조선을 적국 일본과 구별허지 안했지. 허리를 동강 낸 것을 넘어 조선 백성들 고통은 아랑곳하지 않은 게 그 증거난. 전범국 일본 대신 식민지 피해자인 이 나라 백성이 벌을 받는 어처구니어신 상황이 벌어진 거란 말일세. 해방 조국의 새 지배자로 등장한 미군정의 무지와 횡포에 저항하던 청년들은 산으로 올라가

고…. 그 무장대를 이끌던 이들이 누게였던가. 바로 이 섬의 요망진야무진 지식인덜 아니었던가. 섬사롬들은 반쪽 정부를 거부하고 통일 조국을, 식민지 백성에서 어엿한 주인으로 사람답게 살아 보자, 이걸 원헌 건디 미군정은 지덜 전리품으로배끼 취급 안 했단 말이지."

석준이 윗몸을 일으켜 허리를 곧추세웠다. 불현듯 떠오른 너럭바위가 머리를 짓눌러 더 이상 누워 있기 거북했다. 그러잖아도 해군 기지 공사가 기정사실로 굳어져 가는 마당에 고 심방에게 자문을 구해 보려던 참이었다. 그의 정치적 식견 또한 궁금했다. 석준이 문득 인터뷰 기자라도 된 양 물었다. 고 심방 자신이 원하는 첫 번째 과제를 대신한 마당에 이 정도는 물어 봐도 되겠다 싶어 한 걸음 더 나아갔다. 그의 신통력에 대한 믿음까지 어느 정도 얹은 물음이었다.

"요즘 들어 해변에 부쩍 자주 나오십디다마는…, 우리 마을 그냥 이대로 무너지는 거꽈?"

"육을 버려도 혼을 살리민 꼭 패한 것만은 아니난…."

알쏭달쏭한 답이었다. 주민들이 이렇게 반대를 하는데도 기어이 밀어붙이는 자들의 속셈을 그가 어떻게 파악하고 있을까. 석준이 바꿔 물었다. 며칠 전 항공모함 크기에 맞춘 부두 공사 설계도가 폭로된 사실을 거론했다.

“항공모함이 들어올 만한 부두를 만든다는 소문 어르신도 들어수꽈?”

긴 숨을 뽑아낸 고 심방이 작심한 듯 느리게 말을 이었다.

“이 섬에 맨드는 해군 기지라면 유사시 미군의 전진 기지가 될 수배끼 없지 않겠나. 제국은 하시라도 상대를 필요로 하는 법. 적이 있어야 구실이 생길 게 아니겠나. 자넨 이 땅의 전시 작전권을 틀어쥔 미국의 적을 누구랜 생각허는가? 아시아 태평양의 패권을 지키고 키우자면 그럴듯한 명분과 적이 필요헐 테고, 상대가 적당히 덤벼 준다면야 금상첨화일 텐데.”

“상대라면…, 북한 말씀이꽈?”

“그 정도쯤으로 이 땅 남쪽 끝에 항모를 정박시키겠나.”

석준이 품었던 궁금증이 풀리고 있었다. 그래, 중국, 중국이 맞춤일 것이었다. 급성장한 경제력으로 일대일로를 외치며 아프리카까지 손을 뻗는 나라가 아닌가. 소비에트 연방 해체에 맞춰 팍스 아메리카나를 이룩한 미국에 중국은 성가신 방해꾼일 뿐이고. 태평양으로 뻗어 나가는 중국의 예봉을 꺾기에는 지정학적으로 제주도만 한 전진 기지가 없겠지.

“맞춤헌 상대일수록 두들기는 맛도 이신 법. 게다가 그 상대가 긴장감 있게 굴어 준다면야 더할 나위 없는 일 아니겠나. 자기들 정권 지키는 데도, 국민덜신디 명분 들이대기도 그만일 테니. 그건 상대도 마찬가질 테고. 때때로 적은 유능한 협조자인 셍이난셈이니.”

석준은 어디선가 들어 본 용어의 의미를 되새겼다. 적대적 동반자. 머릿속에 떠다니던 부유물이 가라앉고 피아가 식별되기 시작했다.

“군사적 긴장만 맨들어 주민 미국을 움직이는 군산복합체들이사 그야말로 물 만난 고기 신세. 어디선가 내전이라도 터져 주기만 허민 장땡인 무기 장사꾼들 귀에 먼 나라 백성들 비명 소리가 어찌 들리겠나? 포탄이 제 나라 땅에만 안 떨어지민 될 일. 타인의 불행을 먹엉 사는 것덜신디 평화가 다 무신 의미가 이실 거란 말이라. 역불로라도일부러라도 싸움 붙영 재고를 털어야 공장을 계속해 돌릴 거 아니냔 말이지. 베트남 통킹 만에서 저지른 불장난이 상대와 방식만 바쭹 이어지는 거쥬."

석준은 앉아 있기 힘이 들어 도로 누웠다. 그 뒤로도 무슨 이야기를 더 들은 것 같았는데 그만 잠이 들어 버렸다. 깨어나 보니 마당에 땅거미가 내려앉는 중이었다. 두어 시간은 잔 것도 같았다. 고 심방이 보이지 않았다. 주섬주섬 일어나 마당으로 나서는데 부엌에서 사기그릇 부딪히는 소리가 들렸다. 고 심방이 부엌문을 열고 얼굴을 내밀었다.

"밥이나 먹고 가게."
"아니우다. 어멍이 기다릴 거우다."

어머니를 팔았지만 응옥의 얼굴이 먼저 떠올랐다. 참으로 긴 하루였고 그녀가 몹시 보고 싶었다.

공사 중지를 요구한 가처분 신청이 결국 기각되었다. S건설은 장비를 아예 배로 싣고 와 너럭바위에 올렸다. 트럭으로 삼거리를 통과하다 마을 사람들과 부딪칠 필요가 없다는 생각인 것 같았다. 컨테이너를 개조한 건설 회사의 공사 현장 사무실 두 동이 너럭바위 중심에 우뚝 섰다. 공사 인부들과 함께 바위 위로 올라온 경찰들이 비대위 천막을 다시 걷어갔다. 순식간이었다. 공교롭게도 비대위원들이 잠시 자리를 비운 틈에 벌어진 일이었다.

건설사가 컨테이너뿐 아니라 중장비를 들여올 땐 여지없이 경찰이 떼로 등장했다. 보트를 타고 철조망 울타리 안으로 다시 들어간 비대위원들은 다른 천막을 세웠다. 굳건한 컨테이너 곁에서 바람에 흔들리는 천막이 전보다 더 위태로워 보였다. 건설사 직원들은 마을 사람들 눈치를 보며 가능한 부딪히지 않으려 했지만 초라한 농성장이 언제 다시 뜯겨나갈지 모르는 일이었다.

명준의 구속 이후에도 수십 명이 더 연행되었고 그들 모두 수백에서 수천만 원씩 벌금을 떠안았다. 삼거리 시위가 몇 차례 더 있었다. 경찰의 허리를 붙잡고 밀어내다 방패에 찍힌 늙다리가 사지를 붙들려 끌려갔다. 아흔 넘긴 노파가 내 아들 내놓으라며 경찰차 문짝을 고무신으로 두드려 대다 혼절했다. 아낙들이 하릴없이 눈시울만 적셨을 뿐 현장에서 잡혀간 시위자는 쉬 풀려 나오지 못했다.

동조 시위를 나온 대학생 하나가 근처에서 이상한 돌무더기를 발견했다고 비대위원에게 귀띔했다. 너럭바위 가장자리에서 흙이 시작되는 밭두렁으로 사람들이 모여들었다. 거기서 북쪽으로 휘움한 돌담을 따라 시선을 아스라이 세우면 한라산이었다. 대학생이 모시고 온 교수는 그곳이 청동기 시대 집터 같다고 말했다. 사람들이 술렁거렸다. 그게 사실이라면 유적지 보호라는 명분이 생긴 것이었다. 일이 잘 되면 공사를 중지시킬 수 있을 거라는 희망으로 마을 비대위가 소집되었다. 문화재관리국에 진정서를 넣었고 며칠 뒤 조사위원회가 구성되었다는 연락을 받았다.

조사단이 예상보다 빨리 도착했다. 그들이 유적 발견 구역 주위에 쇠파이프를 박고 포장을 담처럼 둘러쳤다. 아무나 들어갈 수 없었지만 마을 사람들은 조사 현장 근처의 높은 바위로 삼삼오오 올라갔다. 그들의 일거수일투족을 지켜볼 요량이었다. 이튿날 아침부터 소형 굴착기 한 대가 포장을 열고 들어가 표토를 걷어 내기 시작했다. 신속한 진행에 마을 사람들은 오히려 당혹스러워하며 여전히 의심을 거두지 않았다. 이번에도 시늉만 내고 걷어치우면 어쩌나. 저들이 환경 영향 평가니 자연 보전 지역이니 하는 명패들을 헌신짝처럼 죄다 뜯어내 버리지 않았나.

"최소한 저 작업을 마칠 때꼬진 시간을 번 거우다. 저게 진짜로 가치 이신 고대 유적이랜 허민 놈덜이 우리 모슬을 더 이상 건드리진 못헐 거우다, 경허지 않으꽈?"

다시 비대위를 소집한 용재가 목소리를 키웠다.

"경허당 아니민?"

이따금씩 얼굴을 보이는 비대위원 하나가 토를 달았다.

"사롬 참, 재수 어신 소리 허지도 말라."

용재가 거칠게 쏘아 대며 눈알을 희게 돌렸다.

"조사단이라는 게 어차피 서울서 내려온 것들 아니냐고, 우리가 언제부터 육짓것들을 믿었냐 이 말이여."

다른 비대위원의 대꾸에 들떠 있던 분위기가 갑자기 식어 버렸다.

"그 사이 공사를 막을 방도를 다시 짜내야지 뭐."

용재가 입맛을 다시며 무르춤하게 대꾸했다. 마뜩찮은 표정이었다. 아무튼 문화재관리국의 결론이 나올 때까지 한두 달은 더 걸릴 것이었다.

석준은 마음이 더 바빠졌다. 응옥을 내일이라도 당집에 데려가 치료를 시작하기로 마음먹었다. 감옥에 있는 형에겐 우선 비밀로 하는 게 좋을 듯했다. 괜히 긁어 부스럼을 만들 필요가 없었다. 응옥이 너럭바위에서 춤을 춘 다음 날 두통이 완화되었고, 며칠 뒤 재발하긴 했지만 거기서 효과를 본 건 분명했다. 어머니와 할머니는 응옥을 고 심방에게 데려가 보라고 한 분들이니 병이 낫기만 하면 결국 내 편이 되어 줄 것이다.

석준은 여기까지 생각이 미쳤으나 마음 한쪽이 영 께름칙했다. 응옥에게 신경쓰는 동안 방치해 둔 공장이 문제였다. 짬을 내 기존 고객들에게 부품을 팔고 애프터서비스를 해 주고는 있지만 어설픈 운영으로 밥벌이를 할 자신이 없었다.

응옥과 함께 들어선 당집이 조용했다. 집을 비워도 문을 잠그지 않는 고 심방의 습성을 아는지라 정낭이 내려져 있었지만 석준은 설마했다. 마루 끝선을 따라 닫혀 있는 새시 문을 열고 헛기침을 해 봤다. 안에서 아무런 기척이 없었고 응옥과 함께 들어간 방은 비어 있었다. 바깥바람이 서늘하여 방문을 닫았다.

제단 양끝에 켜 둔 촛불이 실내를 은은하게 밝혀 주었다. 개다리소반 위 낯익은 약탕관이 구석에서 시선을 끌었다. 무릎을 꿇고 방바닥을 짚어 보았다. 온기가 손바닥으로 전해졌다. 고 심방이 자리를 뜨고 오래지 않은 것 같았다.

기다려 보기로 했지만 반시간이 지나도 그는 돌아오지 않았다. 휴대폰이 없는 그의 귀가를 막연히 기다리자니 조금은 따분했다. 석준은 약탕관이 놓인 소반을 방 가운데로 끌어와 제단을 향해 응옥과 나란히 앉았다. 약탕관을 들어 보았다. 손잡이가 따뜻했다. 옆에 놓인 유리잔에 기울였다. 붉은 액체가 나왔다. 거기까지는 석준이 별생각 없이 해 본 거였으나 갑자기 호기심이 발동했다. 이걸 마시면 응옥에게도 나와 같은 반응이 생길까. 따르던 잔을 마저 채웠다.

"이거 뭐예요?"

"맛 좀 보실래요?"

응옥이 잔을 들어 코끝에 대고 냄새를 맡았다.

"괜찮아요?"

석준이 응옥의 말투를 흉내 내며 웃어 보였다. 그녀가 고개를 끄덕이자 자신감을 얻은 석준이 먼저 시범을 보이듯 천천히 음미하며 한 모금 넘겼다. 응옥도 자신에게 건네진 잔을 거부하지 않았다. 꿀꺽하고 한 모금이 목울대 아래로 내려가는 소리가 들렸다.

"이거 술 같아요."

입술을 오므리며 찡그리는 그녀의 이마에 귀여운 잔주름이 잡혔다.

"이거 좋은 약이라는데…. 음… 머리는 좀 어때요?"
"여기 오면 안 아파요."
"잘된 거죠. 그럼 이걸로 우리 축하해요."

둘 사이에 한 모금씩 잔이 오갔고 석준이 머리 위로 장난스럽게 잔을 뒤집었다. 반 잔씩 나눠 마신 셈이었다. 응옥의 얼굴이 달아올랐다. 석준이 처음 그 맛을 보았을 때와 같은 반응이었다. 석준도 심장이 빨라졌다. 한 잔을 다 마셔 과거 여행을 떠날 수 있었지만 반 잔으론 무엇을 할 수 있을까.
잠시의 침묵이 방안에 고였다. 몸이 더웠고 방안의 사물들이 흐릿했다. 검고 동그란 눈으로 자신을 바라보는 여인만이 도드라져 보였다. 집중력을 높여 준다는 바로 그 약효였다. 응옥의 긴 속눈썹이 천천히 내려왔다 올라가기를 몇 차례, 그녀가 석준에게 스르르 윗몸을 기울였다.

"고마워요…, 오빠."

촛불이 가볍게 떨렸고 그때마다 응옥의 동그란 어깨가 벽에서 흔들렸다. 첫 키스의 추억이 성큼 다가왔다. 견디기 힘든 충동이 석준의 가슴에 발길질을 해 댔다. 둘은 바닥에 누웠다. 누가 먼저랄 것도 없었다. 서로의 옷을 벗겨 주었다. 거북한 느낌은 들지 않았다. 뜨거워진 숨을 주고받았다. 신음소리를 내는 그녀의 가는 허리가 뒤틀리다 활처럼 뒤로 꺾였다. 석준은 그녀의 열린 몸속으로 깊숙이 들어갔다. 석준의 머릿속이 하얗게 비워지고 팽팽하게 부풀어 오른 핏줄 속 열기가 이윽고 터져 버렸다. 땀방울이 들어간 눈이 따가웠다. 밑에서 숨을 몰아쉬던 응옥의 귀밑머리도 땀에 젖었다. 엷은 미소를 띤 그녀의 두 눈에 물기가 고였다. 관자놀이를 타고 빨개진 귓불로 흘러내린 눈물을 석준이 혀로 닦아 주었다.

뱃속이 꼬르륵거렸고 고 심방은 나타나지 않았다. 석준은 방안을 두리번거리다 제단 위에서 수첩과 볼펜을 발견했다. 수첩에는 굵은 글씨로 한 줄씩 사람들의 이름과 생년월일이 적혀 있었다. 고 심방이 굿을 할 때마다 가나다순으로 부르던 죽은 자들이었다. 수백 명의 영령들 말미에는 김말숙의 자, 문순식의 녀, 라고 적혀 있었다. 세상에 태어나 이름도 가져 보지 못하고 죽은 아이들이었다. 석준이 수첩에서 글자 없는 뒷장을 찢어 메모를 남겼다.

'기다리다 그냥 갑니다. 내일 오전 10시에 다시 오겠습니다. 오석준.'

산을 내려가는 동안에 응옥이 좀처럼 입을 열지 않았다. 석준도 땅만 보고 걸었다. 저녁 식사를 걸렀는데도 배가 고프지 않았다. 마을 어귀가 먼발치로 다가오자 석준이 슬며시 응옥의 어깨를 잡았다. 둘은 걸음을 멈추고 길섶 바위에 등을 기댔다. 무슨 말이라도 하지 않고는 도저히 집으로 돌아갈 수 없을 것만 같았다. 석준이 먼저 말문을 열었다.

"미안해요. 내가 잘못했어요."

"괜찮아요. 정말이에요."

응옥이 부드러운 표정으로 석준의 눈을 들여다보았다. 그리고 고맙다는 말을 덧붙였다. 진심인 것 같았다. 적잖이 당황하는 석준을 위로하듯 그녀가 말을 이었다.

"전에 내게 물었지요? 왜 형하고 결혼했냐고."

그녀가 마침내 묻어 두었던 감정을 드러냈다.

명준과의 결혼은 나 자신을 위한 결정이었다. 그를 선택한 것은 그가 나를 더 오래 사랑해 줄 사람이라는 판단 때문이었다. 제대하던 날 군복 입고 마을로 씩씩하게 걸어 들어오는 석준 오빠한테 첫눈에 반했지만 곧 떠날 사람에게 정을 줄 수는 없었다. 결국 내 곁을 지켜 줄 사람은 명준이었다. 그의 신체적 장애가 오히려 나를 결코 버리지 않을 거라는 믿음을 주었다. 명준은 정직한 사람이고 삶을 개척하기 위해 노력하는 남자다. 그는 나를 사랑하고 나는 그를 존경한다. 나를 사랑해 주는 남자와 결혼했으니 그거면 됐고, 내가 반한 남자와 사랑을 나누었으니 이제 더 이상 바랄 게 없다. 한 번으로 충분하다.

그녀는 스스로 선택하는 삶을 살고 싶다고 했다. 석준은 그녀가 자신을 오빠라 부르는 의미를 곱씹어 보았다. 그녀의 호칭 선택이 궁금하기도 했으나 이제 어렴풋한 대답을 들은 느낌이었다. 석준의 눈에 그녀가 한라산보다 크고 단단해 보였다. 단 한 번의 사랑으로 평생의 양식을 쌓은 그녀와 달리 그는 한없이 작아지고 있었다. 돌담처럼 온몸에 구멍들이 뚫렸고 그것은 온통 귓구멍이었다. 그녀의 목소리가 반복하여 끝도 없이 구멍으로 밀려들었다. 한 번으로 충분하다고. 단 한 번만으로도.

뜬눈으로 새운 밤이 몹시도 길었다. 죄책감과 허전함이 버무려진 묘한 흥분이 불 꺼진 방안을 풍선처럼 떠다녔다. 명준의 얼굴이 천장 도배지에 나타났다 사라지길 반복했다. 석준은 아예 잠을 포기했다.

이튿날 아침, 석준은 마당을 서성이다 응옥과 마주쳤다. 헛간에서 망태와 빗창을 챙겨 나오던 그녀가 한쪽 엄지로 쪽머리를 눌렀다. 두통이 다시 시작된 모양이었다. 그녀가 찡그리던 얼굴을 펴고 고개를 까딱거려 석준에게 먼저 인사를 했다. 머쓱하게 서 있던 석준이 무슨 말인가를 건네려다 이내 무르춤해졌다. 어머니를 따라 바다로 나가는 그녀의 등이 한참이나 멀어지고 있었다.

6

까마귀 하르방

다시 찾아간 굿당 안에서 고 심방이 석준을 기다리고 있었다. 짐작대로였다.

"형수는 좀 어떤가?"

"지난번 여길 다녀간 뒤로 누그러진 거 같기도 하고… 자주 데려올까 합니다."

전날 응옥과 함께 왔었다는 말은 굳이 하고 싶지 않았다. 머리가 무거웠다. 써 두고 간 메모가 아니었다면 회복이 덜 된 몸으로 바삐 올라오진 않았을 것이었다.

"서두를 거 어서. 운명대로 가는 걸. 나야 선택이었지만 자네 형수는 천성 심방이라. 그 길을 거부허민 안 되고, 거부헐 수도 어신 일이네. 신내림 받잰 허민 우선 가련한 영가를 촟아야 허는디…. 순수한 기운을 오롯이 내어 줄 영가를 못 촟으민 어떤 굿도 헛일. 상다리 부러지게 차려 봐야 헛일이라는 말이쥬. 기도허는 영혼이 맑아야 만신이 들 확률도 높은 법이난."

말하자면 가장 선한 자만이 최고의 심방이 될 수 있다는 말이었다. 응옥이 타고난 심방이라면…. 고 심방이 그녀에게서 후계자의 기질을 발견한 모양이었다. 그녀가 누구의 영혼을 먼저 달래 주고 무가에 입문할 것인지는 좀 더 두고 볼 일이었다. 고 심방은 그게 누군지 응옥 본인도 아직은 모를 거라고 했다. 한 맺힌 영가를 응옥이 곧 만나게 된다는 말도 덧붙였다. 석준도 그 대상이 응옥과 가까운 관계일 거라는 생각이 들었다.

"그 전에 자네, 나 대신 해 줄 일 남은 거 알지? 당분간 사흘마다 시간 내 줄 텐가?"

말투는 여전히 정중했지만 거절할 수 없는 무게가 실려 있었다. 그가 석준의 마음을 꿰뚫어본 듯도 했다. 그러지 않아도 오늘 새벽녘 머릿속이 복잡했었다. 같이 갈까 혼자 갈까. 괜스레 함께 가서 이번에도 허탕을 치면 어쩌지. 형수와 같이 다니는 모습을 동네 사람들이 볼까 봐 문득 부담스러웠다. 내심으로는 혼자 과거 여행을 더 해 보고 싶었다. 시간이 지나면서 기억이 현실에 차츰 희석되던 참이었다. 아무래도 지난번 경험이 개꿈 같기도 하고…. 그런 판에 지금 그가 스스로 날을 잡아 주며 규칙적으로 보자는 게 아닌가.

석준 스스로는 어차피 심방 될 것도 아니고 언감생심 그쪽과 거리가 멀다는 생각을 했다. 지난번 경험을 되작이다가도 나 같은 속물이 어찌 그런 가시밭길을, 하며 자신을 비웃기도 했었다. 아무나 해 볼 수 없는 경험이라 우쭐해지기도 했지만 실제로 고 심방 도움이 아니라면 어림없는 일이었다.

"저어 그러면 오늘도…."

석준의 말에 화답이라도 하듯 고 심방이 약탕관을 들어올렸다. 석준은 관시탕 한 잔을 거침없이 들이켰다. 가슴이 벌렁대기 시작했다. 미닫이문을 열고 옆방으로 건너가 벽장 앞에 섰다. 고 심방이 벽장문을 당겨 열고 사다리를 내렸다.

• • •

정신을 차려 보니 숲속이었다. 석준은 다시 젊은 오승구와 한 몸이 되어 있다는 게 신기했다. 꿈은 아닌 듯했다. 응옥이 매일 밤 같은 꿈을 꾼다지만 등장인물과 시대적 배경이 같은 꿈을 이어 붙이기가 쉽나. 연속극을 이어 보듯 과거 여행을 하다니. 설렘도 잠시, 석준은 검은 제복 입은 오승구의 몸속에서 숨을 헐떡거리며 눈이 덜 녹은 돌밭을 뛰고 있었다.

열댓 명 경찰이 소총을 들고 그의 뒤를 따랐다. 바닷가 마을을 지나던 경찰 두 명이 무장대의 기습 공격을 받은 게 사흘 전이었다. 총 맞은 동료의 복수를 다짐한 경찰이 마을을 덮쳤고 길에서 노인 몇 사람을 잡아 와 족쳤다. 매를 못 이긴 노인 하나가 마을 앞길에서 폭도를 보았노라 진술했다. 수상한 자가 그 길에 나타났다는 잠복조의 연락을 받고 출동한 경찰이 안경 쓴 사내를 뒤쫓는 중이었다.

사람이 지나간 흔적이 있었으나 거친 화산암들을 밟고 뛰자니 속도가 나지 않았다. 돌길에 눈이 덮여 있었고 잘못 디뎠다간 넘어지기 십상이었다. 아무렇게 자란 나무들로 칙칙한 곶자왈의 좁은 오솔길을 일렬종대로 빠져나갔다. 승구의 100여 미터쯤 전방에 한 사내가 달리고 있었다. 사내는 군복을 물들인 듯한 검은 점퍼 아래로 갈옷 바지를 입고 있었고 바지 밑으로 드러난 발목이 땅에서 떨어질 때마다 등에 매달린 회색 천 배낭이 좌우로 요동쳤다.

사내의 동작이 날랬다. 경찰과의 거리가 점점 더 멀어졌다. 승구가 뛰기를 멈추더니 앉아 쏴 자세로 사내 등에 총을 겨눴다. 겨울바람에도 이파리가 여전한 상록수들이 도주하는 자의 몸을 가렸다. 뒤따라오던 제복들도 방아쇠를 당겼으나 사내는 순식간에 모습을 감춰 버렸다. 사내가 도주한 언덕 뒤쪽은 곶자왈이 다시 시작되는 오름이었다. 볕드는 비탈길 검은 바닥에도 드문드문 눈이 쌓여 있었다. 사내가 한라산에 닿은 산길로 접어든 것 같았다. 총성 울린 계곡에서 솟아오른 살찐 까마귀 떼가 머리 위를 선회하였다.

제복들이 쫓기를 멈추고 경위 계급장을 단 지서장이 헐떡거리며 달려와 합류했다. 그가 상소리를 뱉으며 승구의 정강이를 구둣발로 마구 걷어찼다. 승구가 어이쿠, 하며 쪼그려 앉아 양손으로 다리를 감쌌다. 쩔쩔 매는 그의 머리 위로 거친 이북 말씨가 연달아 떨어졌다. 범인 색출에 나섰다 오전 내 헛수고한 결과였다.

도주하는 사내를 포기하고 부대가 경찰서로 철수한 뒤에

도 분이 덜 풀린 지서장이 승구에게 명령을 내렸다. 승구가 복도 끝 유치장으로 뚜벅뚜벅 걸어가 밖에서 잠긴 철문을 열었다. 여자들이 그의 시선을 피해 일제히 머리를 숙였다. 좁은 유치장을 가득 채운 여자들은 서로의 체온으로 간신히 목숨을 부지하는 중이었다. 벽에 기대거나 둘씩 등을 대고 무릎을 세워 앉은 모습들이 꾀죄죄했다. 때에 전 갈옷이나 짧은 한복 치마와 무명 저고리 차림인 그녀들의 얼굴은 상처투성이였다. 그가 젊은 여자 둘의 이름을 불러 취조실로 끌고 갔다. 사건이 있던 곤을리 출신들이었다.

바닷바람이 곧바로 치고 올라오는 해변 마을 곤을리에는 옹기종기 어깨를 기댄 집들이 칠십여 호나 되었다. 부근 절벽 밑에서 솟는 용출수 덕에 만들어진 자연 부락이었다. 집이라기보다는 다들 움막에 가까웠지만 마을 공동 재산도 없진 않았다. 큼지막한 둥근 돌을 말에 묶어 돌리는 방앗간과 마을의 안녕을 기원하는 신당이 있었다. 집집마다 한겨울 칼바람을 피해 몸뚱이를 녹이는 구들방도 만들었는데, 바로 그 방문을 한밤중에 벌컥 열고 구둣발로 이불을 밟으며 혼자 자는 여자들을 끌고 나온 것이었다.

경찰은 다짜고짜 옷을 벗기고 매질을 하며 남편이나 아들의 소재를 대라고 했다. 함부로 입을 열 수 없었던 여자들이 발가벗겨진 채로 경찰서 마당의 비자나무에 묶였다. 퍼렇게 얼어 버린 피부에 눈발이 겹겹이 들어붙었다. 어물어물하는 여자들에게는 곧바로 고문이 가해졌다. 일본 경찰들이 쓰던 도구가 해방된 땅에서도 제 기능을 발휘했다. 여전히 경찰은 흰머리에 비녀 꽂은 노파나 초경도 안 겪은 어린아이를 따로 봐주지 않았다. 그들은 전화기처럼 생긴 기계에 달려 있는 전선을 여자들의 손가락에 감아 놓고 전기를 흘렸다. 기계 손잡이를 돌릴 때마다 여자들은 입에 거품을 물었고 눈알이 뒤집힌 채 팔다리를 떨다가 혼절하곤 했다.

"하루 한 마리씩 빨갱이를 둑이디 않음 내래 밥이 목구멍으로 안 넘어가 야. 사탄을 없애야 천당 가는 거 아니갔서?"

취조실로 두 여자를 데리고 들어오는 승구의 귀에 지서장의 거친 사투리가 들렸다. 아무나 들으라는 투였다. 그는 평안도 출신이었고 자칭 예수교인이었다. 천석꾼 지주의 아들이었다는 그가 경찰서 안에서도 자주 전도를 했다. 그는 동료 경찰들을 모아 놓고 끌려온 사람들의 목을 일본도로 내려치기도 했다. 사탄을 죽여 천국으로 가는 길을 닦는 중이라는 말도 잊지 않았다. 단칼에 머리가 바닥에 떨어져 구르지 않으면 '기도가 먹히지 않는 날'이라고 했다. 말하자면 그에겐 그것이 종교적 신념을 다지는 행위였다.

승구가 두 여자를 데려와 꿇어앉혔을 때도 지서장은 확신에 찬 얼굴이었다. 취조실엔 조개탄을 태우는 무쇠 난로가 벌겋게 달궈져 있었다. 지서장이 자신의 카빈 소총을 철제 의자 위로 올려 총구를 난로 뚜껑에 비스듬히 얹었다. 침묵이 길어졌다. 놋재떨이에서 타들어 가는 담배가 매캐한 공기 속으로 가는 연기를 피워 올렸다. 그가 눈을 감은 채로 동작을 멈추었으므로 기도하는 듯도 하고 자는 듯도 했다.

끌려온 여자들이 고개를 숙이고 벌벌 떨었다. 난로 뚜껑에 닿은 총구가 열을 받아 붉게 변했다. 드디어 입을 연 지서장이 여자들에게 옷을 벗으라 명령했다. 한 여자가 머뭇거리자 그가 곁에 세워 둔 몽둥이를 집어 들었고 두 여자는 이내 벌거숭이가 되었다. 그가 긴 목에 살결이 뽀얀 한 여자를 손끝으로 찍어 한 발짝 앞으로 나오게 했다. 여자가 어깨를 옹송그려 두 팔로 젖가슴을 가리며 머뭇거렸다. 그녀의 두 무릎이 맞부딪치며 덜덜거렸다.

"니 서방 어딨네?"

여자가 고개를 저으며 모른다고 했다. 기어드는 목소리였다. 그 순간 그가 큰소리로 김 순경을 불러들였다.

"저년 묶으라우."

그가 턱으로 벽에 세워진 사다리를 가리켰다. 김 순경이 사다리에 그녀의 등을 밀어 붙여 양손을 뒤로 묶었다. 지서장이 다시 턱짓을 했고 승구도 김 순경과 합세하여 그녀가 묶인 사다리를 들어 방 한가운데 철제 책상 위로 올렸다. 그녀가 사내들 앞에 발가벗긴 채 사다리 위로 길게 눕혀졌다. 허옇게 드러난 양쪽 허벅지가 전깃불 밑에서 부들부들 떨었다. 버둥거릴 때마다 사다리에 묶인 발목 피부가 벗겨져 벌겋게 짓뭉개졌다.

"잡아 벌리라우."

승구와 김 순경이 양 옆에서 여자의 두 무릎을 붙잡았다. 지서장이 카빈총을 집어 들었고 벌겋게 달아오른 총구가 그녀의 음부로 파고들었다. 순식간이었다. 피식, 달궈진 쇠가 물을 만날 때 나는 소리가 들렸다. 사타구니에서 연기가 오르더니 역한 냄새가 취조실 안에 진동했다. 승구는 토악질을 목구멍 아래로 겨우 눌렀다. 소름이 돋았지만 반쯤 눈을 감고 마른침을 삼켰다. 날마다 새로운 죽음을 봐 오던 터였고 마음의 동요는 금물이었다. 김 순경도 난감한 시선을 밑으로 깔고 입술에 힘을 주어 애써 굳은 표정을 유지했다. 아랫도리를 뒤틀다 까무러친 여자가 움직이지 않았다.

"사탄은 종자부터 말려야 되지 않캇어?"

지서장이 한마디를 덧붙였다. 자식도 낳지 못하게 만들어야 한다는 거였다. 음부에서 흘러나온 검붉은 액체가 책상 모서리를 타고 취조실 바닥으로 흘러내렸다. 같이 끌려와 한쪽 구석에서 벌벌 떨며 지켜보던 여자는 발가벗은 채로 바닥에 무너졌다. 기절한 모양이었다. 지서장이 새로 뽑은 궐련 끝에 불을 붙여 길게 연기를 뿜었다.

"야 오승구! 이 년은 니가 처리하라우."

그가 다시 경찰서 마당을 향해 턱짓을 하며 방을 나갔다. 거친 구둣발 소리가 간나 새끼들이라는 욕설에 섞여 복도에 퍼졌다. 승구는 지시에 따라 김 순경에게 사다리에 묶인 여자를 데리고 나가라 했다. 김 순경이 두 손으로 사다리 한쪽을 잡아 문밖으로 질질 끌었다. 여자의 다리를 묶은 쪽이 위로 들렸고 그녀의 머리채가 바닥에 고인 액체를 쓸어 복도 쪽으로 길게 궤적을 남겼다.

잠시 후 창밖이 환해졌다. 마당 가장자리 담장 밑에서 오른 화염 때문이었다. 지서장 명령으로 김 순경이 사다리에 묶인 여자에게 휘발유를 끼얹고 불을 붙인 거였다. 여자가 꿈틀거렸다. 새된 비명이 승구의 귓바퀴를 찔렀다. 불길이 온몸을 휘감자 버둥대던 몸뚱이가 이내 동작을 멈췄다.

창밖을 내다보던 승구는 고개를 돌려 취조실 안에 쓰러져 있는 여자에게 눈을 박았다. 낯이 익었다. 퉁퉁 부은 뺨과 찢긴 눈 밑 상처 때문에 미처 알아보지 못했지만 언젠가 관덕정 앞에서 마주쳤던 얼굴이었다.

그게 작년 겨울이었던가. 불알친구 부영우와 단둘이 걷던 여자가 있었다. 부영우를 먼저 알아본 승구가 너스레 치며 손을 내밀었다. 일본으로 유학 갔다는 소문을 들은 뒤로 첫 만남이었다.

한 발짝 떨어지며 두 남자의 표정을 살피는 그녀의 눈빛이 제복 입은 승구를 경계하고 있었다. 그는 순간 멈칫했다. 그녀는 영우의 애인인 듯했고 자신이 둘 사이에 무례하게 끼어든 셈이었다. 승구의 가슴속에 긴장감과 묘한 질투심이 교차했다. 그녀의 오뚝한 콧대엔 사내들의 접근을 쉬 허용치 않을 자존심 같은 게 배어 있었다. 그 콧날 아래로 선이 분명

한 인중과 도톰한 입술이 그의 눈앞에 머물렀다. 우도에 두고 온 아내가 또다시 그의 머릿속을 찌르고 들어왔다.

객지에 나가 살겠다는 외아들에게 아버지는 결혼부터 하라는 조건을 달았고 그는 수용했다. 함덕이 고향인 두 살 위의 여자와 혼례를 치렀으나 정이 쉬 들지 않았다. 삼 년이 지나도 마찬가지였다. 한 달에 한 번씩 우도 집에 갔지만 아내와 합방하지 않고 돌아오는 날이 많았다. 집에 가는 횟수가 점점 줄었고 그는 아이가 생기지 않은 걸 다행으로 여겼다.

영우와는 우도에서 태어나 어린 시절을 함께 보낸 사이였다. 승구도 영우와 함께 제주 읍내 중학교로 진학했다. 자식을 본도의 북쪽 읍내로 진학시키는 일은 제주 동남쪽에 따로 떨어진 조그만 섬에서는 목에 힘줄 만한 자랑거리였다. 그건 육지로 유학시키는 것만큼이나 녹록지 않은 일이었다.

영우가 장학생으로 와세다대학 문과에 입학했다는 소식에도 마을 사람들은 놀라지 않았다. 부영우라면 마땅히 그래야 되는 거였다. 반면에 영우에게 늘 일등을 놓치던 승구는 대학을 포기했다. 영우와 5년제 상업 학교 과정을 마친 게 끝이었다. 더 이상의 경쟁은 무의했다. 이따금씩 부모를 원망하기도 했지만 그렇다고 집안 형편이 영우네보다 특별히 어려운 것도 아니었다. 우도에서도 조선인들의 처지는 별반 다르지 않았고 거개가 반농반어로 생계를 꾸렸다. 승구네도 영우네처럼 학비로 쓸 가욋돈을 마련하는 일은 물질로 소라 전복을 잡아 오는 어머니의 몫이었다. 승구는 경찰이 되고 나서야 조금씩 영우를 잊을 수 있었다.

경찰 앞에서는 노인들도 굽실거렸다. 오래전부터 안면을 트고 지낸 몇은 승구를 찾아와 청탁을 넣기도 했다. 그래 봐야 별 볼 일 없는 취직자리거나 사소한 이권 정도였다. 구두 닦는 우도 출신 늙다리에게 일터를 마련해 주고 씨암탉을 받기도 했다. 구두약 통 놓는 자리가 비도 피할 수 없는 전봇대 옆이었지만 경찰서에서 빤히 보이는 도로변이라 건달들이 감히 얼씬거리지 못했다. 나름의 권력이 늙다리에게 건너간 것이었다. 간부들 구두를 닦으러 청사를 드나드는 그에게도 취직자리를 부탁하는 경우가 있나 보았다. 승구는 힘의 작동 방식과 먹이사슬을 들여다보며 자신의 지위를 확인하곤 했다.

승구가 경찰에 몸담은 게 1944년이었으므로 이듬해 세상이 바뀌었는데, 그가 죽은 듯 숨어 산 날도 고작 며칠이었다. 태극기를 들고 관덕정 앞으로 쏟아져 나와 환호하던 군중이

또다시 목숨 부지할 길을 저마다 찾아야 했고, 그는 제주 경찰서에 다시 나오라는 연락을 받았다. 직장에 복귀했을 뿐 아니라 종적을 감춘 몇몇 상급자 덕분에 경사 승진도 빨랐다. 이젠 죽었구나 싶던 해방이 선물까지 안겨 준 것이었다. 그 뒤에도 사람들은 경찰을 피했다. 경찰서의 위치도 그대로였고 걸핏하면 사람을 잡아다 패는 관행도 검은 복장만큼이나 여전했다. 고참 경사가 된 그가 최근에 화북리로 발령받아 부지서장이 되었는데 공교롭게도 지서장이 평안도 출신이었다.

어깨를 잡아 흔들자 여자가 눈을 떴다. 승구는 의자를 끌어다 그녀를 일으켜 앉혔다. 그녀가 게슴츠레한 눈으로 그를 바라보았다. 그는 책상 위에 놓인 서류철을 열어 붙잡혀 온 사람들의 명단에서 그녀의 이름을 찾아냈다. 현귀옥, 22세. 유치장에서 불러낼 때와는 느낌이 달라진 이름이었다. 지서장이 작성한 비고란엔 '소학교, 야학 교사, 여맹위원장'이라 적혀 있었다. 그 아래 칸엔 좀 전에 태워 죽인 여자의 신상정보도 있었다. 김말금, 그녀는 귀옥과 함께 야학에서 조선어를 가르치던 교사였다. 남편이 입산한 것으로 추정된다는 글귀가 비고란을 채우고 있었다. 지서장의 행동은 무장대에 합류한 것으로 의심되는 입산자에 대한 보복이었다.

귀옥이 정신을 추스르는 동안 승구는 복잡해진 머릿속을 정리했다. 와세다 졸업을 앞두고 귀국한 부영우가 모교에서 문학과 역사를 가르친다는 건 이미 알려진 사실이었다. 후배 학생들에게 붉은 물을 들인다는 소문이 돌았지만 그가 남로당 간부인지는 좀 더 확인해 볼 문제였다. 학교 앞에서 그를 맞닥뜨린 게 두어 달 전이고 병가를 내고 출근하지 않는다는 소문을 접한 지도 꽤 지났다.

그런데 지서장이 귀옥과 영우의 관계를 알고 있을까. 모르더라도 부영우가 수배자 명단에 들어가는 건 시간문제였다. 다짜고짜 족쳐대면 죽은 사람이라도 불어야 되는 상황 아닌가. 고문에는 장사 없다. 김말금이 죽어 가는 모습에 겁먹은 귀옥이 애인의 이름을 댈 것이었다. 하지만 부영우가 죽고 사는 건 그의 팔자소관이었다. 운이 좋으면 그가 잡히지 않을 수도 있고. 하지만…. 퍼뜩, 귀옥을 이대로 둘 순 없다는 생각이 들었다. 아니, 꼭 구해 내고 싶었다.

"현귀옥 씨! 날 알아봐지쿠과?"

승구는 일부러 그녀의 귀에 입을 가까이 대고 속삭였다.

두 눈을 동그랗게 뜨고 승구의 얼굴을 들여다보던 그녀가 한참 뒤에야 고개를 끄덕였다.

"내보낼 방도를 촟아 보크매 날 아는 추룩 허지 맙서."

그는 바닥에 놓인 그녀의 옷을 주워 내밀었다. 옷을 챙겨 입은 그녀를 의자에 앉히고 물 한 컵을 건넸다. 그러고는 문을 열어 김 순경을 불렀다. 김 순경이 들어오자 승구가 귀옥의 뺨을 때렸다. 철썩 소리가 방안에 퍼졌다.

"야 이년아! 좋은 말로 할 때 불어."

김 순경이 책상과 바닥을 닦는 동안 승구가 소리를 지르며 그녀 머리 위로 주먹을 휘둘렀다. 허공으로 비켜 가는 과장된 동작이었다. 그러고는 쇠젓가락을 귀옥의 손가락 사이에 횡으로 끼워 비틀기 시작했다. 손을 빼지 못하게 한 손으로는 그녀의 손끝을 붙잡았다. 가는 손가락들이 보드라웠다.

"아는 놈이 한 놈도 없단 말이여? 아무나 한 놈 불어 봐. 살려 줄 테니!"

그녀가 입을 열지 않았다. 힘을 세게 주지 않았으므로 그녀의 얼굴이 일그러지긴 했으나 손가락 마디가 아프진 않을 것이었다.

“야 김 순경! 이년 독종이다. 이제부턴 내가 맡아 조져 볼 테니 아무도 이년 건들지 마라. 두고 봐. 제 입으로 곧 불게 만들 거난.”

소학교 선생인 귀옥이 야학에 몸을 담고 그럴듯한 감투까지 썼지만 실제로 남로당과 끈이 닿아 있는 것 같지는 않았다. 현지 사정에 무지한 미군정의 막무가내 행정에 항의하며 동맹 파업을 이끌던 교원 노조가 그녀에게 여교사 동원의 임무를 맡긴 건 아닐까. 설령 그녀가 좌익 끄나풀이라 해도 그들이 핵심 조직을 사회 초년병에게 노출할 리가 있나. 청소를 마친 김 순경이 경례를 붙이고 방에서 나갔다. 승구는 표정을 바꿔 그녀에게 얼굴을 바짝 붙였다.

“영우를 살려 볼 작정이꽈?”

그녀가 고개를 주억거렸다. 여전히 영우와 각별한 사이라는 건 확인된 셈이었다.

“게민 날 믿고 내가 시키는 대로 헙서.”

그녀의 벌게진 눈에 매달린 눈물이 뺨으로 주르르 흘렀다.

귀옥의 석방을 위해서는 정상 참작의 여지가 필요했으므로 승구는 그녀가 수사에 적극 협조한 것으로 보고했다. 그는 이미 붙잡혀 온 야학 관련자 명단을 그녀에게 보여 주고 자술서를 받았다. 총파업을 주도한 남로당 간부의 이름도 마찬가지였다. 이미 자백을 받아 두었거나 혐의가 입증된 자들이므로 다시 거명된들 달리 영향도 없을 터였다. 승구의 의도를 눈치 챈 그녀가 순순히 따라 주었다.

지서장에게는 일단 풀어 주고 뒤를 밟아 보자고 설득했다. 이번 일을 맡겨 주면 폭도들의 아지트를 알아내 일망타진하겠노라는 다짐도 곁들였다. 한편으로 한라산 어디쯤에 숨어 있을 무장대 소탕 작전 계획을 세웠다. 수백 명씩 잡아오고 풀어 주기를 반복하는 상황에서 수많은 목숨이 날마다 꺼져 갔다. 승구는 동료들의 기억 속에서 현귀옥이 한시바삐 지워지길 바랐다.

그녀를 풀어 준 다음 날 승구는 퇴근을 서둘렀다. 용머리 바위가 바다 위로 솟은 용담리에서 귀옥의 자취방을 찾아냈다. 급히 수소문한 보람이 있었다. 담 하나 사이로 귀옥이 근무하는 소학교가 보였다. 5년제 중학을 마치고 준교사 시험에 합격한 그녀가 나고 자란 곤을리도 거기서 멀지 않은 해변이었다.

"필요헌 건 내가 갖다 줄 거난…."

그는 그녀에게 당분간 집 밖으로 나오지 않을 것을 다짐받았다. 부엌으로 나간 그녀가 잠시 후 술상을 차려 왔다. 밥상 위엔 묵은 깍두기와 막걸리 한 되가 전부였으나 첫 잔이 목구멍을 간질이며 급히 내려갔다.

"고맙수다. 두 목숨 구해 줭…."

"영우는 나도 어떻해 볼 도리가 어수다."

"그게 아니라…."

한참을 머뭇거리던 그녀가 영우의 아이를 가졌노라 고백했다. 몹시 계면쩍은 얼굴이었다. 약혼은 했지만 난리 통에 혼례를 치르지 못한 것이었다. 승구는 부영우가 사라진 날짜를 가늠해 보았다. 귀옥의 복부를 일별했으나 표가 나지 않았다. 두어 달째로 들어선 듯싶었다. 김말금이 당하는 현장에서 귀옥이 얼마나 놀랐을까. 그녀가 더욱 딱해 보였다.

승구의 계산법이 복잡해졌다. 퍼뜩 자신에게 세 사람의 목숨이 달려 있다는 생각이 들었다. 귀옥을 살려 줌으로써 뱃속의 생명도 사는 것이었다. 영우도 마찬가지. 그녀를 수사 대상에서 제외시켜야 영우의 이름이 쉬 드러나지 않을 것이고 검거될 확률도 줄어든다. 엉뚱한 데서 그의 이름이 불거져 나오지만 않으면…. 여기까지 생각하던 승구는 소화가 안 되는 듯 뱃속이 거북해졌다. 진정으로 옛 동무의 무사를 바라는 건지 헷갈렸다. 내심 영우가 죽길 바라는 건 아닐까. 그럼 귀옥이 내 여자가 될 수 있겠지. 학식 있고 똑똑한 여자와 시골에서 물질만 배운 고집 센 여자, 두 얼굴이 엇갈리며 잠 못 드는 방안을 둥둥 떠다녔다.

영우가 무장대에 합류한 게 틀림없었다. 그가 지금 산을 내려올 리 없고 내려온대도 목숨을 부지하긴 어려울 터. 승구는 차라리 영우가 멀리 도망쳐 버리길 바랐다. 그건 귀옥도 다르지 않을 것이었다. 하지만…, 지서장의 거친 평안도 욕설이 귓가에 왱왱거렸다. 그 인간이 한번 문 먹잇감을 쉽게 놓아 주지 않을 것 같았다. 수사 진척 상황을 확인하며 계속해서 볶아댈 게 틀림없었다.

그러지 않아도 지서 내에서 그는 골통이었다. 기분 내키는 대로 사람을 죽이는 잔인성에 혀를 차는 동료들이 늘고 있었다. 게다가 걸핏하면 부하를 의심하고 구타하는 그에게 불만들이 많았다. 뒤에서 수군거리는 자들은 거개가 제주 출신이었는데 그들에게 지서장은 상종 못 할 인간이었다.

그는 부하들의 대화를 자주 엿들었고 알아듣지 못하는 사투리가 들릴 때마다 화난 얼굴로 불쑥 끼어들어 '바가야로우!'를 외쳤다. 얼마 전까지 공용어였던 일어가 그에겐 여전히 편리하고 효과적인 소통 수단이었던지, 섬사람들을 취조하는 중에도 일본어를 강요하곤 했다. 언어가 다른 사람들은 그에게 이교도이거나 종자가 다른 족속이었고 벌을 내리거나 제거하는 데 거리낌 없는 대상인 듯했다.

지서장은 이북에서 내려온 서북청년단 출신들을 모아 자신의 호위병을 삼고 중요한 정보는 그들과 공유했다. 명색이 부지서장인 승구는 그들에게 꿔다 논 보릿자루였다. 이른바 서청은 정식으로 임명장을 준 경찰이 아니므로 조직 내에 따로 급료를 책정하지 않았다. 말하자면 하부 조직으로 부려도 대가를 지급할 의무가 없었다. 지서장이 그들의 팔뚝에 부담 없이 완장을 채워 주는 이유였다.

서청은 어차피 능력껏 해 먹으라고 육지에서 내려보낸 자들이었다. 지서장이 나눠 준 완장을 차면 어지간한 순경보다 더 위세 부리기 일쑤였다. 민가에 들어가 사람을 끌고 나와도 함부로 말릴 수 없었다. 목숨을 부지하자면 그들이 빨갱이라는 낙인을 붙이기 전에 파종할 보리 한 됫박이라도 들고 나와야 했다. 항의하는 사람은 죽음을 면하기 어려웠다. 그들이 즉결 재판이라는 명분으로 찌르는 죽창 끝에 날아간 목숨이 늘어갈수록 지서장에게 따돌림당한 제주 출신 경찰들의 불만도 쌓여 갔다.

"이추룩 기냥 내불어도(놔둬도) 되는 거꽈? 폭도는 니기미…. 엊그제 끌려 왕 죽은 사롬이 우리 궨당이라 마씸."

묵묵히 시키는 일에만 충실하던 김 순경이 슬그머니 승구에게 속마음을 열어 보인 것도 그 즈음이었다. 김 순경은 성산 일출봉이 보이는 종달리가 고향이었다. 종달바당으로 불리는 해변은 승구의 태를 묻은 우도에서도 물 건너 지척이었다. 승구는 고분고분하게 자신을 따라주는 후임자가 여간 믿음직스럽지 않았다.

김 순경은 어깨가 벌어진 단단한 체구로 꽤 힘을 썼다. 키는 작달막했지만 소학교 때 씨름으로 상을 받았다는 자랑이 사실인 것 같았다. 승구는 조를 짜 작전을 나갈 때도 그에게 곁을 지키게 했다. 술자리에서 형이라 부르게 했지만 함부로 선을 넘진 않았다.

그는 해방되던 해 빠져나간 일본 순사들의 빈자리를 채운

기수에 속했다. 빽이라 불리던 연줄을 타고 들어온 청년들이 대부분이었지만 그는 예외였다. 중학교 중퇴 학력에 건강한 몸뚱이 하나로 들어온 그가 4년 만에 고참 순경이 되었다. 선임의 불행은 후임자의 행운. 무장대의 습격으로 죽거나 다친 선임자의 빈자리가 후임의 몫이었다. 승구의 부지서장 자리도 그렇게 생겨난 것이었다. 상업학교 졸업장과 술곤 놓치지 않은 개근상이 진급 심사에 효력을 발휘했다. 껑충한 키에도 운동에는 소질이 없었으나 그럴듯하게 조서를 꾸며 대는 승구의 글재주를 김 순경이 특히 부러워했다.

승구는 주먹코에 각진 턱을 가진 김 순경의 가늘고 작은 눈을 놀리곤 했는데 돌아오는 대답이 그럴듯했다. '경찰은 냄새도 잘 맡아야 되쥬만, 상관을 잘 모시잰 허민 본 것도 못 본 추룩해야 되는 거라 마씸, 흐흐.'

"신세 갚아야 될 사름이 이신디 이번엔 성님이 꼭 좀 도와줘사쿠다."

우직한 줄로만 알았던 김 순경이 하루는 승구에게 긴히 드릴 말씀이 있다며 뒷머리를 긁었다. 이 참에 집을 하나 챙기고 싶다는 거였다. 그러잖아도 육지에서 부는 바람이 심상치 않았다. 비록 반쪽짜리 정부이긴 해도 조만간 전국적으로 부동산 정리를 시행할 거라는 소문이 섬에도 돌고 있었다. 일본인들이 두고 간 재산을 정부가 그냥 놔둘 리 없었다. 눈치 빠르고 요령 좀 있는 자들은 무주공산이나 진배없는 적산에 눈독을 들였다. 해산물을 가공하던 일인들의 공장도 그렇거니와 지은 지 얼마 안 된 주택도 요지에 수두룩했다.

공장에 대한 기득권은 일인들의 경영을 돕던 조선인들이 재빠르게 주장하고 나섰다. 마름 노릇하던 그들이 졸지에 주인 자리를 차고앉은 것이었다. 허파에 바람 든 노무자들도 은근히 숟가락을 얹었다. 직장을 지키겠다는 명분이 그들에게 힘을 보탰다. 주택도 사정은 크게 다르지 않았다. 일본인 소유자 밑에서 일을 거들던 사람이 집문서를 움켜쥐고 점유하는 경우가 비일비재했다.

한편으로, 그래 봐야 다 소용없다는 주장도 만만치 않았다. 어차피 새 정부가 토지 개혁을 실시하면 모든 적산이 국유화될 것이므로 어설픈 기득권이 인정될 리 없다는 논리였다. 삼팔선 이북에서는 이미 무상 몰수 무상 분배를 단행하지 않았냐는 거였다. 북에서 재산을 빼앗긴 뒤 남쪽으로 내려와 미군정을 뒷배 삼아 호가호위하는 자들, 이제는 남단 섬에까지 몰려들어 토박이들에게 포악질을 일삼는 서북청년단이 바로 그 증거였다. 하지만 돈 될 만한 물건을 우선 붙잡고 보자는 축이 재게 움직였다. 그들은 치안뿐 아니라 생사여탈권을 쥔 경찰의 힘을 빌리려 했고 경찰들도 손해 볼 건 없었다.

퇴근 후 김 순경이 함덕리 해변으로 승구를 불러냈다. 붉게 물든 바다에서 반사된 빛이 연북정 근처 민가들을 비추고 있었다. 두 남자는 신작로에서 돌담을 타고 한 블록 뒤로 꺾어 들었다. 파도를 타고 올라와 얼굴을 할퀴던 삭풍이 숨을 죽였다. 진입로에 우뚝 선 구상나무 덕에 골목 안이 아늑했다.

"저기 들엉 사는 작자신디 폴폴 냄새가 나는디, 지 혼자서는 좀, 흐흐."

김 순경이 팔을 길게 뻗어 자기가 봐 둔 왜식 이층집을 가리켰다. 잠긴 대문 너머로 조그만 연못과 잘 가꾼 정원이 깔끔했다. 판자를 가로로 겹쳐 붙인 건물 벽에 층마다 네모나게 뚫린 유리창에서 불빛이 새 나왔다. 위 아래로 방이 서너 개는 되어 보였다.

승구가 일전에 조사를 핑계로 면서기를 찾아가 얼러 댄 일이 있었다. 일인이 두고 간 서귀포 귤밭 두 필지의 땅문서에 손을 댄 걸 김 순경이 눈치 챈 게 틀림없었다. 매매 날짜를 앞당겨 소유자를 오승구로 바꿔 놓은 사실을 술기운에 자랑삼아 흘린 게 화근이었다. 이왕 해먹을 거라면 멀리 떨어진 곳이라야 구설수가 적다며 자랑질을 한 것 같기도 했다. 이 놈이 약점을 잡아 나를 이용하나 싶기도 했지만 이내 마음을 돌렸다. 하긴 냄새 잘 맡는 주먹코를 한 번쯤 도와주지 못할 일도 아니었다. 충성스런 부하가 아닌가. 김 순경이 신세 졌다는 사람은 중학교 동창생의 아버지였다.

"성님 빽으로 우리 삼춘신디 진 빚을 좀 갚아시민 좋을 건디. 삼춘이 북새통에 자식놈 대신 돌아가셔 부난 그 어멍이영 할망, 동생덜 다섯 식구가 이 날씨에…."

거기까지 말한 김 순경이 울상이 되었다. 그러니까 중산간 마을에 있는 친구 집에 토벌대가 들이닥쳤고 아들의 소재를 대지 못하고 우물쭈물하는 아버지를 그들이 집 마당에서 쏘아 죽였다는 것이었다. 김 순경의 친구인 그 아들은 한밤중에 식량을 구하러 한라산을 내려온 무장대에 끌려갔단다. 보리 가마를 지고 그들을 따라갔다는 사실을 말할 수 없었던 부모가 대살당한 경우였다. 소개령이 떨어진 중산간에서 쫓겨 내려온 식구들이 해변 마을을 떠돌다 얼어 죽을 처지라며 김 순경이 기어이 눈물을 보였다.

그는 홀어머니 밑에서 자란 자신에게 월사금을 쥐어 주며 온정을 베풀어 준 친구의 가족에게 집을 마련해 줄 생각이었다. 문제는 본토로 돌아간 일본인의 집사 노릇하던 자가 그 집을 먼저 차지하고 있다는 거였는데, 때마침 그 집 큰아들이 사라졌다는 소문을 김 순경이 얻어들었다.

"성님도 알다시피 내가 그자락 숭헌그처럼 흉한 놈은 아니잖으꽈. 강제로 빼앗젠 허는 것도 아니고 마씨. 성님이 호꼼조금 혼이나 내 주민 그 다음 일은 나가 알앙 허쿠다."

"게난 그 작자들이 친일파란 말이지?"

무슨 명분이라도 세워야 마음이 덜 불편할 것 같았다. 그게 아니면 빨갱이일 수도 있고. 막상 그렇게 생각하고 나니 그런 것도 같았다. 다음 날 승구가 그 집에 들이닥쳐 가장을 붙들어 왔고 아들의 소재를 물으며 을러댔다. 겁을 잔뜩 집어먹은 그에게 김 순경이 다가가 담배를 권하고 사건을 무마할 방법을 넌지시 알려 주었다.

한나절도 걸리지 않아 각서를 받아냈다. 김 순경이 식솔을 데리고 나가는 그에게 이사 비용을 쥐어 주었다. 두 달 치 순경 봉급이었다. 승구가 면서기를 다시 만난 사흘 뒤 그 집의 소유자가 바뀌었다. 날짜를 소급하여 일본인에게 매수한 형식을 갖추었음은 물론이었다.

김 순경의 친구 가족이 그 집에 입주하기 전날 밤, 입이 귀에 걸린 김 순경과 함께 집 구경을 갔다. 내부를 둘러보기는 김 순경도 처음이었다. 제 집을 마련해도 저렇게 좋아할까. 승구가 먼저 대문을 열고 빈집 마당에 발을 담갔다. 내 집에 들어서는 기분이랄까. 그 집에 살던 가장을 대문 밖에서 불러낼 때의 거북스러움은 더 이상 없었다. 달빛 받은 마당을 건너 현관문을 열자 칠흑이었다. 불현듯 어지러웠다. 승구의 귀에 퍽, 하는 소리가 들렸다. 심연의 어디쯤에서 질긴 막이 터지는 소리였다.

•••

다시 동굴 속 화단이었다. 둥글게 내려오는 햇볕에 눈이 부셨다. 석준은 핏빛 꽃잎과 알록달록 반짝이는 이름 모를 버섯들 앞에 서서 심호흡으로 정신을 가다듬었다. 땀이 비오듯 흘렀다.

멍석처럼 깔린 녹나무 위에 누웠다. 바닥이 따뜻했다. 헐떡이는 석준의 콧구멍으로 익숙한 향기가 흘러들었다. 장뇌유 입자가 실핏줄로 스며드는 느낌이 박하사탕을 씹은 듯했다. 잠시 후 어금니 부딪치는 오한이 가라앉았다.

"자네 하르방이 어떵허고 있던가?"

누굴 만났느냐는 질문이 아니었다. 과거 여행의 맥락이 앞뒤로 연결되는 걸 고 심방이 아는 듯했다. 응오처럼 같은 꿈을 반복하여 꾸는 이가 있는가 하면 연속극으로 꾸는 사람도 있지 않을까. 이것이 꿈이라면 이 경우는 후자에 속할지 모른다. 빠르게 휘발되는 기억을 붙잡으려 애쓰는 석준을 내려다보며 고 심방이 질문을 이었다.

"하르방신디 여자가 이서신가?"
"우리 할망 닮읍디다."

석준은 경찰서 유치장에서 현귀옥이 빠져나온 경위와 당시 그녀가 임신 중이었음을 고 심방에게 밝혔다. 천천히 고개를 끄덕이던 고 심방이 재작년에 알게 된 사실 하나를 끄집어냈다. 그의 심방 어머니가 숨을 거두기 전 유언처럼 해준 말이 있었다. 자신이 생모가 아니라고 하더란다. 당황한 그가 그 다음 이야기를 들으려 했지만 노모는 그의 손을 쥐고 천천히 고개를 저었다. 슬프지만 단호한 눈빛이었다. 절대로 알면 안 되는 비밀일수록 호기심이 강렬해지는 법. 그는 살아생전 알아내야 할 숙명적 과업이 하나 더 늘었음을 직감했다.

모친의 사망 신고를 하고 몇 달 지나지 않은 어느 날, 그는 재산세 고지서를 받았다. 물려받은 밭에 부과된 것이었는데 납세자가 여태 문막례로 되어 있었다. 밭이야 늘 있던 자리에 있었고, 고지서를 받으면 번번이 어머니가 알아서 처리했었다. 그가 귀향 후 서른 해를 넘기는 동안 마늘 밭에 양파를 심든 무를 심든 간섭하는 사람도 없었다. 소유권을 따져 보지 않았으므로 등기부를 떼어 보는 게 새삼스럽기도 했다. 그는 행정적 실수도 바로잡을 겸 약간의 상속세를 내고 소유자 겸 납세자를 자신으로 바꿔 놓을 생각으로 먼저 등기소에 들렀다. 등본을 확인하던 그가 고개를 갸웃했다. 문막례에게 소유권을 넘긴 자의 이름이 뜬금없었다. 줄이 그어진 위 칸의 말소된 명의자, 바로 오승구였다. 날짜는 1950년 10월 17일.

"이웃 간에 사고 팔 수도 이신 일 아니꽈?"

"전쟁 통에 입에 풀칠도 힘든디 땅을 산다? 게다가 힘깨나 쓰던 사람이 재산을 넘겨 줄 일은 더더욱 생각 못 헐 일. 그것도 천대받던 여자 심방헌티 말이여."

듣고 보니 이상하긴 했다. 말하는 도중에도 고 심방은 마른기침을 자주 했고 그 소리가 벽을 울렸다. 퍼뜩 그리 오래되지 않은 기억 하나가 석준의 머릿속에서 거품처럼 터졌다. '내 짐작이 맞다면 자네와 나는 남이 아닐세.' 스러져 가는 자신의 체력을 탓하며 그가 과거 여행을 부탁할 때였다.

좁은 마을에서 이웃에 시시콜콜 코를 들이대기 좋아하고 부모 또래의 연장자에겐 남녀불문 삼춘으로 부르는 제주에는 집성촌도 많았다. 세월이 흐른 지금도 마을에서 따돌림 당할까 두려워하는 분위기는 크게 달라지지 않았다. 사돈의 팔촌까지 궨당의 범주에 넣는 건 당연했으므로 석준은 성씨 다른 고 심방이 자신과 궨당에 버금가는 관계일지 모른다 생각했다.

잠이 쏟아졌다. 한숨 자고 나면 거뜬할 거라는 말이 아스라이 들렸다. 다음 여행에서는 꼭 그와의 관계를 알아봐야겠다는 다짐을 끌어안고 잠에 빠져들었다.

다시 사흘이 지났다. 관시탕을 처음 마신 날보다 체중이 4kg이나 빠져 있었다. 원래 살집 없는 몸이라 거울 속 얼굴에 빰이 홀쭉해 보였지만 아직은 그런대로 움직일 만했다. 석준은 과거 여행에 재도전하기로 했다. 미뤄 둔 숙제를 해치우는 기분이었다. 조금씩 나아지던 응옥의 두통은 밀물과 썰물이 교차하듯 그쯤에서 호전과 악화를 반복했다. 그녀가 먼저 당집에 가 보고 싶다고 했지만 석준은 며칠만 더 기다려 달라고 했다.

석준은 응옥과 굿당에서 그 일을 치른 뒤부터 명준을 대하기가 적이 거북해졌다. 그에게 면회를 다녀온 후로 한 달을 다시 넘기고 있었다. 좀 심한가 싶으면서도 석준은 이미 관시탕 효과에 빠져 있었다. 고 심방과의 약속이 우선이었고 다른 데 신경 쓰고 싶지 않았다.

아침에 집을 나올 때 삼거리에서 만난 양 노인이 유적지 조사가 거의 막바지에 접어들었다고 귀띔해 주었다. 발굴 조사를 끝낸 문화재청의 최종 심사가 곧 진행될 모양이었다. 양 노인이 석준에게 요즘 어딜 쏘다니기에 통 보이지 않느냐며 핀잔을 주었다. 너럭바위에 들어선 공사 현장 사무소에 경찰이 합류하여 비대위의 농성 천막을 다시 걷어 갔다는 소식도 그가 전해 주었다. 경찰이 이젠 아예 하루 24시간 너럭바위를 지키고 있단다. 마을 사람들이 철조망 안으로 들어가기가 더더욱 힘들어졌다는 뜻이었다. 울타리에 박힌 '외부인 출입 금지' 푯말이 마을 토박이들을 졸지에 외부인으로 몰아세운 모양새였다.

석준이 들어선 굿당 안에서 고 심방이 관시탕으로 잔기침을 달래고 있었다. 그가 잔을 반쯤 채운 액체에 입술을 댔다 떼기를 반복하며 석준에게 길 떠날 채비를 시켰다. 호흡을 가라앉히며 마음의 준비를 하는 간단한 절차였다. 적중률을 높이기 위해 자신이 만나고 싶은 사람의 인상착의를 반복해 머릿속에 심는 과정도 필요했다. 석준은 이번에도 젊은 시절의 할아버지를 만날 것을 예상하며 약탕관 손잡이를 잡았다. 고 심방이 석준의 손을 밀어내며 직접 잔을 채워 주었다. 정량을 지키려는 거였다. 에스프레소 잔을 채울 만큼의 액체가 식도를 자극하며 내려갔다.

• • •

지서에서 파견 나온 오승구가 바닷가 절벽 아래 오종종히 들어앉은 마을 초입에서 군부대를 기다리는 중이었다. 함께 나온 지서장이 손목시계를 자주 들여다보다 별도봉 쪽을 가리켰다. 김 순경과 나란히 차렷 자세로 서 있는 네 명의 순경도 추위로 얼굴과 목에 소름이 돋아 있었다. 찬바람에 노출된 그들의 귀가 벌겋게 얼었다. 새해가 된 지 나흘 째, 다들 휴가는 포기한 지 오래였다.

지서장의 검지 끝에 군용 트럭 두 대가 모습을 드러냈다. 언덕 위에서 바닷바람을 타던 눈보라가 트럭과 함께 내리막길로 쓸려 왔다. 정지한 트럭 뒤에서 포장이 열렸고 군인들이 쏟아져 나왔다. 서른 명이 넘는 소대 병력은 국방경비대 소속 토벌대였다. 지난 봄 무장대의 봉기 이후 토벌대의 목표가 된 마을들은 대부분 소개령이 떨어진 한라산 중산간에 위치했으므로 이번 작전은 관행을 벗어나 있었다.

이미 한바탕 검거 바람이 불었고 이 마을에서 잡혀간 사람들이 경찰서 유치장에서 곤욕을 치르는 중이므로 그쯤에서 끝나려니 싶었던 승구는 당혹감을 감출 수 없었다. 게다가 그가 공들이는 귀옥의 고향 동네가 아닌가.

경비대 소대장이 지서장과 무슨 말인가를 주고받더니 부대를 마을 어귀로 이동시켰다. 오후 3시를 조금 넘긴 시각에 군경 합동 작전이 시작되었다. 지서장이 호루라기를 불었다. 순경들이 마을을 돌아다니며 집에서 모두 나오라고 소리를 질러댔다.

바닷바람을 피해 집안에 있던 사람들이 퍼렇게 질린 얼굴로 마을 앞 갯가에 모여들었다. 서로 곁눈질하기 바쁜 사람들의 어깨와 등에 몽둥이가 떨어졌다. 공포가 눈송이처럼 내려앉았다. 어린아이들의 울음소리도 뚝 그쳤다. 집안에 남아 있는 사람은 살아남지 못할 거라는 엄포에 병색이 완연한 노인도 흰머리를 바람에 흩날리며 비척비척 걸어 나왔다.

"폭도를 본 사람 앞으로 나오라우."

진한 이북 사투리로 인민재판이 시작되었다. 아무도 나오지 않고 수런거리는 소리만 들렸다.

"군인 가족 나오라우."

노파가 젖먹이 업은 젊은 아낙의 손을 잡고 앞으로 나섰다. 용기를 얻은 몇 가족이 앞쪽으로 발을 떼었다. 그 다음은 경찰 가족이었지만 아무도 나서지 않았다. 한 노인이 마을 쪽으로 고개를 돌려 손가락을 세웠다. 그가 두 집을 차례로 가리켰다. 아들을 경찰에 취직시킨 두 집은 이미 이사 가고 없었다. 경찰에 이를 갈던 이웃들의 눈총과 보복이 두려워 제 발로 마을을 떠난 거였다. 지서장이 그 노인을 사람들 앞으로 불러냈다.

"이 동네로 폭도가 숨어들었소. 폭도들에게 협조한 자도 폭도요. 그 자들을 골라내 보기오."

노인의 몸이 굳어 버렸고 얼굴은 사색이 되었다.

"이래도?"

지서장이 권총을 빼 들어 노인의 관자놀이를 총구로 찔렀다. 노인이 머리를 숙인 채 벌벌 떨었다.

"이거 안 되갔구만."

그가 군홧발로 노인의 오금을 차 무릎을 꿇렸다. 이어서 총소리가 마을 뒤편 절벽에 부딪쳐 메아리로 돌아왔다.

소대장이 다른 노인을 끌어냈다. 그가 노인의 딸인 듯한 여자에게 총을 겨누고 노인에게 같은 지시를 했다. 폭도와 내통했거나 폭도에게 밥을 주었거나 담요 한 장이라도 준 사람을 골라내라는 것이었다. 노인은 울상이 되어 손가락을 들어올렸다. 그의 검지 끝이 사람과 사람 사이에서 머뭇거렸다. 남자 몇이 끌려나왔다. 그의 손끝이 지나간 자리에 서 있던 사람들이었다.

"좋아 계속해 보라우."

지서장이 거들었다. 노인이 포기한 듯 아무나 가리켰는데 그중엔 열 살이나 될까 싶은 여자아이도 있었다. 손만 이리저리 움직일 뿐 노인의 눈은 감겨 있었다. 군인들이 손가락 총에 맞은 열두 명을 끌고 갔고, 얼마 후 근처의 국민학교 운동장에서 콩을 볶듯 총소리가 들려왔다.

짐을 싸라는 소대장의 명령에 사람들이 제각각 집안으로 들어갔다. 반시간도 여유를 주지 않은 채 소대장이 호루라기를 불어대며 다시 나오라고 재촉했다. 누비옷을 껴입고 이불 짐을 꾸려 나온 사람들도 있었지만, 나름의 귀중품만 들고, 입던 옷 그대로인 축도 적지 않았다. 잠시 소나기만 피하면 돌아올 수 있으리라 기대하는 눈치였다. 솥단지와 곡식, 이불 보퉁이까지 챙겨 나온 축은 식구마다 양손에 보따리를 들었다. 남자들은 지게에 짐을 올렸고 여자들은 물허벅을 챙겨 구덕에 넣고 등에 졌다. 섬은 육지와 달리 마실 물이 귀해 어디로 쫓겨 가든지 물을 구해 오는 일이 여자들의 급선무였다.

잠시 후 횃불 든 군인들이 집집마다 쑤시고 다녔다. 전기가 들어오지 않는 마을이라 집집마다 호롱불을 사용했고 툇마루 기둥에 석유 병이 걸려 있었다. 군인들이 조짚이나 보릿대에 그 석유를 뿌려 방안으로 던져 넣었다. 북서풍이 때를 맞춰 사납게 달려들었다. 불씨가 삽시간에 덩치를 키워 마을을 물어뜯었다. 여기저기 탄식이 흘렀다. 군인들 손에 들려 있던 횃불을 대수롭지 않게 여긴 사람들이 벌어진 입을 다물지 못했다. 그걸로 불을 붙이더라도 폭도로 찍힌 사람 집만 골라 본때를 보일 거라는 짐작이 어긋난 것이었다.

망연자실한 군중 틈에서 한 사내가 급히 몸을 돌려 불타는 집을 향해 뛰었다. 아방을 부르며 미친 듯 불길 속으로 들어간 사내는 돌아오지 않았다. 군인들이 사람들을 마을 밖으로 몰아댈 때까지도 그는 없었다. 여자들 몇이 수군거렸다. 병들어 누운 아버지에게 되돌아간 사내도 불이 제 집에 붙을 거라곤 짐작 못 한 듯했다.

겨울 해가 짧았다. 검은 연기와 함께 불길이 산처럼 솟아오르자 어둑했던 해변이 환해졌다. 마을 앞 냇가에서 대기하던 승구의 뺨으로 불기운이 후끈 다가왔다. 곁에 서 있던 김 순경의 귓바퀴도 벌겋게 달아올랐다. 마을 사람들은 정붙이고 살던 집이 잿더미로 변하는 꼴을 다 보지 못하고 뿔뿔이 흩어졌다. 그들은 소리 내어 울지도 못했다.

귀옥을 다시 찾은 승구는 짐을 싸라고 채근했다. 언제 그녀에게 날벼락이 떨어질지 모르는 판이었다. 그녀도 떨고 있었다. 아직 출근할 필요 없는 겨울방학이라 두문불출하고 있다지만, 그녀의 귀에도 고향 마을이 전소되었다는 소식이 들어갔나 보았다. 그녀가 줄을 놓아 전해들은 상황은 대충 이러했다.

그녀의 가족은 살아 있었다. 화를 당한 마을에서 멀리 떨어진 곳에 거처를 마련하려던 그녀의 부모와 동생들이 동쪽 해변을 돌아 한없이 걸었다. 그날 밤을 기댄 곳은 김녕이었다. 마을마다 잿더미가 되었다는 중산간으로는 숨어들 엄두를 내지 못했다. 혼자 사는 해녀 할망의 집에 다섯 식구가 몸을 붙였다. 장판도 없이 흙이 드러난 쪽방에 들어간 그들은 부서진 창호문으로 칼바람이 들어와도 감지덕지했다. 승구가 불행 중 다행이라고 그녀를 위로했다.

그녀의 가족은 서귀포 강정리로 연고를 찾아가기로 했단다. 염치를 따질 게재가 아니었다. 자고 나면 얼어 죽고 굶어 죽은 시체가 길바닥에 즐비했다. 귀옥의 큰 이모가 시집간 강정리는 불행인지 다행인지 군경이 장악한 남쪽 해변 마을이었다. 무장대가 보급 투쟁을 벌이는 중산간 지역보다 차라리 안전하리라 여긴 것이었다. 전소를 면한 중산간 마을에서도 낮에는 군경이 들어와 죽이고 밤에는 강도로 변한 무장대의 등쌀에 마을 사람들은 견딜 재간이 없었다. 산에서 내려온 사람들한테 먹을 것과 입을 것을 빼앗긴 다음 날이 더 무서웠다. 대낮에 들이닥친 토벌대가 애먼 사람들을 부역자로 몰아 죽이기 일쑤였다.

승구는 귀옥의 거처를 제주목 관아 근처로 옮겨 주기로 마음먹었다. 그게 더 안전할 듯했다. 사람들이 북적대고 이웃집에 관심 없는 읍내가 차라리 눈에 덜 띨 성싶었다. 그녀가 순순히 따라 주었다. 이삿짐이라야 책 몇 권과 옷가지 냄비 숟가락 정도였고 솜이불 한 채와 책상을 겸한 앉은뱅이 밥상이 오히려 부피를 차지했다. 작업복으로 갈아입은 승구는 구해 온 손수레에 귀옥을 함께 실었다. 면구스러워하는 그녀에게 냄비랑 밥그릇을 소리 안 나게 꼭 잡고 있으라고 했다. 그녀가 부끄러운 듯 설핏 미소를 지었고 승구는 한참 뒤에야 울렁거리는 가슴을 누르고 수레 끄는 손에 힘을 주었다.

다시 얻은 그녀의 자취방은 김 순경의 숙소에서도 걸어서 5분 거리였다. 비밀을 공유한 김 순경에게 그녀의 신변 보호를 당부했다. 승구를 대신하여 김 순경이 이따금씩 감자와 좁쌀 등을 날라다 주었다. 승구의 사정을 잘 아는 그가 눈치껏 도왔는데 강정리까지 그녀의 가족을 찾아가 먹을 것을 전해 주기도 했다. 총각인 그가 때로는 어른스럽게 승구를 위로하며 안심시키기도 했다. 승구는 부하에게 약점을 잡힐까 싶던 걱정을 덜게 되었다.

"마누라 이신 놈이 처녀신디 딴 맘 품은 걸 자네가 어떵 생각헐지…."

선술집으로 김 순경을 불러낸 승구가 머쓱한 표정을 지으며 먼저 말을 꺼냈다.

"성님도 참, 조들 거염려할 거 뭐 이수과. 외려 복 받을 일 아니꽈. 이 난리통에 서청놈덜신디 딸을 보내잰 허는 부모가 어디 한둘이꽈. 식구덜 목심 부지허잰 승냥이 새끼들신디 붙어 보젠 허는 마음꼬지 이해 못 허는 건 아니지만…."

"경해도 명색이 공무원인디 첩질을 할 순 어신 일 아니냐 이 말이지."

"성님, 젊은 여자 서넛 거느린 작자들 널려수다. 여자덜도 힘 가진 기둥서방 찾는 시절 아니꽈. 육짓것들허고는 달랑 여기 예청덜여자들 몬모두 지 밥벌이는 허고 마씨. 여자를 하영

거느릴수록 부자 된댄 허는 말이 신소린 아니라 마씸. 양기만 받쳐 준다면야, 흐흐."

김 순경이 비릿하게 웃으며 한쪽 눈을 찡긋거렸다.

"예끼, 이 사람아!"

대꾸야 그렇게 했지만 못 해 볼 것도 없었다. 때가 때이니만큼 적선하는 셈 쳐도 그만이었다. 귀옥에게 든든한 뒷배 노릇만 해 줘도 양심에 부담은 덜지 않겠나. 하지만 부영우, 그가 살아 돌아온다면….

승구는 옆구리를 뾰족하게 찌르고 들어오는 거북한 느낌을 기어이 제거하고 싶었다. 영우는 어차피 죽은 목숨이나 다를 게 없었다. 이미 죽었는지도 모르고. 그가 귀순자 틈에 섞여 내려온들 온전하겠는가. 자수를 종용하는 삐라가 한라산 곳곳에 뿌려졌는데 투항하면 살려 준다지만 절반은 내려와 죽을 판이었다.

군경은 병색이 완연하고 뼈만 앙상하게 남은 자들을 붙잡아 고문하고 머리에 총알 박아 넣기를 반복했다. 수색 작전 중 발견된 자는 현장에서 사살하는 게 손쉬운 일처리였다. 시신은 그 자리에 버리고 오면 그만이었다. 추위와 배고픔에 지쳐 제대로 걷지도 못하는 사람들을 산에서 억지로 끌고 와 봐야 괜히 일거리만 늘었다. 귀순자 명단에 넣어 조서를 작성하고 죄를 가려 법으로 처리하는 일련의 과정이 번거로웠고 그 대상은 적을수록 좋았다. 그럼에도 불구하고 영우가 군부대로 자수하여 풀려날 가능성도 없지 않았다.

승구에게 퍼뜩 신통한 생각이 떠올랐다. 남로당 간부 명단에 부영우를 올려 놓자. 굳이 귀옥을 연루시키지 말고 수사 중 인지한 혐의자로 처리하면 된다. 그날 곤을리 앞길에서 사라봉으로 도주한 자가 영우가 아니라고 누가 장담하겠어. 사라봉엔 태평양 전쟁 말기 미군의 공습에 대비하여 파놓은 일본군 진지가 많은데, 굴속으로 숨어들면 수색을 피해 한라산으로 도주하기도 쉽지 않나. 아군을 공격한 혐의로 그를 잡으려고 지서장이 눈에 쌍불을 켜고 있는데…. 여기까지 시나리오를 맞춰 놓은 승구는 자신의 총명함에 무릎을 탁 쳤다.

다음 날 출근하자마자 승구는 수배자 명단에 부영우를 올렸다. 산에서 토벌대에게 저항하다 사살되지 않는 한, 그 명단에 실린 거물일수록 생포하여 살려 둘 가능성이 높았다. 재판에 넘겨 죄명을 붙이고 대민 선무 공작에 이용하기에도 적당하기 때문이었다. 사로잡힌 거물급 수배자는 담당 경찰에게 일 계급 특진의 선물을 안겨 줄 수도 있었다. 내가 지서장으로 승진 못 하면 또 어떤가. '누이 좋고 매부 좋고'는 이럴 때 쓰는 말 아닌가. 최악의 경우 사실이 드러나더라도 귀옥에겐 체포된 영우를 살릴 유일한 방도였다고 변명하면 되지 않겠는가.

실인즉 승구 자신도 옛 동무를 생사의 갈림길에서 만나는 일만은 피하고 싶었다. 영우를 거물로 만들어 감옥에 보내면 장기 복역할 확률이 높으므로 그가 귀옥의 남자로 되돌아올 걱정은 잊어도 된다. 아예 멀리 사라져 주면 더 좋고.

승구는 퇴근길에 귀옥의 집을 찾아들었다. 도중에 선술집에 들러 대포 한잔을 걸친 뒤였다. 마른 정신으로는 그 말을 내뱉을 자신이 없었다.

"저어…, 내가 무신 말을 해도 놀라지 안 허켄 약속헙서."

오면서 몇 차례 연습한 대사였다. 그러고는 세상에서 가장 슬픈 얼굴로 귀옥의 손을 슬며시 잡았다. 귀옥이 무릎으로 다가 앉으며 괜찮으니 말해 보라 재촉했다.

"영우…, 영우가 죽었댄 헙디다."

"……."

"토벌대가 산속 아지트에 들이닥치난 열댓 명이 혼디 어우러졍 도주하던 와중에 등에 총을 맞았댄 헙디다. 개중에 혼자 살아나 잡혀 온 사름이 거기에 있던 자들을 다 불어신디, 거기에 영우가…."

넋 나간 얼굴을 가슴에 떨어뜨린 귀옥의 어깨가 조금씩 흔들렸다. 승구는 좀 심했나 하면서도 한걸음 더 나갔다. 엎질러진 물이었다.

"모심 돈돈히 먹읍서. 태어날 애기를 생각해서라도."

느닷없는 걱정이 '혹시…'로 이어졌지만 아이 가진 여자가 제 목숨 끊기는 쉽지 않을 거라는 생각이었다. 그녀의 두 손을 다시 잡았다.

"무신 일이 이서도 내가 꼭 지켜드리쿠다."

혀끝이 간지러웠다. 이 역시 오면서 연습한 대사였지만 흐느끼는 귀옥을 바라보다 문득 가슴이 먹먹해졌다. 망막 안으로 퍼뜩 영우의 얼굴이 스쳤다. 승구는 애써 께름칙한 상상을 털어냈다. 어디까지나 소문을 전하는 형식이었으므로 상황이 바뀌더라도 들은 대로 전해 준 것뿐이라 발뺌하면 그만 아닌가.

슬그머니 귀옥의 방을 나왔다. 추근대는 인상을 주긴 싫었다. 밤공기가 차가웠고 별이 총총했다. 가슴이 벅차오른 그는 주먹을 쥐고 컴컴한 길을 마구 달렸다. 풀벌레 소리가 유난히 크게 들렸다.

승구는 시간이 날 때마다 귀옥을 찾았다. 서귀포 경찰서에 줄을 놓아 강정리로 들어간 그녀 가족의 소식을 물어다 주었다. 그녀가 거의 마음을 잡은 것 같았다. 자포자기 상태가 지나면 새 출발 의지도 생기기 마련. 월급봉투를 들고 읍내로 나가 금반지를 샀다.

귀옥이 반가이 맞았다. 이제 고백할 순서였다. 헛기침을 몇 번 했지만 도무지 말이 되어 나오지 않았다. 승구는 그냥 반지 상자를 내밀었다. 그녀가 뚜껑을 열고 물끄러미 바라보기만 했다.

"끼워 봅서."

그녀가 반지를 꺼내 약지에 끼려다 말고 제 아랫배를 쓰다듬었다. 그녀의 배가 조금은 볼록해진 것도 같았다.

"잘나진 못했지만 좋은 아방은 될 거우다."

반지와 함께 미리 준비한 말이었지만 진심이었다. 내 여자가 되어 달라는 표현보다는 그게 낫다고 생각했다. 그녀의 왼손 약지에 반지를 끼워 주었다. 잘 맞는다고 했다. 상을 치운 그녀가 바닥에 요를 깔았다. 기꺼운 밤이었다.

"야 김 순경! 가뜩이나 골치 아픈디, 셋씩이나 더 받아 놓았으니 이 노릇을 어떵허민 좋단 말이냐."

"게메 마씸그러게 말입니다."

지서장이 승구에게 골치 아픈 숙제를 떠맡긴 날이었다. 서북청년단 본부에서 새로 내려보낸 자들에게 잠잘 곳을 마련해 주라는 말끝에 '당장'이라는 명령어가 따라붙었다. 지서장이 '일 잘하는 아이들로 특별히 골라 왔어', 라고 했지만 승구는 그런 자들이 늘어나는 게 영 마뜩지 않았다. 민가를 쑤시고 다니며 걸핏하면 빨갱이 타령으로 패악을 놓는 놈들이 아니던가.

그들이 생트집을 잡아 돈 될 만한 건 뭐든지 뜯어 가는 바람에 섬을 뒤덮은 원성이 경찰에게 돌아오고 있었다. 백주에 죽창 들고 떼로 몰려다니는 건 보통이었고, 아무 집이나 들어가 아녀자를 겁탈하는 행위도 서슴지 않았다. 비위에 거슬리면 제멋대로 인민재판을 하여 때리고 죽였다. '이런 법이 어디 있소' 하면, '우리가 법이오' 했다. 사람들은 그들과 까만 제복 경찰을 굳이 구분하지 않았으므로 까마귀라면 징글징글하다는 말이 도는 것도 무리는 아니었다.

당장 빈집을 찾기도 어렵거니와 어딜 가서 누구에게 방을 내 놓으라 하기도 난처한 일이었다. 지서의 숙직실과 관사도 이미 만원이었다. 그들을 유치장에 넣을 수도 없는 일. 승구는 김 순경과 또 다른 작당을 꾸며 볼까도 생각했지만 그건 좀 더 치밀한 궁리와 시간이 필요한 작업이었다. 둘이서 온종일 머리를 맞댄 뒤 승구가 제안했다. 지난번에 마련해 준 그 이층집에 가서 사정을 해 보자.

김 순경이 몹시도 궁색한 표정으로 머리를 조아렸고 친구의 어머니는 고개를 끄덕여 주었다. '위층만 당분간'이라는 조건을 붙이긴 했지만 육지에서 온 사내들이 언제 방을 비워 줄지 가늠하긴 어려웠다. 친구 가족이 대부분 여자들인데다 딸들이 놈들에게 시달릴지 모른다는 생각에 김 순경이 전전긍긍했다. 그렇다고 놈들에게 그 가족과 김 순경의 관계를 노출하기도 난감한 노릇이었다. 그 집을 구해 준 과정이 드러나면 뒤탈이 날 수도 있었다.

김 순경을 앞세워 대문을 밀고 마당에 들어섰다. 사내들이 두리번거리며 뒤따라왔다. 안에서 기다리던 식구들이 현관문을 열었다. 부엌 겸 거실 뒤쪽으로 방 두 개가 따로 붙어 있었다.

"민폐를 끼치면 아니 되오. 방만 빌려 주는 것이니 밥은 알아서 챙겨 먹도록 하시오."

승구가 다짐을 받으며 그들을 이층으로 안내했다. 거실에서 김 순경 친구의 여동생들이 할머니 뒤에 숨어 계단을 오르는 사내들을 올려다보았다. 스무 살 이쪽저쪽인 두 여동생의 겁먹은 얼굴을 사내들이 곁눈질로 훔쳤다. 중학교에 다니는 막내 남동생이 누나들을 방으로 밀어 넣었다. 승구도 내심 거실을 통해 위층으로 오르는 동선이 께름칙했다. 그들 중 서른을 갓 넘겼을까 싶은 사내가 콧수염을 쓰다듬으며 식구들을 안심시켰다.

"우리래 기리케 나쁜 사람들 아입네다. 걱정 마시라요."

그 말을 믿기로 했다. 승구가 그들과 함께 계단 위로 올라가 방문을 열었다. 다다미 깔린 방이 깨끗이 치워져 있었다. 위층엔 방이 그것뿐이었으나 좋이 세 사람이 누울 만한 공간이었다. 남쪽 창으로 볕 잘 드는 복도 끝엔 변소도 따로 있었다. 몸뚱이만 달랑 떠나온 자들에게 그만하면 됐지 싶었다. 노파는 손자를 가리키며 '쟈가 아쉬울 거라'고 했다. 이 층 방을 막둥이가 쓰고 있었나 보았다.

이른 새벽, 김 순경이 승구의 하숙방을 찾아왔다. 할 말 많은 얼굴에 노기 서린 목소리가 간간이 떨렸다. 사달이 난 것이었다. 그러니까 사건 발생 시점은 그저께 밤, 김 순경이 현장을 확인한 게 엊저녁이었으므로 그가 밤새워 삭이던 분을 마침내 토해 내는 참이었다.

이틀 전, 퇴근을 서두른 지서장이 새로 들어온 이북 출신들과 어디론가 몰려갔다. 그들의 뒷모습을 본 김 순경은 께름칙한 느낌을 지울 수 없었단다. 이튿날 아침에도 술이 덜 깬 얼굴로 나타난 지서장의 거동이 예사롭지 않았다.

김 순경은 퇴근길에 서둘러 그 집으로 향했다. 골목에 들어선 그가 친구 어머니와 맞닥뜨렸다. 먼발치에서 달려온 두 여동생이 김 순경을 붙잡고 눈물부터 쏟았다. 여자들의 얼굴은 상처투성이였다. 그중 하나가 그의 가슴을 파고들어 통곡을 했다. 지금은 종적을 감춘 친구가 언젠가 다리를 놓아 주겠다던 그 댁 큰딸이었다. 그게 중학교 졸업반 시절이니 벌써 9년이나 지난 이야기였다. 김 순경도 은근히 마음이 동했었지만 그 뒤로 험악한 세상에 휩쓸리다 보니 진척을 볼 경황이 없었다.

막내아들과 할머니는 이웃집에 누워 있다고 했다. 어머니와 두 딸들도 겁이 나 집에 들어갈 엄두를 못 내고 있었다. 김 순경이 현관문을 열고 들어가 보니 인기척은 없었고 아래층 거실 천장이 폭탄 맞은 듯 위로 뚫려 있었다. 거실엔 미처 치우지 못한 음식이 부서진 밥상 주변에 너저분하게 흩어진 채였다. 전날 밤 서청 사내들이 지서장을 모셔다 위층에서 집들이를 벌였다는 것이었다. 지서장 입장에서는 사내들에게 환영식을 열어 주며 생색내는 자리이기도 했다. 하필이면 그때가 아래층 가족의 할아버지 제삿날이었다. 식구들은 궁기 든 살림에도 어렵사리 구해 온 백미에 좁쌀을 섞어 젯밥을 지었다. 부엌에서 노파가 얇게 썬 전복과 미역에 들기름을 둘러 전을 부치고 며느리는 덜 자란 옥돔 한 마리를 구해 굽는 중이었다. 홍동백서, 조율이시는 못 갖출망정 비린거 하나라도 상에 올려야 조상 뵐 면목이 설 것 같았단다.

위층에서 내려온 콧수염이 불쑥 부엌문 안으로 머리를 들이밀었다. 그가 매부리코를 벌름거리더니 자기들이 가져온 술이 다 떨어졌다면서 은근히 으름장을 놓았다. 지서장님이 오셨는데 아래층에서도 신경 좀 써주는 게 좋지 않겠냐는 거였다. 노파가 제사 음식이라 미리 손대기 곤란하다며 부쳐 놓은 전을 한 접시 나눠 주었다. 좁쌀로 빚은 청주도 주전자에 따로 담았다. 얼굴을 겨우 익힌 옆집에 간청하여 꾸어 온 술이 한 됫박도 못 되었지만 딱 두 종지 남기고 건네준 것이었다. 그들의 비위를 건드리면 무슨 화를 당할지 몰라 두려운 마음에 제사 끝나는 대로 더 드릴 테니 조금만 기다려 달라는 말도 덧붙였다.

마뜩잖은 얼굴로 들고 올라간 술이 한 순배나 돌았을까. 위층 사내들이 욕설을 섞어 떠들어대기 시작했다. 위에서 쿵쾅거리는 소음이 아래층 거실에 진동했다. 목조 주택에 널빤지를 깐 천장이라 공명이 심했다. 소복으로 갈아입은 할머니가 향불을 붙이고 막 절을 올리려던 참이었다. 위층에서 나는 소음과 진동으로 먼지 부스러기가 제사상 위로 떨어졌다. 할머니가 계단을 올라가 조용히 해 달라고 말했다. 머리를 조아리는 부탁이었지만 되돌아온 건 지서장의 쌍욕이었다. '할망구가 듁고 싶어 환장했구만. 제사라고 했디. 상 차린 김에 초상도 치르게 해 줄까?' 거친 이북 사투리였다. 질

겁한 노파가 떨리는 다리로 계단을 내려와 털썩 주저앉았다.

잠시 후 느닷없는 굉음과 함께 천장이 뚫렸다. 거칠게 뜯겨진 널빤지 구멍으로 길고 번쩍이는 금속이 들랑거렸다. 소총에 꽂는 대검이었다. 그들이 쑤셔대는 구멍이 주먹만큼 커지자 갑자기 누런 물줄기가 연달아 제사상 위로 떨어졌다. 오줌이었다. 음식들은 지린내로 덮였고 참지 못한 식구들이 이층으로 올라갔다. 엄마를 부르며 뒤쫓아 올라간 두 딸들에게 사내들이 음탕한 농지거리를 던졌다. 마루판에 뚫어 놓은 구멍을 향해 바지를 내린 사내가 제 성기를 쥐고 흔들어댔다. 시커먼 물건이 여자들의 눈앞에서 뱀 대가리마냥 까딱거렸다.

분노한 며느리가 조상님 면전에서 어찌 이럴 수 있냐고 볼멘소리를 했는데 주먹이 먼저 날아들었다. 건방진 에미나이라는 욕설과 함께 '우리래 부모 조상 다 버리고 온 사람들이라 뵈는 게 없어', 라는 흰소리도 건너왔다. 학생복 차림의 막내가 주먹질한 사내에게 덤벼들었다. 가소롭다는 듯 실소를 흘리는 지서장의 턱짓에 사내들이 여자들을 넘어뜨려 모지락스럽게 밟았다. 악을 쓰던 막내는 사지를 붙잡혀 계단 밑으로 던져졌고 사내들이 키득거리며 손바닥을 털었다.

김 순경이 찾아간 이웃집에 몸져누운 노파와 막내의 몰골이 처참했다. 노파의 찢긴 이마를 감은 하얀 광목천에 핏물이 배어 있었고 숨소리도 고르지 않았다. 노파는 자신보다 하나 남은 손자마저 잃을까 전전긍긍했다. 약을 쓸 형편이 못 되었고 당장 비좁은 그 방에서 다섯 식구가 이불 하나에 다리를 끼워 칼잠을 자야 할 판이었다. 졸지에 죄인이 된 김 순경이 그들에게 연신 머리를 조아렸다.

"이 새끼들 다 죽여 불쿠다. 그 개자식도."

점심 식사차 지서 건너 골목으로 들어가던 승구가 멈칫했다. 등 뒤로 따라붙은 목소리가 귀에 익었다. 고개를 돌리자 김 순경이 이를 악물고 서 있었다. 핏발 선 눈엔 물기가 맺혀 있었다. 그가 말한 나온 개자식은 지서장이 틀림없었다. 김 순경이 그 자리서 또 하나의 진실을 털어 놓았다. 얼마 전 지서장이 몹쓸 짓 끝에 태워 죽인 여자에 관한 것이었다.

그 일이 일어나기 전날 밤, 지서장이 야근 중인 김 순경을 불러 지시를 내렸다. 그녀를 조용히 관사로 데려오라는 거였다. 이북에 처자식을 두고 혼자 내려온 지서장의 객고를 이해 못 할 바는 아니었으나 마음이 썩 내키지 않았다. 그렇다고 상관의 지시를 거절할 수도 없었다. 김 순경이 결국 그녀를 데려다 주었는데 잠시 후 창밖에서 기다리던 김 순경의 귀에 여자의 비명소리가 연거푸 들렸다. 유부녀인 그녀가 몸을 허락하지 않았던 모양이었다. 눈 밑이 터진 여자는 비틀거리며 관사를 나와 유치장으로 되돌아갔다. 그게 지서장의 자존심을 건드린 듯했다.

다음 날 귀옥을 함께 불러 잔인한 현장을 보여 준 또 다른 목적을 승구는 그제야 깨달았다. 조서에 적힌 혐의는 단지 수사상 명분일 뿐이었다. 귀옥에게 겁을 주고 음욕이나 채우려던 놈과 어찌 한 하늘 아래 숨을 쉬겠나. 승구의 팔뚝에 소름이 돋았다. 기어이 제 손으로 죽이고야 말겠다는 김 순경을 골백번 이해할 수 있었다. 누군가 대신 원한을 풀어 주는 것도 나쁠 게 없었다. 하지만 아끼는 김 순경이 나서는 건 좀 다른 이야기였다.

"이 시국에 군인이든 경찰이든 상관신디 덤비민 그 자리서 총살이야 임마."

"성님, 그놈덜이 누구 편이꽈? 우리 편 마씸? 경허민 그 우리는 대체 누구꽈? 날만 새민 우리 제주 사롬덜 싹 쓸어당 죽이는데, 그놈덜이 어떵 우리영 혼패란 말이꽈!"

"우리, 우리라…."

조직 논리에 익숙해진 지 어언 6년째, 왜놈들 밑으로 들어가 해방 후에도 그대로 순사질을 하고 있지만 승구는 까마귀 무리에서 옥석을 구분해 본 적이 없었다. 나라와 국민을 위한 일이라 믿었고, 우리가 질서를 잡아야 모두가 편해진다는 소신으로 이십대를 보내지 않았나. 식당 골목을 두리번거렸다. 다행히 주변엔 아무도 없었다. 김 순경이 취기를 빌어 만용을 부리는 거라면 몰라도 대낮에 들은 말이라 여간 신경이 쓰이지 않았다.

"성님 권총 좀 빌려줍써."

"어떵허잰 허는 거라?"

"두 번 죽을 거꽈. 죽기 전에 사름 노릇 혼번 허쿠다!"

김 순경 눈빛에 비장감이 돌았다. 간부들에게만 지급되는 권총까지 구하려는 걸 보면 나름 계획이 있을 성싶었고 표적이 누군지 알게 된 이상 말리고 싶지도 않았다. 눈에 띄기 쉬운 소총보다는 품에 숨길 권총이 거사에 유리할 것이었다. 김 순경은 이미 결심을 굳힌 얼굴이었다.

"게민 후제나중 일은? 몸뚱아리 의지헐 데나 있고?"

"경 안 해도 시방 육지에서 군인덜 모은덴 헙디다. 이 시국에 내가 뭔 짓을 저질러신지 어떵 알 거꽈. 멕여 주고 재워 주기만 허민…."

하긴 급조된 정부에서 서둘러 군대를 만들자니 사람을 가려 뽑을 처지도 못 될 것이었다. 북쪽에서 쫓겨 나온 젊은이들이 떼로 몰려드는 판에 신원 조회할 방법도 없으니 스스로 갑돌이라 하면 갑돌이요, 길동이라 하면 길동이가 되는 세상이었다. 경찰과 달리 신설 군대는 출신이나 사상을 따지지 않는 편이었다. 만주 벌판에서 활약하던 독립군과 그들을 잡아 고문하던 일본군 출신들이 마구 섞였다. 이승만 정부는 일본군 장교였던 조선인을 우선적으로 영입한다는 소문이 자주 들렸다. 체계화된 군사 지식과 지휘 경력을 인정한 것이었다. 점령지에서 자신들의 질서를 만든 미군이 해방을 맞이한 조선인들의 소망과 처지를 고려해 옥석을 가려 줄 리도 없었다. 일본인들이 물러가자 쥐구멍을 찾던 조선인 관리들을 다시 끌어들였고 친일 경찰들에게도 죄를 묻기는커녕 오히려 중책을 맡기지 않았나. 제주까지 들어온 미군정 역시 현지 사정에 어둡기는 매한가지였다. 과도한 화폐 발행으로 물가가 뛰자 자유 시장제를 시행하던 미군정이 쌀을 강제 수매하기 시작했다. 일부 상인들과 지주들의 매점매석을 막겠다는 명분이었다. 그 결과 일제하에서 공출제의 쓴맛을 보았던 민초들의 불만이 빠르게 쌓여 갔다. 저가에 빼앗긴 양식을 고가에 사들여 허기를 면해야 하는 신세로 전락한 때문이었다. 경찰력이 동원되었고, 일관성 없는 행정의 틈바구니에서 경찰들의 비리와 부패는 더욱 심해졌다. 제주로 들어와 경찰의 손발이 된 청년단이 민간인 단속에 앞장섰다. 뇌물로 돌아가는 세상이었다. 항구마다 선박을 통제한다지만 여전히 민간인 배들이 육지와 일본을 드나들며 생필품들을 구해 오고 있었다. 요령 좋은 김 순경이 섬을 빠져나갈 방도를 궁리하지 않았을 리 없었다.

바닷바람이 골목까지 들어오나 싶더니 불현듯 서늘한 기운이 등줄기로 파고들었다. 승구의 머릿속에서 새삼스럽게 국가와 정부가 구별되었고, 권력과 백성이 겹쳤다 떨어지길 반복했다. 지난 봄 경비대 9연대장이 무장대와 맺은 평화 협정을 미군정이 짓밟지만 않았더라도 세상이 이렇게까지 비극으로 내몰리진 않았을 것이었다. 미국은 공동체를 배신한 사냥개들에게 완장을 채워 주고 제 족속을 물어뜯게 만들었다. 김 순경의 말대로라면 통역을 맡으며 미군 장성에게 빌붙은 자들이 바로 제 족속을 무는 사냥개였다. 그러니까 김 순경의 질문은 도대체 누가 우리 편이냐, 였다. 승구는 자신도 모르게 김 순경이 던진 질문에 깊숙이 빠져들고 있었다.

지서장이 경감으로 승진했다. 육지에서 다시 내려온 경무부장이 토벌 작전에 공을 세운 간부들에게 훈장을 달아 주었다. 여세를 몰아 한라산에 남아 있는 무장대의 씨를 말리라는 정부의 요구이기도 했다. 지서상도 그 줄에 섰으므로 모두들 그가 조만간 제주 경찰서로 영전할 거라며 수군거렸다. 김 순경이 다급해졌다. 거사를 뒤로 미루기 어렵게 된 것이었다.

지서 앞 식당이 경찰들로 채워졌다. 넓은 홀을 빌린 왁자한 행사는 신년회를 겸한 지서장의 승진 축하연이었다. 마흔 명 가까운 사내들이 왜색 가요를 합창하며 탁자에 젓가락을 두드려댔다. 그중 열셋이 서청 멤버들이었다. 힘쓰는 보직은 계급과 무관하게 육지 출신들이 붙잡고 있었다.

승구는 명색이 부지서장이지만 편히 앉아 술잔 받을 처지가 못 되었다. 그는 엉거주춤 눈치나 보며 지서장과 떨어진 구석자리를 지키다 드물게 건너오는 잔을 받았다. 참석자의 절반이 넘는 제주 출신들은 자기들끼리 소곤거리며 잔을 돌렸다. 다들 불쾌해진 분위기에서 김 순경만은 얼굴색이 그대로였다. 지서장이 돌리는 잔을 받으며 한마디씩 꺼내 놓던 입에 발린 아첨도 잦아들었다. 자정이었다.

삼십대 후반의 체력을 과시하며 마셔 대는 바람에 먼저 취한 지서장이 파장을 선언했다. 혀 꼬부라진 소리로 내일 아침에 이임식과 취임식이 동시에 열릴 거라고도 했다. 새 지서장도 육지에서 오는 모양이었다. 축하차 들른 타 지서 인사들이 하나 둘 빠져나갔다. 지서장 곁에서 권커니 잣거니 하던 부하들도 슬그머니 자리에서 엉덩이를 뗐다. 두 손으로 탁자 모서리를 짚고 몸을 세우던 지서장이 그들에게 마시던 술병을 챙기라고 쉿소리를 냈다. 자리를 옮겨 한잔 더 하자는 뜻이었다.

그를 부축하여 지서 안으로 데리고 들어가는 세 사람은 최근에 김 순경이 이층집에 거처를 마련해 준 서북 청년들이었다. 제복을 지급받지는 못했으므로 가죽 띠를 어깨에 두르거나 종아리에 각반을 찬 입성이 정식 경찰과 구분되었고 팔뚝에 찬 완장도 쉽게 눈에 꽂혔다. 김 순경이 잰걸음으로 그들 뒤를 쫓았다. 그가 오늘밤 당직을 자청한 사실을 알고 있던 승구는 마신 술이 확 깨었다.

지서장 패거리가 먼저 지서 정문을 통과했고 김 순경이 오십 보쯤 떨어져 그들 뒤를 따라 들어갔다. 승구는 경비를 선 신참 순경의 경례를 건성으로 받으며 열댓 걸음 간격으로 김 순경의 뒤를 밟았다. 패거리가 본관 뒤편 지서장 관사로 향하고 있었다.

그들의 동선을 확인한 김 순경이 본관으로 어깨를 틀어 미등 켜진 복도를 지나 조사계로 스며들었다. 김 순경은 자신의 사물함이 있는 그 방에서 무기를 챙겨 나올 것이었다. 김 순경의 직속상관이자 파트너인 승구의 자리가 바로 옆이었다. 승구는 따라 들어가다 말고 컴컴한 복도 귀퉁이에 몸을 숨겼다.

그의 시야에 김 순경이 다시 나타났다. 승구가 속으로 헤아리던 숫자가 쉰을 막 넘어가던 참이었다. 조사계를 나온 김 순경이 잰걸음을 반대쪽 복도 끝으로 옮겼다. 관사 방향이었다. 오른손을 꽂아 넣은 그의 점퍼 주머니가 불룩했다. 승구의 머리로 차가운 피가 쏠렸다. 유치장 담당자는 깨어 있을 것이었다. 승구는 창문에서 흘러나오는 불빛을 피해 김 순경의 빠른 걸음을 쫓다 멈춰 섰다. 보안등이 건물 주변을 환히 비추고 있었다. 맨몸으로 따라가 봤자 그를 도울 일도 없을 터였다. 공범으로 몰리는 순간 죽은 목숨이었다.

오늘밤 승진 축하연이 열릴 거라는 소식이 부서에 전달되자마자 김 순경이 승구의 옆구리를 찔렀었다. 한 번 더 말려 볼까 했지만 그러기엔 너무도 진지한 눈빛이었다. 성님은 가만히 계시라던 김 순경의 말을 따르기도 난처했다. 그가 잘못되기라도 하면…. 승구는 총알을 장전한 권총을 자신의 서랍 안에 넣어 두고 일부러 잠그지 않은 사실을 떠올리며 잠깐 후회했다.

우물쭈물하는 순간, 쇳조각이 튕겨져 나오는 소리가 승구의 고막을 때렸다. 순간 자신도 모르게 허리를 굽혔다. 땅바닥에 한쪽 무릎을 대고 움츠린 다리가 사정없이 떨렸다. 두 번, 세 번. 승구가 허파 깊숙이 차가운 공기를 빨아들여 천천히 뱉어 낸 뒤에도 다시 두 번의 총성이 밤하늘을 울렸다.

거사를 치르고 앞마당으로 나오는 김 순경의 어깨를 잡았다. 승구를 바라보는 김 순경의 표정이 태연했다.

"성님, 날 촛젠 허지 맙서. 이건 내가 가져가쿠다."

정문을 지키던 신입이 허겁지겁 뛰어왔고, 거의 동시에 김 순경은 신입이 다가오는 방향으로 몸을 돌려 지서를 빠져나갔다. 순식간이었다. 승구는 어둠속으로 멀어지는 김 순경의 등을 멍하니 바라보면서 그의 이름을 입속에서 나직이

굴렀다.

"아아, 종석아…."

본관에 남아 유치장을 지키던 몇이 마당으로 뛰어나오며 총소리를 들었는지 물었다. 승구는 내가 알아볼 테니 돌아가라고 했다. 목젖에 들어붙은 말이 힘겹게 빠져나왔다. 그들이 고개를 갸웃거리며 돌아섰다. 날마다 수도 없이 듣는 총소리에 다들 무신경해진 탓이었다. 그제야 승구는 잠시 잊고 있던 권총을 다시 떠올렸다. 가슴이 철렁 내려앉았다.

7

빗창의 혼

"당장 합치게 마씨."

귀옥의 자취방을 찾은 승구가 대뜸 그녀의 손을 잡았다. 머리라도 올려 주고 싶은 마음이야 굴뚝같았지만 그녀를 당장 우도로 데려가 부모님께 인사시킨다면 미친놈 되기 맞춤이었다. 두 살이나 위인 처도 일찌감치 승구에게 기대를 버린 눈치였지만 아직 거기에 함께 살고 있는 그녀를 어찌할 것인가. 둘 사이에 자식도 없는 판에 한쪽에서 먼저 말을 꺼낼 기회를 만들지 못했을 뿐, 처를 위해서도 결단은 빠를수록 좋을 것이었다. 귀옥에게는 날이 갈수록 미안한 마음이 더해갔다. 스스로 비겁하고 비굴한 감정에 빠져들기도 했다. 차제에 고백을 할까 싶다가도 그러다 혹시, 하며 뭉그적대는 날이 길어지고 있었다.

귀옥이 대꾸 없이 한참 동안 승구의 얼굴을 들여다 보았다. 승구는 귀옥의 약지에 끼워진 금속의 촉감을 느끼며 그녀의 심정을 헤아렸다. 그녀도 모양을 갖추고 싶은 마음이야 없지 않겠지만 살림을 합치자는 제안이 뜬금없을 것이었다. 제 목숨 간수도 힘든 시절 아닌가. 하지만 그는 마음이 다급했다. 귀옥이 혹시라도 자신의 처지를 알면 마음을 돌릴지 모른다는 걱정으로 온종일 안절부절못하였다. 밥줄 떨어진 건 차치하더라도 그녀를 잃는다면 그야말로 최악이었다.

김 순경 사건으로 사태가 급박히 돌아갔고 본서 감찰반에 불려가 조사받기를 몇 차례, 결국 파면 통보를 받고 나오는 길이었다. 서북 청년 둘이 그 자리서 즉사했고, 복부에 총구멍 뚫린 자도 언제 숨이 넘어갈지 모르는 판이었다. 지서장은 두 방이나 맞았다. 머리에 한 방 가슴에 한 방. 승구의 귀에 들려온 나중의 총성, 그 두 발이 지서장의 숨통을 끊어놓은 것 같았다.

권총 한 자루 없어진 책임을 물어 동료의 밥줄을 끊었으면 족할 것이었다. 6년이 다 되도록 한솥밥을 먹지 않았나. 직속상관의 죽음에 또 다른 직속상관인 자신의 죄를 묻는 것에 승구는 반발할 수 없었다. 총기 관리 부실에 대한 책임도 인정했다. 부하에게 내준 게 아니라 도둑맞았다고 진술했다. 그러잖아도 일본군의 잔류 무기가 무장대로 들어가고 부대를 이탈한 군인들이 총을 지닌 채 심심찮게 산으로 합류하는 판국이었다.

차라리 잘된 일이라 여겼다. 김 순경을 잡으려고 조만간 수색조를 한라산으로 올려 보낼 것이고, 신임 지서장은 승구를 앞세울 게 뻔했다. 김 순경에게 총질을…. 때려죽인다 해도 못할 짓이었다. 설령 생포되더라도 생사를 넘나드는 고문이 그를 기다릴 터, 어차피 각오는 했겠지만 그가 차라리 밀항이라도 했길 바랐다. 아주 멀리…. 귀옥에게는 파면당한 사실을 당분간 숨기는 게 좋을 듯했다.

"서귀포로 발령 나서. 잘 된 일이쥬 뭐. 이번 참에 우리 그쪽으로 옮기민 어떵허카? 식구들도 다 거기 이시난. 거기라고 설마 선생 구하는 학교 없진 않을 거고. 음, 이건 희소식인디…."

지서장이 죽었다는 말에 귀옥의 얼굴이 비로소 환해졌다. 언제 다시 잡혀 들어갈지 모른다는 공포로 자다가도 벌떡 일어나 문고리를 살피던 그녀였다. 승구가 덧붙였다. 김 순경의 단독 범행이었으며, 일을 치른 후 멀리 사라졌다고.

"시상이 좀좀해지민 식도 올리고…."

승구는 입꼬리를 올려 귀옥의 눈치를 살폈다. 싫지 않은 얼굴이었다. 그녀의 아랫배가 눈에 띄게 불룩했다. 그녀에게 든든한 버팀목이 되어 주고 싶었다. 신방은 미리 수소문하여 서귀포 강정리에 구해 놓았다. 가족이 몰살당한 집들은 비어 있기 마련이었다. 해변 동네로 내려왔던 객식구들도 떠나온 중산간으로 삼삼오오 되돌아갔다. 그들도 한동안 불타버린 고향 마을을 재건하느라 바쁠 것이었다.

눈 덮인 한라산에 수시로 귀순과 자수를 종용하는 삐라가 뿌려졌다. 숨어 있던 사람들이 추위와 배고픔을 견디지 못하고 속속 산을 내려왔다. 무장대의 저항도 끝물이었다. 승구는 문득 지난 가을의 지역 신문 기사를 떠올렸다. 여수와 순천에서 2천 명의 국방경비대 소속 군인들이 제주도 진압 명령을 거부하고 봉기했다는 소식이었다. 정부는 대대적인 '반란군 토벌 작전'을 개시했다. 공군기가 동원되었고 해군 함대에서 쏘아대는 대포알이 여수 시내와 민가로 날아들었다. 시가지가 온통 불바다로 변했다는 후속 보도가 있었다. 갈팡질팡하는 한국군을 미군이 입체적으로 지원한 결과라는 주장이 입소문을 타는 동안, 항명의 깃발을 들었던 14연대 군인들은 더 이상 저항하지 못하고 지리산으로 숨어들었다. 세상이 뒤집어지나 싶어 잠시 기세를 올렸던 한라산의 무장 세력도 힘을 잃은 지 오래였다. 승구는 김 순경이 몹시 궁금하여 육지 소식란에서 눈을 떼지 못하다가도 무소식이 희소식일 거라는 생각으로 걱정을 털어내곤 했다.

강정리는 제주 섬 남쪽이라 덜 추워서 좋았다. 한겨울 북서풍도 우람하게 버티고 선 한라산에 발목이 걸려 넘어왔다. 중산간에 쌓인 눈이 녹기 시작했고 피바람이 쓸고 지나간 강정 해안에도 꽃이 찾아들었다. 마을 어귀 퐁낭에 새순이 돋았고 양지바른 밭담 사이에서 찔레꽃이 하얀 향기를 뿜었다. 귀옥의 배가 나날이 불러갔고 승구는 아침마다 같은 시간에 출근을 가장하여 집을 나섰다.

농사라도 지으려면 땅이 필요했다. 돌밭을 개간하긴 쉽지 않은 일이라 기존 밭을 수소문하고 다녔다. 주된 목표물은 일본인들이 두고 간 땅이었다. 여기저기 돌다 보면 하루가 훽 지나갔다. 현직에 있을 때 알던 사람들을 자주 만났다. 읍이나 면사무소 직원들을 수첩에 꼼꼼히 적어 두고 수시로 찾아가 술을 샀다. 조만간 세상이 안정될 것이고 사람들은 먹고 사는 일에 매달릴 것이었다.

모아 둔 돈이 바닥날 무렵 귀옥이 출산을 했다. 아직 사월인데도 한낮 볕이 따가웠다. 저녁에 들어와 보니 방에 애기가 누워 있었다. 사내아이의 작은 얼굴이 신기했으나 와락 정이 가진 않았다. 기분이 묘했다. 산파가 다녀갔다고 귀옥이 말했다. 문막례라는 젊은 심방이라는데 강정리에서 그녀의 손을 타고 나온 아이가 절반도 넘을 거라는 소문이 맞나 보았다.

승구는 아이에게서 부영우를 떠올린 자신을 책망하며 씁쓸한 미소를 지었다. 기어드는 목소리로 미안하다고 하는 산모에게 그는 과장되게 손을 저었다. 그녀가 승구에게 아이의 이름을 지어 달라 했다. 그는 고민에 빠졌다. 살면서 강아지 이름조차 지어 본 적 없는 그가 꼬박 사흘 동안 온갖 이름들을 종이에 써 내려갔다. 작명하면서 생명의 소중함을 전보다 진지하게 느낀 것도 소득이라면 소득이었다.

장고를 뚫고 이름 하나가 뾰족이 올라왔다. 이제야 어른이 된 듯한 기분에 휩싸일 때쯤이었다. '장생'이라 쓰고 귀옥에게 보여 주었다. 그녀가 흡족한 미소를 지었다. 오로지 목숨 하나 보존하는 게 삶의 목표가 되어도 좋을 만큼 세상이 험악해졌음을 그녀도 알고 있는 듯했다. 성이 문제였지만 그녀가 '당연히 오, 장생이지요.' 했다. 오장생이라…. 아이가 그저 오래만 살아 주길 함께 빌었다.

학교에 복직하기를 포기한 그녀가 어릴 적 배워 둔 물질에 나섰다. 출산하고 열흘도 지나지 않은 날이었다. 돈벌이로는 그게 낫다는 거였다. 빗창을 챙겨 든 그녀의 눈빛이 사뭇 비장했다. 아이를 책임지겠다는 각오로 보였다. 두어 달 젖을 물린 뒤 그녀가 아이에게 미음을 먹이기 시작했다. 젖이 부족한 것도 아니었으므로 승구는 그녀가 너무 성급하다는 생각을 했지만, 그녀가 이제 우리 아이를 갖자고 했을 때 의문이 풀렸다. 그녀의 적극성이 싫지 않았다.

승구는 마음을 다잡아 재산 모으기에 골몰했다. 매일 아침 서귀포 해변으로 향했다. 남쪽으로 바다가 툭 터진 동네 지도를 구해 구석구석 발품을 팔았다. 오래전부터 한량들이 기생놀이하던 언덕배기에 시선을 꽂았다. 절벽에서 떨어져 나간 듯 우뚝 솟은 외돌개 바위를 바라보며 그는 나름의 해답을 얻었다. 두고 보라지. 여기로 몰려들 거야. 혼란은 가라앉을 것이고 세상은 곧 변하지 않겠나.

그는 자신의 허벅지를 꼬집으며 회심의 미소를 지었다. 근처가 관광지로 개발될 게 틀림없었다. 일본인들이 두고 간 땅을 뒤졌다. 주특기를 발휘하여 면서기에게 공을 들였고 마침내 호형호제하는 사이가 되었다. 요령 좋은 공무원에게도 혼자 먹기 벅찬 물건이 있기 마련이었다.

'호꼼 이시민조금 있으면 정부가 적산 정리에 들어갈 거우다.' 면서기가 술자리에서 흘리는 말이 승구의 귓구멍에 꽂혔다. 예상은 했지만 여간 반갑지 않았다.

승구는 현직에 있을 때 확보해 둔 귤밭 두 필지를 거간꾼에게 내놓았다. 며칠 뒤 소문 듣고 찾아온 하이칼라에게 넘겨 곱절의 이문을 보았다. 마련한 총알을 어느 과녁에 쏠지는 이미 수첩에 꼼꼼히 적혀 있었다.

아니나 다를까. 그해 겨울 법령 하나가 공포되었다. 바다 건너 제주 섬에 상륙한 이른바 '귀속 재산 처리법'이란 놈이 요물이었다. 미군정청은 해방 당시 일인들이 소유했던 재산 전부를 귀속 재산으로 간주하여 접수했다.

승구와 낮술을 마시던 면직원이 끈으로 묶은 까만 장부를 들고 다니며 현장 조사를 했다. 토지뿐 아니라 가옥과 기업, 차량, 공장, 심지어 그 안에 있는 기계에도 적산이라는 딱지가 붙었다. 모조리 압류 대상이었다. 그의 말마따나 이제 곧 불하가 시작될 것이고 쓸 만한 물건일수록 먼저 낚아채는 놈이 임자 아닌가. 정보가 돈이었다. 미군정의 완장들이 먼저 재미를 볼 건 빤한 일. 승구는 직전 동료였던 자들에게 추파를 던졌다. 믿을 만한 인맥이었고 해방 전부터 순사질하던 동류의식이 여전히 끈적거렸다.

불하가 시작되었다. 승구도 공짜나 다름없는 가격에 밭을 세 필지나 건졌다. 더욱이 땅값은 분할 납부가 허용되었다. 횡재였다. 면사무소 접수 창구 너머에서 직원 셋이 키득거렸다. 귀를 바짝 세워 들은 내용인즉, 셋이서 빈손으로 잘 돌아가는 김 가공 공장을 불하받았다는 것이었다. 꽤 알려진 알짜배기 공장이었다. 그들은 천천히 나눠 갚는 조건이니 걱정 말자며 서로를 격려했다. 만면에 웃음이 일었다. 100명도 넘는 인력이 품을 파는 공장을 면직원들이 받았다는 게 믿을 수 없었다.

승구는 너무 일찍 투자금을 마련한 걸 후회했다. 그 밭을 팔지 않아도 되었는데…. 잔돌까지 골라낸 거무튀튀한 흙이 자꾸만 눈앞에 어룽거렸다. 당장 돈이 안 되는 해안가 과수원을 불하받은 자신이 바보 같았지만 쓴 입맛을 다시며 돌아섰다. 자꾸만 귀옥의 얼굴이 떠올랐다. 너무 욕심 부리지 말라잖아. 그까짓 귤밭은 다시 마련하면 되고.

귀옥 모르게 우도에 다녀왔다. 못 본 지 1년 만에 처가 많이 지쳐 있었다. 표정만으로는 시어머니 또래였다. 그녀에게 솔직히 다 말해 버렸다. 눈물이라도 흘릴 줄 알았는데 그녀가 시무룩한 채 대꾸하지 않았다. 남들 같은 부부생활은 진즉에 포기한 얼굴이었다. 있으나 마나 한 남편보다 제 부모 형제를 더 걱정하던 그녀도 차라리 친정으로 돌아가고 싶은 눈치였다. 그녀가 그때껏 불행한 소식을 듣지 않은 것은 친정에서 사위가 경찰임을 요령껏 내세운 효과인 듯도 했다.

승구는 자신의 존재가 그녀에게 무용한 것만은 아니었다고 말하려다 그냥 삼켰다. 이제 와서 생색내기도 멋쩍거니와 그녀에게 위로가 될 성싶지도 않았다. 친정인 함덕에 집과 밭을 마련해 주겠다는 승구의 설득에 그녀가 고개를 끄덕였다. 처의 손을 잡은 어머니가 눈물을 보였다. 아버지는 벌컥 화를 냈지만 그거야 고향 집에 들를 때마다 겪던 행사였다. 승구는 '자식 이기는 부모 없다'는 옛말을 믿었다.

승구는 전처가 된 그녀에게 약속을 지켰다. 친정에서 가까운 조천에 임자 잃은 물건이 많았다. 난리 때 화를 당한 사람들이 살던 집과 밭을 헐값에 구입했다. 소유권 이전은 살아남은 궨당의 인우보증으로 해결했다. 승구는 세상의 불행이 자신에게 기회로 다가오는 현실에 스스로 놀랐다.

내친김에 강정천을 따라 오르는 계곡 근처의 땅도 두 필지나 붙잡았다. 이천 평이나 되는 밭은 적산 토지이므로 장기 분할 납부 조건으로 불하받았다. 잘 자란 귤나무 3백 그루가 터를 지키고 있었다. 다른 하나는 절반 크기였는데 빙 둘러 층층이 쌓아 놓은 밭담 안쪽에서 마늘이 자라고 있었다. 땅을 소개한 노인에게 사연을 들었다. 부자가 함께 숲을 태우고 돌을 골라가며 개간한 밭이었다는데 정작 소유자는 부재중이었다. 그가 좌우를 살피며 승구에게 귓속말을 했다. 아버지와 아들이 한 날 한 시에 토벌대에게 끌려가 죽임을 당했다는 것이었다.

승구의 부탁에 한참을 머뭇거리다 발길을 돌린 노인이 중늙은이 하나를 데리고 다시 나타났다. 승구는 두 노인에게 각각 백미 두 말 값을 쥐어 주며 인우보증인으로 세우고 준비해 간 서류에 지장을 받았다. 소유권을 추후에 이전하자면 전 주인이 죽기 전에 오승구에게 땅을 팔고 돈 받는 걸 보았다는 증인이 필요하기 때문이었다.

승구는 다시 밭 근처 마을을 찾아 죽은 이의 혈육을 수소문했다. 추후 생길지 모를 상속권 주장에 대비하려는 것이었으나 아무도 나서지 않았다. 좌익 폭도의 유가족으로 몰릴 것이 두려워 움츠러든 거였다. 그러거나 말거나 승구는 동행해 준 면서기의 도움으로 서류 작업을 무사히 마쳤다.

마늘 밭은 귀옥에게 맡겨 볼 요량이었다. 배추나 양파를 심기에 좋아 보였다. 당장 찬거리를 얻기에 유용할 테고 돈벌이로도 위험한 물질보다는 낫겠지 싶었다. 그보다 더 넓은 귤밭은 승구 자신이 직접 가꾸기로 마음먹었다.

마침내 때가 온 것 같았다. 그간의 사정을 귀옥에게 자백했다. 그녀는 한 차례 눈을 흘기는 것으로 승구의 말을 받아들였다. 설명을 구구절절 듣지 않아도 파면과 결혼 전력을 진즉에 감 잡고 있었다는 표정이었다. 우도에 데리고 가 인사시키려던 계획을 더 이상 미룰 수 없었다. 해를 넘겨 다시 임신한 그녀가 입덧을 시작했다.

귀옥을 본 아버지는 더 이상 화를 내지 않았다. 뱃속 혼수가 약효를 발휘한 듯했다. 육지에서 터졌다는 전쟁 소식으로 흉흉해진 마을 분위기 탓에 식은 뒤로 미뤘다. 처음도 아닌

혼례식에 마을 사람들을 부르기도 뭐한 터라 다행스럽기도 했다.

인민군이 오고 있다는 소식이 내용을 바꿔 가며 날마다 제주로 날아들었다. 부산으로 내려온 정부가 낙동강을 교두보 삼아 버티기에 들어간 모양이었다. 어린 학생들이 교복을 입은 채 끌려가 총알받이가 되었다는 소문이 숭숭 뚫린 돌담 구멍으로 골목을 들락거렸다. 괜히 애먼 더위 탓을 하며 사람들이 혀를 털었다. 속내로는 모두가 제 식구들의 안위를 계산하기 바빴다.

한라산에 남아 있는 무장대가 다시 내려와 세상을 뒤집을 거라는 말을 흘리거나 차제에 이 섬을 독립시키자는 주장도 슬그머니 고개를 들었다. 다소 황당하게 들리는 말에 동요하는 세력도 있었다. 과거의 탐라국을 재건할 절호의 기회라고 떠들어대는 자들은 주로 술자리에서 목소리를 높였다. 남북으로 통일된 나라보다는 제주도만의 작고 강한 나라. 이를테면 그들의 머릿속엔 스위스 같은 영세 중립국이 들어 있는 듯도 했다.

입 달린 자마다 전쟁 끝을 가늠하며 진단을 내놓았다. '어떤 놈이 정권을 쥐든 우리 신세 달라질 게 뭐 있겠나. 육

짓것들이야 하나같이 우릴 뜯어먹지 못해 안달 아니냐고',
라는 울분이 나름의 희망을 섞어 탈출구를 찾는 중이었다.

"인간지사 새옹지마라는 말은 이럴 때 쓰는 거우다."

귀옥이 승구의 손을 잡고 넌지시 말했다. 현직 경찰들이 더 바빠진 판국에 승구가 더 이상 불려 나가지 않아도 되므로 다행이라는 뜻이었다.

군부는 모슬포에 급히 만든 훈련소에서 신병들을 교육시켜 전선에 투입했다. 체계적인 훈련을 시킬 경황이 없었고 단기 훈련이라야 겨우 총검술 정도였다.

승구는 그런 식으로 총이나 쏘겠나 싶었지만 육지에서 벌어지는 일에 신경을 끄기로 했다. 생사를 주관하는 세력이 아침저녁으로 바뀌는 꼴을 수없이 보아 왔고 세상의 불행이 반드시 나의 불행도 아니었다. 목숨이 붙어 있는 한 그저 굿이나 보고 굴러드는 떡이나 먹으면 될 일이었다.

뒤꼍에서 둔탁한 것 떨어지는 소리가 고요한 밤공기를 건너왔다. 담장에 쌓아 올린 돌덩인가 싶었는데 이내 조심스런 발소리로 이어졌다.

"성님, 성님!"

잠을 청하던 귀옥이 윗몸을 일으키며 토끼 눈을 떴다. 승구는 벽에 귀를 바짝 붙이고 입술에 검지를 세웠다. 속삭이듯 부르는 저음이 집채를 돌아 앞마당으로 옮겨졌다.

"승구 서엉님!"

다급한 듯 애절한 음색이 승구의 귀에 설지 않았다. 문을 빠끔히 열고 내다본 얼굴, 김 순경이었다.

승구는 벗은 발로 뛰쳐나가 그의 손을 와락 붙잡고 안으로 들였다. 본능적으로 주위를 살폈으나 다행히 뒤를 밟는 인기척은 없었다.

"종석이 니가 어떻…."

승구는 몇 마디 물어 보려다 말고 쓰러지듯 벽에 기댄 종석을 찬찬히 살폈다. 방안으로 스민 달빛에 꾀죄죄한 몰골이 드러났다. 때에 절어 헤진 입성이 영락없는 거지꼴이었다. 부황 들어 푸석한 얼굴에서 까만 눈알만 겁먹은 빛을 굴리고 있었다. 그의 몸에서 나오는 악취와 지친 행색에 승구는 대화가 어렵다고 느꼈다. 몇 끼나 굶었는지 튼 입술을 겨우 달싹거리는 불청객의 뱃속에 뭐라도 넣어 주는 게 먼저였다.

종석을 일으켰다. 남의 눈에 덜 띄는 뒷방에 그를 밀어 넣고 밖으로 나와 희나리를 뒤적여 아궁이 불을 지폈다. 귀옥이 조밥 한 덩이와 묵은 김치를 개다리소반에 올려 뒷방에 넣어 주었다. 이튿날, 온종일 잠에 빠져 저물녘에 눈을 뜬 종석을 위해 귀옥이 가마솥에 물을 데웠다. 몸을 씻겨 옷을 갈아입히려는 것이었다. 장롱에서 꺼낸 옷가지를 들고 뒷방으로 들어간 승구는 종석의 머리맡에서 천을 찢어 만든 팔걸이를 보았다. 종석이 윗몸을 일으키며 멋쩍은 표정을 지었다. 그의 어깨 상처가 제법 깊었다. 전날 밤엔 보지 못했던 총알 자국이었는데 후방에서 날아든 것이 왼쪽 견갑골을 사선으로 뚫고 전방으로 빠져나간 흔적이었다. 상처의 방향으로 짐작건대 아래에서 올라오는 적을 피해 도망치다 맞은 게 틀림없었다. 그를 엎드리게 하여 고약처럼 붙인 약초를 조심스레 떼어냈다. 손끝으로 주변을 누르자 벌겋게 곪은 구멍에서 피고름이 빠져나왔다. 생선 썩는 듯한 악취의 발원지였다.

"거념해 주던 여 대장이 이서수다, 그때꼬지만 해도…."

그가 육지로 빠져나간 뒤에 입산 무장대 활동을 했고 한때는 그 부대 안에 여성 간호 인력도 있었다는 이야기였다.

반가움도 잠시, 승구는 느닷없는 긴장감에 휩싸여 급히 머리를 굴렸다. 이제 어쩐다…. 뭍으로 나간 종석이 제주로 돌아온 이유를 곰곰이 따져 보았다. 더구나 그가 부모 형제 사는 종달리로 가지 않고 굳이 강정리를 찾아든 이유는 가늠이 되었다. 그는 제주 경찰에서 현상수배 중이라 백주에 드러낼 수 없는 몸이었다. 경찰 끄나풀이 수시로 그의 고향 집을 드나들며 감시할 건 빤한 일이고 오히려 승구 내외가 사는 집은 제주 섬에서 그가 찾아낸 어두운 등잔 밑이었다. 승구는 명색이 전직 경찰 간부 아닌가. 수완 좋고 여전히 경찰에 줄 닿는 인물인데 함부로 집뒤짐을 당하진 않을 거라 판단했을지도.

지리산에서 홀로 낙오한 종석이 전쟁으로 어수선해진 틈을 타고 귀향하기까지의 역정은 실로 눈물겨웠다. 가까스로 숨을 돌린 그에게서 들은 이야기는 대충 이랬다.

시모노세키에서 생필품을 싣고 제주를 들러 육지로 향하는 배에 몸을 숨긴 그가 내린 곳은 목포항이었다. 거기서 다시 밤낮을 걸어 광주에 있는 국방경비대 4연대를 찾아갔다. 대기 줄이 길었으나 주먹밥은 반가웠다. 졸병 모집은 두 명의 젊은 장교가 면접으로 간단히 처리했다. 제주 봉기에 이어 지리산 게릴라가 된 여수 14연대 잔존 세력 토벌이 급한

지라 병력을 가려 뽑을 여유가 없는 모양이었다. 신체검사라야 손가락 열 개가 다 붙어 있는지 확인하고 '어디 아픈 데는 없지?'라는 질문이 전부였다. 면접관이 구구단 외울 줄 아는 자들을 따로 불러내 줄을 세웠다. 손을 번쩍 든 종석은 그렇게 하사관이 되었다. 기왕에 군인으로 신분을 바꿀 거라면 그들이 아무렇게나 굴리는 졸병이 되긴 싫었다. 조직 생활에 적응되어 있는데다 총기 조작에도 자신이 있었으므로 장교가 되고 싶었지만 유혹을 눌렀다. 우선 번거로웠다. 장교 양성 과정이라야 몇 개월짜리 단기 코스였으나 인사와 배치를 할 때는 통상 보증인을 요구할 것이므로 이력이 노출되기 십상일 것이었다. 사상 검증은 미군의 지침에 따라 선서로 대신했지만 잠시나마 그를 긴장시킨 건 고향과 직업을 묻는 질문이었다. 엉겁결에 사투리가 튀어나오기 마련이라 출신지는 솔직하게 말해 버렸고, 뭘 하다 왔느냐고 묻기에 제주에서 농사 짓고 고깃배도 탔다고 했다. 제식 훈련과 총검술 등 간단한 교육을 마치자 모자에 중령 계급장을 단 연대장이 그를 따로 불렀다. 고집 센 최가라며 자신을 소개한 그가 종석에게 부관 자리를 권했다. 연대장은 외가가 제주라 했다. 그런 인연으로 종석에게 관심을 두었는지도 몰랐다. 종석은 잔

심부름을 도맡으며 우직한 태도로 연대장의 신임을 얻었다. 경찰에서 지프를 몰아 본 경험으로 운전도 했으므로 자연스레 연락병을 겸했다. 연대장의 곁을 지키며 말을 섞다 보니 그가 일본에서 사관학교를 다녔다는 사실도 알게 되었다. 하얀 피부에 동그란 안경을 쓴 호리호리한 골격의 외모로는 군인이라기보다 선비에 가까웠다. 나이로 치자면 종석에게 동생뻘이지만 풋내기 장교라는 첫인상을 밀어내는 의젓함이 있었고 일제의 군사 교육을 받았을망정 나름 민족의식도 뚜렷했다. '나를 왜놈으로 보지는 마시오.' 연대장이 사석에서 종석에게 말을 높이며 마음을 연 첫 마디였다. 최 중령은 한때 일본군에 봉직했던 자신의 과거를 부끄러워할 줄 알았고 사죄의 의미로 새 나라 건설에 더욱 헌신하겠노라는 결기도 보였다.

최 중령이 점퍼 안주머니에서 '제주도 출동 거부 병사 위원회' 이름으로 인쇄된 성명서를 꺼내 종석에게 보여 준 적이 있었다. 그는 지난 가을 여수 진압 작전에 투입된 사실에 괴로워했다. '만 명도 더 죽인 것 같아. 대통령 명령이 하달되었지. 어린 아이들까지 없애라고. 불온사상 정화가 명분이었는데…, 정말이지 지옥이었어.' 최 중령이 술에 취해 중얼거리는 소리에 종석은 몸을 떨었다. 진압군이 현장에 들어갔을 때는 2천 명이 넘었던 봉기군 주력 부대가 열차를 타고 순천으로 이동하여 지리산 줄기로 숨어든 뒤였다. 하여 진압군의 화풀이 대상은 엉뚱하게도 패잔병이나 다름없는 소수의 입산 거부 병사와 민간인들뿐이었다. 여수를 탈환한 진압병력은 학교 운동장에 사람들을 모아 놓고 부역자를 색출하여 가차없이 목숨을 빼앗았다. 머리가 짧거나 아랫도리를 벗겨 군용 팬티를 입은 남자들은 물어볼 것도 없었다. 돌아보자면 여수 14연대를 이탈한 봉기군이 장악했던 일주일 동안은 세상이 바뀌어 있었다. 시민들이 자발적으로 인민위원회를 구성하여 질서를 잡고 관청의 창고를 열어 사람들에게 쌀을 나눠 주었고 굶주린 백성들은 너나없이 환호하며 몰려들었다. 이때 양식 배급을 도운 여중생들도 일주일 뒤에는 빨갱이로 몰려 즉결 처분 대상이 되었다. 인민위원장을 맡아 해방 공간을 지휘하던 지역 유지는 진압 부대가 밀고 들어오자 소나무에 스스로 목을 걸었다. 진압군 장교 중에는 날마다 재미 삼아 살인하는 자도 있었다. 국민학교 운동장 한쪽으로 사람들을 끌고 와 일본도로 목을 쳤는데 아무도 소리 내어 울지 못했다. 지켜보는 가족들도 공포에 질려 있을 뿐이었다. 미군 정보 장교가 현장에 도착했으나 말리기는커녕 카메라 셔터만 눌러댔다.

경찰은 끌려 나온 여수 사람들에게 손가락질을 강요했다. 반란 세력에게 부역한 자를 골라내라는 이른바 손가락총이었다. 어제까지 음식을 나누던 이웃사촌도 서로를 겨눠야 하는 원수가 되었고 지적당한 사람은 그 자리에서 죽어야 했다. 그렇게 목숨 잃은 사람들 중에는 공산주의 이론은 고사하고 사상 따위가 도무지 어울리지 않는 농투성이가 태반이었고 아이와 여성, 노인 등도 부지기수였다. 빚진 자가 채권자를 제거하는 데에도 효과적이었을 손가락총은 단지 잘 어울리지 못해 동네에서 미움을 산 자에게도 날아갔다.

최 중령은 입산한 봉기군에 대해 이승만 정부와 다른 시각을 가진 듯했다. 그는 친일 졸개들에게 과거를 불문하고 경찰 요직을 나눠 준 처사에 몹시 분개했다. 독립국의 치안을 위해 여운형이 세운 전국 청년 조직을 미군정은 불순 단체로 몰아 와해시키지 않았나. 게다가 신생국의 기둥이 될 군대를 경찰의 보조 기구로 편입시켰으니, 독립군을 고문하던 자들이 백주 대로에 외출 나간 군인들을 구타하는 사건이 속출하지 않느냐 말이다. 그러므로 14연대가 영내를 이탈하여 관내 경찰서를 공격한 사실과 동포에게 총질할 수 없다는 이유로 제주도 파견 명령을 거부한 동기만은 정상 참작의 여지가 있다는 뜻이었다.

정부가 최 중령을 빨치산 토벌에 앞세울수록 그는 선무 작업에 열중했다. 이미 한 차례 겨울을 산속에서 지내며 패잔병이 되었을 그들에게 하산 기회를 주는 게 옳다는 거였다.

최 중령이 종석과 단둘이 지리산에 오른 적이 있었다. 대대적인 토벌을 준비하라는 상부의 지시를 받아 둔 상태였다. 대규모 병력을 동원하여 산을 쓸어 올리는, 이른바 토끼몰이 작전이었다. 들녘엔 개나리꽃이 노랗게 피어나기 시작했지만 산속에서는 아직 동상 걸린 몸으로 추위와 배고픔을 견디고 있을 터였다. 비밀리에 줄을 놓아 게릴라 부대 대장을 만나 협상을 했지만 세부 방식에서 합의를 보지 못했다. 최 중령은 '토벌 작전이 지속되는 와중에 어차피 산중에서는 생존이 불가능하므로 투항하면 목숨이라도 건질 확률이 있지 않겠냐고' 설득했고, 그들은 '무릎 꿇고 사느니 서서 죽겠다'고 했다. 그들이 대꾸야 그렇게 했지만 결국은 신뢰 문제였다. 끝까지 저항한 세력에게 선처를 베풀 가능성을 그들은 의심했다. 그들을 귀순시켜 더 이상의 인명 피해를 막아

보려던 최 중령의 충정 어린 시도는 실패했다.

설상가상 상부 감찰반이 연대를 다녀갔다. 연대장의 평소 언행에 의심을 품은 듯했다. 숙군의 칼끝이 다가오고 있었다. 군부대 안에 숨어 있는 좌익 세력을 뽑아내겠다는 명분이었지만 그 대상은 주로 군대에 들어온 독립군 출신과 사회주의 성향의 민족주의자들이었다. 친일에서 친미로 변신한 자들이 기득권을 지키려고 걸림돌을 제거하는 중이었다. 며칠 지나지 않아 최 중령이 붙잡혀 갔다. '여운형과 김구, 심지어 우파인 송진우까지 암살한 자들이 군부를 장악하는 것은 시간문제이고 나 같은 피라미는 언제 제물이 되더라도 전혀 이상할 게 없는 세상이오', 라는 말을 남긴 이튿날 아침이었다. 연대장실에 미리 들어와 기다리던 헌병대가 출근하는 그를 단숨에 제압했다. 키 큰 사내가 계급도 붙이지 않고 연대장의 이름을 불렀다. 열린 문밖을 어정쩡하게 지키던 종석이 사내의 앞니에서 누런 빛을 보았을 때 상황은 허무하게 끝나 버렸다. 금이빨의 손짓에 헌병들이 한 몸처럼 움직였다. 움찔하는 최 중령의 등허리에 개머리판이 모지락스레 꽂혔고 쓰러진 얼굴로 워커가 날아들었다. 양손이 뒤로 묶인 채 끌려 나가며 뱉어 낸 핏덩이 속에 치아 두 개가 밥알처럼 섞여 있었다.

불길한 예감이 종석의 목덜미를 서늘하게 휘감았다. '고문에는 항우장사도 못 버틴다. 경찰 시절에 차마 못 볼 것을 실컷 보지 않았던가. 산사람들과 접촉한 사실이 결국 드러나면 동행한 부관에게도 올가미가 씌워질 터. 그리되면….'

종석은 이내 배낭에 건빵과 물을 챙겨 넣고 인사계를 찾아 외출증을 끊었다. 부대로 돌아가는 대신 연대장과 같이 오르던 산길을 톺아 발을 재개 놀렸다. 여기까지가 종석이 지리산에 올라 여 대장 부대에 합류한 사연이었다.

스물을 갓 넘긴 여 대장은 제주 조천 출신이었다. 그녀의 야무진 입술에서 익숙한 사투리가 건너오자 종석은 괸당이라도 만난 듯 반가웠다. 자그만 키의 그녀는 위생병 대여섯을 이끌며 보급품 관리도 맡았다. 종석이 입산할 당시에 2백을 헤아리던 부대원은 그녀 남편 심 대장이 이끌었다. 그러니까 부부가 함께 빨치산이 된 경우였다. 종석은 입산 전에 '부부 빨치산'의 명성을 들은 적 있었다. 부부에겐 현상금이 붙어 있었는데 사살하면 25만 원, 생포 시엔 50만 원. 자그마치 쌀이 8백 가마였다. 종석은 대단한 애국자를 대장으로 모시게 되어 영광이라고 말했다. 진심이었다. 심 대장이 종석에게 아내 곁을 지켜 달라 부탁했으므로 종석은 그것을 자신의 책무로 여겼다.

종석은 토벌대와 맞닥뜨린 첫 교전에서 꾸역꾸역 올라오는 적을 피하며 여 대장을 엄호했다. 나뭇가지에 찔린 그의 종아리를 그녀가 붕대로 정성스레 감아 주었고 종석은 뜨거운 연대감을 느꼈다.

각오야 했지만 하루하루가 고난의 연속이었다. 신발은 이미 걸레짝이 되어 있었다. 동상으로 썩어 가는 발로 보급 투쟁에 나서다 보니 낙오병이 속출했다. 먹을 것이 떨어지면 밤중에 민가로 내려갔다. 낮이 되면 들이닥쳐 치도곤을 안길 경찰이 무서워 순순히 내주지도 못하는 음식을 구하자니 산사람들도 협박과 완력을 사용하곤 했다. 강도질과 그다지 구별되지도 않았다. 밀고자에게는 보복도 주저하지 않았다. 눈빛에서 애족적 결기가 사그라지고 산사람들에게도 오직 생존만이 목표가 되었다. 군경 토벌대가 올라올 때마다 제대로 싸워 보지도 못하고 줄어 가던 병력이 겨우 스물일곱 남았을 때 대장 부부에게 마침내 재앙이 닥쳤다.

이따금씩 들러 배를 채우던 산골 마을 선술집에서 그날따라 유난히 반겨 주었다. 주린 뱃속에 허겁지겁 국밥을 밀어 넣은 대원들에게 주인 여자가 술 한 동이를 내놓았다. 잠시 후 느닷없는 총소리가 적막 산중의 밤공기를 찢었다. 밖에 세워 둔 보초병까지 술맛을 보았을 때쯤이었는데 주막은 이미 포위된 상태였다. 근처에 병력을 대기시켜 둔 토벌대와 내통한 주인 여자가 사람을 보내 알려 준 결과였다. 여 대장의 팔을 붙잡고 가까스로 포위망을 뚫은 종석이 숨을 몰아쉬며 주위를 살폈다. 심 대장이 보이지 않았다. 총알 세례를 뚫고 다섯 명만 도주에 성공했으므로 나머지는 사살 또는 생포된 듯했다.

생포된 자를 족치면 아지트는 곧 발각되기 마련이었다. 지옥을 빠져나온 소수가 성치 않은 몸을 이끌고 달리 숨을 곳을 찾아 이동하던 중 아름드리 소나무 뿌리가 낙엽 밑에서 바위를 움켜쥔 구석을 발견했다. 언젠가 비를 피하던 곳으로 큰 짐승의 아가리 같은 구멍이 눈에 익었다. 내부는 허리를 굽히고 몇 발짝 걸을 만큼 제법 넓은 토굴이었다. 포복으로 입구를 통과한 네 남자와 한 여자가 각자의 자세로 지친 몸뚱이를 부렸다. 물방울이 바위 천장을 타고 똑똑 떨어졌다. 그 옆으로 비스듬히 갈라진 틈에서 엷은 빛이 내려왔다. 갈증을 느낀 종석이 수통에 물을 받아 여 대장 곁으로 다가가

자 그녀가 윗옷을 벗어 보라고 했다. 문득 왼쪽 어깨로 찌르는 통증이 몰려왔고 몹시 어지러웠다. 얼마나 지났을까. 헐렁한 군복 안에 껴입은 여 대장의 빨간 스웨터가 먼저 종석의 눈에 들어왔다. 정신을 차려 보니 그녀의 무릎을 베고 누워 있었다. 출혈이 심했나 보았다. 곁에는 그녀가 메고 다니는 위생 가방과 자르다 만 붕대, 소독약 등이 놓여 있었다. 그녀가 간호대학을 나와 광주의 병원에서 근무 중에 환자로 입원한 심 중위와 인연을 맺었다고 했던가. 함경도 출신인 그가 14연대에 배속되어 포병 중대를 이끌던 중에 봉기를 일으켰단다. 묘한 질투 같은 게 잠시 종석의 가슴에 똬리를 틀었다. 그녀가 크고 동그란 눈을 깜박이며 한참동안 내려다보았다. 그녀 얼굴을 그렇게 가까이서 마주하긴 처음이었다. 이대로 죽어도 좋겠다는 생각이 들었다. 참으로 포근했다.

새벽녘 선술집을 찾아 밀고자를 응징하고 돌아오는 길에 심 대장의 시신을 발견했다. 까마귀 떼가 거칠게 짖어대며 몰려가는 계곡으로 내려가자 누군가 물가에 엎드려 있었다. 부리에 쪼인 얼굴을 알아보기 어려웠으나 바투 다가선 여 대장이 주검을 와락 껴안고 오래 흐느꼈다. 식음을 전폐한 그녀는 며칠 뒤 다시 올라온 수색대에 붙잡혔다. 그녀는 저항하지 않았다. 열댓 걸음 떨어진 비트 속에서 나뭇잎으로 위장한 뚜껑을 올려 눈만 빠끔히 내 놓고 지켜보던 종석은 수색대가 다가오자 반사적으로 뛰쳐나갔다. 정신없이 내달리다 보니 혼자였다. 같이 도망친 자들은 잡히거나 총을 맞은 듯했다.

계절이 다시 네 번이나 바뀌는 동안 그는 산에서 웅크리고 시간을 보냈다. 밤중에 화전민 부엌을 뒤져 고구마를 훔치기도 했지만 선술집 밀고 사건이 자꾸만 떠올라 겁이 났다. 나무껍질을 벗겨 무른 속을 파먹거나 산나물로 봄을 견디었고 여름엔 칡뿌리와 각종 열매들로 그럭저럭 배를 채우면 되지만 어김없이 다가올 추위를 더는 버텨 낼 자신이 없었다. 무엇보다 그를 괴롭힌 건 어깨를 관통한 총상이었다. 나을 만하면 도지는 상처에 통증이 심해지더니 이윽고 팔뚝에 마비가 오기 시작했다. 하루는 자고 일어나 손등을 꼬집어 봐도 감각이 없었고 어깨에 매달린 팔이 돌덩이처럼 무거웠다. 이래 죽으나 저래 죽으나 마찬가지, 하산을 결행할 때가 온 것이었다. 밤길을 더듬어 남으로 향했고 마침내 목포항을 만나 제주 가는 배 밑창에 숨어들었다.

승구는 뒷방 구들장을 들어내 바닥을 팠다. 사람 하나 들어앉을 공간을 만들어 종석을 숨길 작정이었다. 그 방과 벽을 두고 붙은 헛간으로 반대쪽 통로를 내는 일도 잊지 않았다. 여차하면 헛간 문을 열고 뒷담을 넘어 도주할 길을 열어둔 것이었다. 헛간 밑 좁은 공간에 숨어 있다 밤이 되면 뒷방으로 올라와 허리 펴고 잘 수 있게 해 줄 요량이었지만 상처가 악화된 종석이 뜬눈으로 밤을 새우곤 했다.

귀옥이 종석에게 밥을 나르고 간호를 했다. 한때 숨어 지내던 그녀를 위해 심부름해 주던 김 순경과 역할이 뒤바뀌어 있었다. 더구나 그는 귀옥을 공포로 몰아넣은 지서장을 처단해 준 은인이 아닌가. 그를 숨겨 주고 열흘쯤 지났을까, 뒷방에 들어온 귀옥이 종석을 엎드리게 했다. 붕대를 풀자 방안에 악취가 퍼졌다. 그녀가 물수건으로 상처 부위를 닦더니 갑자기 어깨 뒤 총알 구멍에 입술을 댔다. 남의 눈이 두려워 병원에 데려가기도 난처하고 소독약마저 구하기 어려운 처지에 거무죽죽 썩어가는 상처를 마냥 두고 볼 수 없었던 모양이었다. 그녀가 피고름을 빨아내 요강에 뱉어 내며 토악질을 했다. 둘째를 가진 그녀가 겨우 입덧에서 벗어난 즈음이었다. 귀옥을 말리려다 말고 물끄러미 바라보던 승구는 콧날이 시큰해졌다.

“잠시라도 눈을 붙여 봐.”

승구가 종석을 바로 눕히고 이마에 손을 대보았다. 불덩이였다. 귀옥의 지극정성에도 그는 회복될 기미가 없었고 먹은 것을 자주 토했다.

“뻘건 스웨터가 보염수다. 여 대장이….”

그가 헛것을 보는 듯했다. 귀옥이 다가 앉으며 그의 머리를 무릎에 받쳐 올렸다. 그의 가쁜 숨소리가 잦아들며 찡그린 얼굴이 펴졌다. 그녀가 숟가락으로 미음을 떠먹이자 종석의 눈에 눈물이 고였다. 그에게는 귀옥이 여 대장으로 보이는 건지도 몰랐다. 굳이 구별할 이유가 없는 듯도 했다. 그녀가 그렇게 몇 차례 더 안아 주었다. 그는 귀향한 지 한 달도 못 채우고 귀옥의 품에서 세상을 떴다. 그날 밤 승구는 주검을 들쳐 업고 뒤꼍으로 갔다. 앙상해진 몸뚱이가 가벼웠다. 옴팡밭에 묻었고 봉분은 만들지 않았다. 전쟁 소식이 여름을 달구고 있었다.

밖에서 밤벌레가 울었다. 귀뚜라미인가 싶었는데 가을은

좀 더 기다려야 될 것 같았다. 퍼런 섬광이 장지문을 그어대더니 바다가 짐승 소리로 울부짖었다. 초저녁부터 언덕 아래로 낮게 깔리던 먹장구름이 바다 위에 비를 뿌리나 보았다. 승구는 문득 옴팡밭을 생각했다. 누가 볼세라 대충 덮은 흙이 비바람에 쓸려 종석이 드러날까 슬깃 걱정되었으나 혹시를 설마로 애써 눌렀다. 수상한 시절에 액땜이려니 하다가도 또 무슨 불청객이 닥칠까 봐 새가슴이 되어 잠을 붙잡지 못했다. 바람이 점점 세졌다. 마당에도 곧 빗방울이 떨어질 참이었다. 장생이 자다 깜짝깜짝 놀랐고 선잠 든 어미가 아이의 가슴을 다독였다. 아이 칭얼대는 소리에 돌아누워 다시 잠을 청하던 승구가 창호지 너머에서 들어온 번갯불 잔영으로 벽시계를 보았다. 바늘이 새벽 한 시를 가리키고 있었다.

밖에서 부스럭거리는 소리가 들렸다고 느낀 순간, 둔탁한 발소리가 빠르게 마루 위로 올라왔다. 승구가 황급히 윗몸을 세우는데 방문이 덜컥 열렸다. 문고리에 끼워 둔 놋숟가락이 맞은편 벽으로 튕겨나갔다. 거침없이 들어온 손전등 불빛이 방안을 한 바퀴 돌아 승구의 얼굴에서 멈췄다.

"움직이지 마라."

침착하고 나직한 목소리에 승구는 저항을 포기했다. 그림자가 소총을 들어올렸다. 눈앞으로 조그맣고 동그란 구멍이 다가왔다. 살이 오그라들었다. 숱한 죽임과 죽음을 겪어 왔지만 이런 긴장은 처음이었다. 혀가 오그라들어 아무 소리도 낼 수 없었다.

밖에서 번개가 한 번 더 섬광을 방안으로 밀어 넣었다. 눈이 손전등 불빛에 적응하자 방안 사물들이 모습을 드러냈다. 마침내 승구의 시야에 검은 그림자의 윤곽이 들어왔다. 군복에 전투화를 신은 자의 실루엣이 왠지 낯설지 않았다. 귀옥이 한 손으로 이불을 끌어당겨 칭얼거리는 아이를 감싸 구석으로 밀어 넣었다. 손전등 빛이 귀옥의 얼굴을 스쳐 되돌아왔다.

"이 자식 죽여 버리젠 와서."

그림자가 거칠게 숨을 내쉬며 한마디를 덧붙였다. 귀옥을 원망하는 듯도, 동의를 구하는 듯도 했다. 승구는 그제야 그를 알아보았다. 부영우였다. 그는 여전히 안경을 쓰고 있었다.

"여 영우야, 여 어긴 어떵…."
"내 이름 함부로 부르지 마, 이 쓰레기 반동 새끼야."

승구의 사타구니로 군홧발이 날아들었다. 뒤로 벌렁 나자

빠진 승구가 방바닥을 데굴데굴 굴렀다. M1 소총이 다시 승구의 가슴팍을 겨눴다. 승구는 가랑이에서 하복부로 올라온 통증 때문에 숨을 쉬기 힘들었다.

"영우 씨 제발!"

울먹이는 소리가 들릴 듯 말 듯 귀옥의 입을 빠져나왔다. 그녀가 영우의 다리를 붙잡고 매달렸다. 승구를 살려 달라 애원하는 귀옥을 물끄러미 바라보는 영우의 입술이 떨고 있었다. 구석에서 장생이 울음을 터뜨렸다. 귀옥이 아이를 끌어안고 토닥거렸다.

승구가 끄응, 하며 영우의 행동을 지켜볼 뿐이었다. 손전등이 출산을 앞둔 귀옥의 배를 향했다. 그곳에 잠시 머물던 불빛이 이번엔 장생의 작은 얼굴 위에 멈췄다. 승구는 제 가슴에 들이댄 총구를 옆으로 밀어내며 몸뚱이를 뒤척였다. 그러고는 가까스로 숨을 모았다.

"여, 영우야, 내 마알 좀…."

영우를 설득시킬 자신은 없었지만, 귀옥과 장생의 목숨을 살린 건 엄연한 사실이므로 변명을 하자면 못할 것도 없다는 생각이었다. 총구가 서서히 천장으로 올라갔다. 영우는 그 자리에 서서 미동도 하지 않았다.

“무신 헐 말이 있다는 거냐. 우리 다신 만나지 말자. 그땐 정말 널 죽이게 될 거난.”

마당으로 내려간 영우가 텅 빈 밤하늘을 올려다보다 어둠 속으로 스며들었다. 바다에서 달려온 천둥이 한라산을 향해 연신 고함을 쳤다. 빗방울이 마당에 후드득 떨어졌다.

고환이 터진 것 같았다. 허벅지까지 피멍이 내려오고 다리가 부어 걸을 수 없었다. 귀옥이 지극정성 간호했지만 상태는 좀처럼 나아지지 않았다. 달포가 되도록 방에서 요강을 받치고 대소변을 받아낸 뒤에야 승구는 겨우 마당에 나와 걸었다.

귀옥이 힘들게 입을 열었다. 심방 여자에게 다녀오는 길이라고 했다.

“언제 또 시상이 변할지 몰르고… 이녁신디도 더 이상 짐을 지울 수만은 어신 노릇이라….”

여기까지 말한 그녀가 울음을 터뜨렸다. 장생을 입양 보내기로 결심했다는 거였다. 안 그래도 돌을 갓 넘긴 아이의 걸음마가 제법 모양새를 갖추면서 승구는 가슴 한구석이 얹힌 듯 더부룩하던 참이었다. 당혹스러운 마음을 누르며 승구가 귀옥의 표정을 살폈다. 이미 결심을 굳힌 듯했다. 부영우의 행동에 실망하여 그의 자식에게서 정을 떼는 걸까. 그녀가 아이를 돌보는 태도를 보면 그런 것 같지도 않았다. 오히려 그 반대일지도 몰랐다. '언제 또 시상이 변할지 몰르고.' 그녀의 말을 곱씹어 보았다.

포항까지 밀고 내려온 인민군이 그 북쪽으로는 자기들 세상을 만들었다지 않았나. 인천 상륙 작전에 성공한 미군이 전선을 북으로 밀어 올렸다지만 믿을 수가 없었다. 한두 번 속아 본 게 아니었고 어차피 세상 돌아가는 이치가 조삼모사 아니던가. 잘 나가던 미군이 후퇴할지 누가 알겠나. 그렇다면 숨어 있는 무장대가 다시 나타나 경찰 가족에게 보복할지도 모를 일이었다.

설상가상 마을에 호열자가 돌고 있었다. 아이들과 제대로 먹지 못한 노인들이 설사를 쏟아 내며 다반사로 죽어 나갔다. 장정들이 죽창 들고 사람 죽은 집을 찾아가 남은 식구들의 외출을 막았다. 마을 사람들이 에둘러 다니는 집마다 양식 떨어진 사람들의 퀭한 눈들이 돌담 구멍으로 밖을 내다

보았다.

승구는 귀옥이 품은 두려움의 실체를 이해할 듯도 했다. 아이에게 닥칠지 모르는 풍파와 돌림병을 피하자면 무당네 외딴집이 은신처로 맞춤일 것이었다. 각자도생의 길로 몰아대는 세월에 그녀라고 왜 아니겠나.

승구는 장생의 입양을 특별히 말리지 않았다. 부영우에게 얻어맞고 고생한 생각을 하면, 그의 씨앗을 키워 주고 싶은 마음이 사그라지곤 했다. 어린 장생의 얼굴에 안경잡이 부영우가 자꾸만 겹쳤다. 승구는 그때마다 대범해지려 애썼다.

며칠 밤을 뒤척인 끝에 장생의 입양을 두고 갈팡질팡하던 승구의 내심이 흙탕물 가라앉듯 서서히 정리되었다. 기왕 그리된 일, 못 이기는 척 놔두면 될 일이었다. 그는 새로 태어날 아이에게 집중하고 싶었다. 그렇더라도 장생에게 좋은 아비가 되겠노라 다짐했던 최소한의 약속만은 지켜 주고 싶었다. 자존심이기도 하고 혹시 모를 후환을 방지할 요량이기도 했다. 아이를 도로 데려오지 못하게 쐐기를 박아 둘 필요가 있었다.

며칠 후 문막례가 새벽을 달려 승구의 집을 찾아왔다. 손 없는 날을 점지받았노라 했다. 그녀가 마루에 앉자마자 하얀 술 달린 대막대기를 휘둘렀다. 마루 위 먼지를 빗자루로 쓸어내는 동작을 반복하더니 들고 온 보자기를 펼쳤다. 그 안에서 나온 건 지화였다. 그녀가 그것을 한 움큼씩 쥐고 뿌렸다. 하얀 꽃잎이 마당을 날았다. 그녀의 저고리 앞섶이 둥그렇게 젖어 있었다. 얼마 전에 딸을 낳았다는 소문이 맞나 보았다. 귀옥의 청을 받아들인 막례에겐 제 딸에게 먹이고 남는 젖을 나눠 줄 아이가 생긴 거였다. 양자로 들일 아이가 아들인 게 싫지 않은 눈치였다.

막례가 장생을 안아 올려 젖을 물렸다. 아이가 오랜만에 빨아 보는 젖꼭지였다. 그녀 품에 안겨 방긋 웃는 아이를 물끄러미 바라보던 귀옥이 돌아앉아 훌쩍이며 기저귀와 아이의 옷가지를 챙겼다. 막례가 귀옥의 손을 붙잡아 마루 끝에 앉혔다.

"이런 건 나신디 다 이시난 더 챙기지 맙써. 그보다 돈돈이 해 둘 게 이수다. 애기 어멍 청 때문에 애기 이름은 그냥 쓰쿠다만…."

"……."

"애기 찾을 생각일랑 절대 허지 맙써."

그렁그렁한 눈으로 귀옥이 고개를 주억거렸다. 막례가 시선을 돌려 승구에게도 다짐을 받았다. 그도 얼결에 귀옥을 따라 머리를 끄덕였다. 잠시 뜸을 들이던 막례가 이윽고 쐐기를 박았다.

"이 애기가 친어멍 친아방을 아는 날…."

"……."

찬물을 끼얹은 듯 갑자기 마당이 조용해졌다.

"피를 토허멍 죽을 거우다."

막례의 눈에 파란 불꽃이 일었다. 그녀는 이미 접신한 무당이었다. 승구는 그 순간 온몸으로 스며드는 냉기를 느꼈다. 팔뚝에 소름이 돋았다. 그녀의 다짐은 차라리 준엄한 명령이었다. 그녀가 옥황상제를 들먹이며 부부에게도 지화를 뿌리라고 했다. 떠날 준비를 마친 장생의 머리 위로 흰 나비 떼가 다시 날았다.

그녀가 포대기를 펼쳐 아이를 업으려던 참에 승구가 누런 봉투를 내밀었다. 땅 문서였다. 마늘 밭이 들어 있었고 전날 밤 귀옥과 상의한 결정이었다.

"받아 둡서. 애기를 위헌 거난. 면엔 내일 다녀오쿠다."

승구의 눈을 똑바로 들여다보던 막례가 봉투를 받아 기저귀 보따리 안에 끼워 넣었다. 칭얼대던 아이가 막례 등에서 얌전해졌다. 포대기 안에서 잠든 모양이었다. 정낭을 지나 사라지는 아이를 끝까지 지켜보던 귀옥이 휘청거리더니 마당에 주저앉았다. 승구는 출산이 가까워진 몸뚱이를 조심스레 부축하여 마루에 올랐다. 바른손을 그녀의 겨드랑이에 끼운 채 왼팔을 뻗어 문고리를 당겼다. 방안이 어두웠다. 정전이 된 듯 눈앞이 깜깜해졌다. 갑자기 속이 메스껍고 어지러웠다.

• • •

석준은 휘청이는 몸뚱이를 녹나무 위로 길게 부렸다. 고개를 돌리자 굿당 안 제단이 시야에 들어왔다. 그는 술이 덜 깬 기분으로 되돌아온 길을 되작거렸다. 귀환은 습관처럼 동굴 속 꽃밭에서 시작되었다. 어둑한 돌길을 더듬어 항아리 밑 경사진 출구를 찾아 비몽사몽 기어오르다 보면 벽장 속에서 끝나는 어렴풋한 과정이 누렇게 얼룩진 천장에 고지도처럼 그려졌다.

"자네도 기가 쇠해진 거라."

고 심방이 석준의 이마에서 흐르는 진땀을 닦아 주며 말을 걸어 왔다. 그의 잔기침 소리가 점점 커졌고 말소리도 분명해졌다.

"힘들지? 이제 알아지크라? 내가 시간을 돌이킬 수 없는 이유 말이여. 관시탕을 완성헐 때는 내 나이 이미 환갑을 넘었고, 삼십 년을 죽을똥살똥 매달령 시행착오를 거듭했지만 애쓴 공력이 무색허게 접신에 무리가 따를 배끼. 신내림으로 심방된 어멍을 무신 수로 따를 수 이섰겠나. 그분은 관시탕 곹은 거엔 기대지 안 했주만 난 경헐 만한 처지가 아니난…. 신기 어신 얼치기 심방이 약효를 탐내당 몸이 먼저 망가져분 거쥬. 지어코 효과를 보나 해신디…, 허 참."

절실한 이유를 가진 이에게 과거와 미래를 보여 주는 관시탕, 그것이 석준을 솔깃 유혹하고 있었다. 효과는 이미 체험하지 않았나. 제조법을 알 수만 있다면…. 고 심방이 중독을 경고했지만 석준의 눈앞에 양귀비, 독버섯이 어룽거렸다.

양귀비 열매에 칼집을 내고 진액을 받아 아편으로 굳히거나 꽃대를 그대로 달여 앵속각이라는 한약재로 쓴다는 사실은 이미 알아본 바였다. 하지만 그것만으로는 환각 작용이 약할 것이었다. 석준은 동굴 속 화단에서 본 풀이 마황이라는 것도 식물도감에서 확인했다. 관시탕을 마신 직후 심박이 빨라지고 가슴이 벌렁대는 증상은 마황 성분에서 오는 듯했다. 하지만 그뿐이었다. 이름 모를 독버섯의 사용법은 어차피 석준이 알아낼 수 없는 영역이었다. 섣불리 시도하다 고 심방처럼 몸을 축내지 않는다는 보장도 없었다. 겁이 났다. 특이한 경험으로 만족하고 이쯤에서 욕심을 누르는 게 신상에 이로울 듯했다. 어차피 고 심방이 비방을 알려 줄 리는 없을 터였다.

석준은 기억의 복원을 서둘렀다. 이번 경험은 할아버지 오승구의 삶에서 가장 굴곡 심한 시절이었다. 토막 난 장면들이 할머니 현귀옥의 젊은 시절과 맞물려 연대기적으로 이어졌다. 석준은 자신이 만난 등장인물들을 가능한 빠짐없이 언급하여 고 심방의 궁금증을 풀어 주었다.

그가 묵묵히 귀를 기울였고 이따금씩 긴 숨을 뱉았다. 그의 밭은기침으로 석준의 말허리가 잘리곤 했으나 이대로 잠들면 기억이 흩어질 거라는 걱정이 석준을 긴장시켰다. 폭도로 몰리며 사라봉으로 도주한 첫 등장인물과 군인으로 되돌아와 한밤중에 부부 앞에 나타난 부영우가 동일 인물 같다는 말도 전했다.

"전쟁 덕을 본 거쥬. 해방 후엔 군인이 맥을 못 춰 경찰신디 멸시 당하곤 해시난. 급조된 군대에서 지대로 멕이지도 입히지도 못허난 그 행색덜이 오죽이나 해실 거라. 군인이 읍내 이발소에서 순경신디 꼬투리 잽형 얻어맞기도 했고. 경허당 전쟁이 터지난 군인 천지가 된 거쥬. 그이도 산에서 내려왕 허술한 틈에 입대헌 걸 테고. 어지러운 세상에 목심 건지는 덴 차라리 그쪽이 안전막일 거난. 난 폭도가 아니라고 주장허는 디도 그게 유리헐 터."

눈꺼풀을 반쯤 내리고 과거 여행을 재생하는 석준의 망막 가득 고 심방의 슬픈 얼굴이 들어앉았다. 고 심방이 머리를 끄덕였다. 그도 부영우를 도주한 사내와 같은 인물로 여기는 것 같았다.

"그 후로 영영 돌아오지 안 했쥬…."

고 심방이 다시 입을 열었다. 짐작만 하던 자신의 생부를 확인한 순간이었다. 자연스레 생모의 존재도 알게 된 셈이었다. 부영우가 살아 있다면 아흔이 되었을 것이므로 이미 세상을 떴을 가능성이 높았다. 그이 또한 한을 품고 구천을 떠돌지 모를 일이었다.

축지법이 공간을 접는 묘수라면 관시탕은 시간을 접어 산 자와 죽은 자를 묶어 주는 묘약이었다. 하나의 영혼이 현실의 실타래에서 풀려 나가 또 다른 영혼을 만나는 길을 고 심방이 발견한 것이었다.

"아 참, 김 순경이라는 자가 이북 출신 상관을 쏘고 사라져수다."

"입산해실 테쥬."

"그이가 거사 직전 울분으로 토허던 말이 생각남수다. 저것들이 정말 우리 편이냐. 우리인 줄 알았던 육짓것덜이 우리가 아니더랜 허는…."

"그것사 미군정인들 다를 바 어섰지. 해방군인가 해신디 왜놈덜, 아니 그보다 더 지독헌 점령군 행세를 허지 안 했는가 말이여."

"경해도 우릴 구해 준 건 미군 아니라 마씸?."

"전쟁 말이라? 해방 직후 새 나라 세우자고 우리 손으로 만든 자치 조직을 무력허게 만든 축이 왜려 미군정 아닌가. 미국이 구해 주었다는 '우리'가 진짜 누군지 생각해 보게. 한 줌도 안 되는 친일파덜, 그놈덜의 '우리'가 아닌가 이 말이여. 미군정 사냥개로 다시 돌아온 그놈덜이 지치고 힘어신 백성들 편인 양 선동허멍 결국 총알받이로 앞세우지 않았나. 내선일체 앞세웡 같은 족속이랜 우긴 다음 애꿎은 이 나라 백성을 전쟁터로 앞세운 왜놈덜허고 다른 게 뭐란 말인가. 지덜이 우겨 세운 정부가 참말로 '우리'의 나라라고? 지덜이 악착고치 지키젠 헌 건 한줌 권력이었을 뿐, 어떵 이 나라 이 백성이었겠나. 현실이 그 모냥이난 그놈덜신디 충성해야 허는 제주 출신 까마귀들이 혼란스러울 수배끼. 그들의 '우리'가 정말 우리의 '우리'인지…."

석준이 윗몸을 일으켰다. 고 심방의 정치적 식견에 은근히 관심이 쏠렸다.

"그럼 심방 어른이 생각허는 적은 미국이란 말씀이꽈?"

"어찌 딱 잘라 말헐 수 있겠나. 때로는 아군, 때로는 적이 되기도 허는 법. 제 선 자리에 어두운 사람이 어떵 피아를 분별하겠나. 제 아무리 정확한 지도를 가진들 제 선 자리를 몰르민 갈 길 촟을 수 없는 게 시상 이치 아닌가. 집단에 적응한 각자의 생존 본능은 힘센 자를 바른 자로 인정하기 십상. 제 이익 챙기기에 눈 먼 자의 두 얼굴을 온전히 구별 못 허는 백성헌티 평화가 다 무신 소용일 텐가."

피아 식별 못 하면 이용당할 수밖에 없다는 통찰이었다. 그가 해변에 나가 굿을 하는 또 다른 이유를 알 것도 같았다. 심방의 진혼굿은 부락 지킴이를 자처한 '우리'를 향한 응원일 듯도 싶었다. 그가 다시 기침을 토해 내는 바람에 이야기가 잘렸다.

석준은 오승구와 한 몸이었던 그해 겨울로 기억을 되감았다. 얘기가 다시 문막례 심방에게 입양된 아이로 연결되었다.

"애기 이름…, 장생이랜 했던가?"

고 심방이 희미하게 웃었다. '내 짐작이 맞으민 자네허고 난 남남이 아니여'에서 '짐작'이라는 단어가 떨어져 나가고 있었다.

"나를 키운 아방 성명이 고상길. 부가의 씨를 받고 오가가 되었다가 고장생으로 살아온 거라. 허어…, 숭한 시상 이만큼 살아와시난 이름값은 헌 거네."

석준은 장생을 입양시킬 때 마늘밭을 넘겨 주더라고 전했는데, 고 심방이 새로울 게 없다는 듯 고개만 까딱거렸다.

"아참, 누이가…."

"여동생 말이군. 이섰지. 혼디 살당 먼저 세상 떴지만….

아홉 살 땐가 열과 오한을 거듭허는 아이를 심방 어멍은 귀신 쫓는댄 내리 굿만 허당 치료 시기를 놓쳐 분 거쥬. 지금 생각해 보민 말라리아인걸. 병 옮기는 귀신이 모기라는 걸 그때만 해도 알 턱이 이섰겠나. 똘망똘망 요망지고야무지고 고와신디. 그 아이가 그때 떠나지 안 해시민 어멍이 신기 부족한 나신디 자릴 물려주진 안 해실 테쥬. 그때부터 어멍은 심방질에 나서지도 못했고. 상심도 상심이쥬만 제 자식 못 살린 심방이 어떵 사롬들 앞에 나설 수 이섰겠나."

"그 댁도 손이 귀했고, 우리 집 역시…. 혹시 그 일이…."

석준은 부영우가 침입한 밤을 다시 끄집어냈다. 석준 생각에 할아버지가 그 뒤로 자식을 얻지 못한 것과 공교롭게도 낭심을 얻어맞은 사건이 무관치 않아 보였다. 어쩌면 절반의 큰아버지인 고 심방에게 문득 애틋한 마음이 생겼다.

"하르방도 겨우 오십 넘경 풍으로 쓰러졌고, 아방도 일찍 돌아가시난…, 심방 어른이라도 오래 사십서."

씁쓸하게 웃던 고 심방의 기침소리가 다시 자지러졌다. 그가 들고 있던 수건을 입에 대고 힘겹게 기침을 가라앉혔다. 입에서 뗀 하얀 천에 동백보다 붉은 얼룩이 찍혀 있었다. 석준은 꼭 이 말까지 해 줘야 되나 싶던 잠시의 갈등을 털어 내고 신탁인지 예언인지 모를 문막례의 주술을 전했다. 아이가 친부모를 알게 되면 피를 토하고 죽을 거라는…. 석준은 고심방이 오직 건강에 유념하길 바랐다.

8

악몽

구너럭바위에 경찰이 상주한 지도 한참이나 되었다. 그들이 건설업체 경비원들과 밤낮으로 보초를 서는 바람에 비대위의 진입 시도는 번번이 실패였다. 그때마다 누군가는 공무 집행 방해죄로 연행되었다. 급기야 육지에서는 마을 사람들을 공안 사범으로 다루라는 지시를 제주 경찰서에 내려보냈다.

보트를 타고 절벽에 접근하여 바위 위로 올라오는 좁은 벼랑길마저 철조망으로 차단되었다. 청동기 유적지도 문화재 보존 가치가 부족하다는 최종 결론에 맞닥뜨렸다. 설마하며 가슴 졸이던 사람들도 '경 될 줄 알아서.' 또는 '게매, 진행이 빨라라', 하며 이구동성 탄식했다.

이젠 너럭바위 굿을 보기도 쉽지 않을 판이었다. 바람에 찢긴 현수막과 구호 적힌 깃발들만 삼거리 밖에서 하릴없이 활개를 쳤다. 비상 대책 위원들에게도 비상한 대책이 없긴 마찬가지였다. 철조망 바깥에 농성장을 다시 설치하긴 했지만 자리를 자주 비웠고, 드물게 나타난 사람도 맥 풀린 얼굴로 비스듬히 누워 휴대폰에 눈을 박았다.

백삼녀의 제안으로 너럭바위가 한눈에 들어오는 자리에 망루를 세웠다. 청동기 유적지 발굴 현장을 감시하던 언덕배기였다. 유적지가 거기서 북서쪽이었다면 이번엔 망루의 조망 각도를 남동으로 틀었다. 나무와 각목을 얼기설기 엮어 놓긴 했어도 사다리까지 대어 놓고 보니 제법 그럴듯했다. 위로는 두 사람이 앉아도 될 만한 자리를 만들고 난간을 붙였다. 삼층 건물 옥상에 올라온 느낌이었다.

용재가 쌍안경을 두 개나 구해 왔으나 그런 게 없어도 마을 사람 누구나 너럭바위 반대쪽 끝까지 구석구석 지형을 꿰고 있었다. 파도가 어느 바위틈으로 들어오고 아이들의 발이 어느 돌부리에 자주 걸리는지. 멸종 위기종 붉은발말똥게가 다니는 길목과 맹꽁이가 우는 해식동굴, 어린 돌고래가 놀다 가는 갯바위 밑까지도.

아침부터 사람들이 망루 주변에 모여들어 웅성거렸다. 멀리서도 잘 보이도록 망루 위쪽에 둘러친 대형 펼침막이 사라진 것이었다. 드러난 골조가 바짝 마른 짐승의 다리처럼 흉물스러웠다. 모두들 한마디씩 말을 보탰다. '해군 기지 결사반대' 현수막과 함께 '고향 팔아먹는 배신자를 몰아내자'라고 삼녀가 직접 빨간 페인트로 쓴 광목천도 뜯겨져 나갔으므로 찬성파의 소행이라는 목소리에 힘이 실렸다. 하지만 근처에 폐쇄회로 카메라나 목격자가 없었으므로 범인은 오리무중이었다. 하는 수 없이 비대위가 십시일반 돈을 모아 펼침막을 새로 제작하여 붙였다. 하지만 사흘이 지나지 않아 그것이 또다시 사라졌다. 야음을 틈타 누군가 망루에 올라 줄을 잘라 낸 흔적이 남아 있었다. 경찰이라면 나름의 절차가 있으므로 굳이 도둑처럼 철거하진 않았을 것이었다. 잔뜩 독이 오른 백삼녀와 함께 물질 다니는 여자들 몇이 마을을 뒤지기 시작했다. 공교롭게도 지상길이 드나드는 부동산 중개소 옆 쓰레기 분리 수거장에서 사라진 물건들이 둘둘 말린 모습으로 발견되었다. 또다시 그가 입방아에 올랐지만 심증만으로 절도범을 만들 수는 없었다.

며칠 뒤, 상길이 삼거리마트 앞을 지나던 사람들 눈에 띄었다. 입술이 터지고 눈두덩에 거무죽죽 멍이 든 모습이었다. 작심하고 숨어 지켜보던 해녀들이 밤중에 망루 주위를 어슬렁거리는 그를 발견하고 득달같이 달려들어 두들겨 줬다는 소문이 빠르게 돌았다. 본인은 자전거 타다 넘어져 다쳤다고 한다지만 망신살이 뻗칠 대로 뻗친 뒤였다. 농성장에 모인 사람들이 키득거렸다. 경찰에 신고도 못 하는 상길의 어설픈 주장엔 콧방귀를 날릴 뿐이었다.

농기구 공장을 개점휴업한 지도 몇 달째였다. 석준의 관리 소홀로 애프터서비스 신청도 뜸해졌다. 걸려 오는 전화를 받아 주거나 찾아오는 고객에게 재고 부품을 나눠 주는 정도로는 생계에 그리 보탬이 되지 않았지만 당장 폐업 신고를 하기도 뭐했다. 그간에도 몇 차례 부가세 신고를 했고 피고용인으로 등록된 석준의 4대 보험료도 그럭저럭 납부했지만 석준의 관심에서 공장 일이 멀어지고 있었다.

"주인 없는 사업체를 돌린다는 게 말고치 쉬운 게 아닙디다. 내 적성도 아니고…."

"게난 내가 뭐랜 허더냐. 넌 그냥 지금추룩만지금처럼만 해도 충분허다."

저간의 사정도 알려 줄 겸 어머니와 함께 명준을 면회했을 때였다. 쉬워 보여도 아무나 하는 일이 아니야, 라고 말하는 것 같았다. 명준의 반응은 여전히 덤덤했다. 석준은 정말로 지금처럼만 간댕간댕 공장을 유지하기로 마음먹었다. 짐을 덜어 낸 기분이었다. 차라리 응옥에게 집중하는 게 나을 성싶었다. 명준의 부탁이기도 했거니와 석준 자신도 한 가지쯤은 제대로 해 보고 싶었다. 그러잖아도 고 심방과의 작업이 막바지로 갈수록 흥미를 끌었다. 조만간 응옥의 문제를 해결할 길도 열릴 것이었다. 자신이 진심으로 빌어 줄 영가를 만나면 신이 내린다던 고 심방 말이 석준의 머릿속에서 꿈틀댔다. 불현듯 그녀와 과거 여행을 함께하고 싶었다. 그녀와 이인용 자전거를 굴리는 모습을 그려 보다 스포츠카로 바꿨다. 둘이서 그걸 타고 고속도로를 달리다 굴속으로 들어가는 기분을 상상했다. 위험할까. 그러다 돌아오지 못하면. 아예 되돌아오지 않는 여행을 함께한다면…. 생각이 여기에 이르자 가슴이 먹먹해졌다. 그 이상의 낭만은 없을 성싶었다.

영혼의 교합은 직계 조상이나 가족한테 잘 이루어진다고 했다. 내가 할아버지를 만난 것도 그랬고. 그렇다면 응옥이 만날 대상이 내게도 굄당 정도는 되지 않을까. 석준은 굿당에서 응옥과 나눴던 정사를 떠올렸다. 이내 온몸으로 퍼지는 열기와 주체할 수 없는 충동에 사로잡혔다. 부딪쳐 볼까. 하지만 고 심방이 이인일조 경기를 허락할 성싶지 않았다. 그의 요구는 두 가지였다. 하나는 자신의 출생 비밀을 알아봐 달라는 것, 다른 하나는 그의 반평생을 사로잡은 환청의 주인공을 만나 달라는 것. 그 밖의 임무는 애초 계약에 없던 것이었다. 석준은 결심을 굳혔다. 그래 내일 아침이야.

응옥을 재우쳐 계곡으로 접어들었다. 당집 방문 약속은 사흘에 한 번씩이었지만 석준은 허를 찌르기로 했다. 산에 오르는 내내 응옥을 데리고 간 첫날처럼 당집이 비어 있기만을 바랐다. 다리가 후들거렸다. 다녀온 지 이틀만이라 몸이 회복되긴 일렀지만 삼십대의 젊음을 믿어 보기로 했다. 청바지에 티셔츠 위로 얇은 바람막이 점퍼를 걸친 응옥이 소풍 나온 아이처럼 앞니를 드러냈다.

도순교를 건너 한차례 다리쉼했다. 그녀가 배낭을 벗어 텀블러를 꺼냈다. 서둘러 나오느라 아침을 먹는 둥 마는 둥 했는데 그새 간식을 챙겨 온 것이었다. 텀블러 안에서 커피가 나왔고 뚜껑에 따라 교대로 나눠 마셨다. 석준은 마지막 한 모금을 벌컥 넘기다 뿜어 버렸다. 맛을 음미하기엔 마음이 조급했다. 응옥이 눈을 흘기며 다 마신 텀블러를 뒤집었다.

석준이 엉덩이를 털고 일어나 걸음을 재촉했다. 양 옆으로 궤사리오름과 활오름이 둥글게 솟아올랐다. 아버지가 생전에 가꾸던 귤밭에 이르자 구절초 향기가 코끝에 스몄다. 고추잠자리를 꾀어낸 가을이 희디 흰 꽃잎 사이를 부지런히 드나들고 있었다. 어제 내린 비로 건천이던 계곡에도 드문드문 바위틈에 물이 고였다.

올레를 끼고 당집 마당에 들어섰다. 정낭은 늘 내려져 있으므로 신경 쓰지 않았고 툇마루에 서서 헛기침을 했다. 반응이 없었다. 석준은 응옥의 손목을 잡고 마루에 올라 곧장 굿당으로 들어섰다. 짐작했던 대로였다. 고 심방은 지금쯤 밭에 심어 둔 채소를 돌보고 있을 터였다. 석준은 구석에 놓인 약탕관부터 확인했다. 그만하면 충분해 보였다. 오른손으로 손잡이를 잡고 왼손으로 바닥을 받쳐 들었다. 손바닥으로 온기가 전달되었다. 새벽녘에 달여 놓은 모양이었다. 요즘 들어 고 심방이 부쩍 쇠약해지긴 했으나, 밭에 나가면 저물녘에 돌아오곤 했으므로 석준은 적이 안심하였다. 붉은 액체를 잔에 가득 채웠다.

"괜찮아요?"

응옥의 눈빛에 걱정이 가득했다. 하지만 그녀를 고질병에서 해방시키자면 달리 방도가 없었다. 그녀가 미여지벵뒤를 떠도는 영가를 위해 정성껏 빌어 줘야 신이 내려와 치유의 은혜를 준다는데. 그건 선행에 대한 일종의 보상일 터. 궁합 맞는 고객을 찾으려면 그녀에게도 과거 여행이 필요하겠지. 가련한 영혼을 인도하여 영원의 세계에 안착시키는 순간 그녀가 명실상부한 심방으로 거듭나게 된다. 고 심방한테 들은 '또 다른 세상'의 일을 간추려 보면 대충 그랬다.

석준은 그걸 마냥 부정할 수도 없었다. 이미 경험하지 않았나. 그녀가 돌아오지 못하면 어쩌지. 에이 설마…. 한편으로 은근히 겁이 났다. 하지만 그녀가 대낮에 길을 걷다가도 듣는다는 그 비명과 신음소리의 주인공을 스스로 찾아내지 못하면 일평생 폭탄을 껴안고 살아야 되지 않겠나. 처음에 석준은 그녀의 환청이 베트남에 계신 아버지의 어린 시절 충격이 옮겨온 걸로 여겼다. 하지만 무가의 법칙으로 보면 그녀를 괴롭히는 환청의 주인공이 살아 있는 사람은 아닐 터. 무가는 무가를 알아본다고 했다. 응옥에게서 신끼를 보았댔지. 그녀가 타고난 심방이라면 굳이 관시탕의 힘을 빌리지 않아도 과거 속으로 들어갈 방법이 있지 않을까.

석준은 여기까지 생각하다 고개를 저었다. 처음 관시탕을 만든 이가 바로 어미 심방 문막례였다잖아. 신끼를 타고나 신내림으로 심방이 되었다는 그녀도 약물을 이용했다는데 뭘….

석준은 입술에 힘을 주어 응옥의 손을 마주 잡았다. 그가 맞잡은 손에 힘을 주자 그녀도 천천히 머리를 끄덕였다. 첫 잔을 그가 마셨고 다시 채운 잔은 그녀가 비웠다. 그는 천천히 그녀를 일으켜 벽장 있는 옆방으로 건너갔다.

석준이 먼저 미끄럼을 타듯 항아리 밑을 빠져나와 뒤돌아보았다. 응옥도 뒤따라 미끄러진 몸을 일으켜 청바지를 털었다. 박동이 빨라진 그의 가슴에서 세상 근심이 빠져나갔다. 조금은 취한 기분이었다. 동굴 속 울퉁불퉁한 바닥을 헛디딜까 봐 그녀의 손을 잡아 한 걸음씩 이끌면서도 석준은 구름 위를 걷는 듯 허방을 밟는 기분이었다. 서늘하고 습한 공기가 목덜미에 들러붙었다. 푸드덕, 공기의 흐름을 방해하는 소리가 들렸다. 석준은 형체를 알아보기도 전에 어둠 속으로 사라진 그것이 박쥐일 거라 생각했다.

먼발치에서 다가온 빛이 동굴 내부를 희미하게 비춰 주었다. 이윽고 꽃밭이었다. 팔을 둥글게 벌리면 한 아름에 안을 수 있을 만큼 아담한 화단 가운데 빨간 꽃잎이 고개를 숙였다. 내려오는 볕에 지친 모습이었다. 응옥이 무릎을 꺾어 꽃밭 가장자리에 바투 앉았다. 석준도 그녀의 곁에서 다리를 접었다.

작은 울타리처럼 양귀비 주위로 에둘러 한 뼘씩 자란 버섯들이 눈길을 사로잡았다. 화려한 색깔에 홀려 코를 대는 순간 작은 알갱이가 먼지처럼 뿜어져 나왔다. 상한 향수처럼 매스껍고 독한 냄새가 비강을 찔렀다. 어지러웠다. 정신이 혼몽해진 석준에게 응옥이 스르르 눈을 감으며 머리를 기댔다. 그녀의 어깨를 끌어안은 손에 힘을 주는 순간 꽃밭이 시야에서 사라졌다.

• • •

누군가 어깨를 건드렸다. 눈을 떠 보니 우람한 나무가 오후의 땡볕을 가리는 그늘 밑이었다. 늘어지게 하품이 나왔다. 상체를 세워 둘러본 주변으로 한적한 농촌 풍경이 펼쳐졌다. 길게 흐르는 개울을 따라 논배미들이 꼬리를 물었다. 고개를 꺾어 시선을 조금 들어올리자 나지막한 산자락에 허름한 집들이 옹기종기 이마를 맞대고 있었다. 어림잡아 30

호쯤 되어 보였다.

젊은 여자가 다가오더니 모를 마저 심자고 재촉했다. 그녀의 손에 초록의 풀이파리 한 줌이 들려 있었다. 한국어가 아니었는데도 알아듣는 데 지장이 없었다. 석준은 못 이기는 척 일어나는 남자와 이미 한 몸이었다.

챙 넓은 삼각 모자 아래로 가지런한 이를 드러낸 여자의 얼굴이 낯설지 않았다. 여자가 그의 손을 잡아 일으키며 게으르다 핀잔했다. 남자의 아내였다. 빛바랜 아오자이 틈새로 잘록한 허리가 뽀얗게 드러났다. 남자는 아내의 손에 이끌려 다시 논에 발을 담갔다. 매미가 울어대는 논둑에서 후텁지근한 바람이 간간이 불어왔다. 줄 맞춰 모를 심으며 논바닥을 두어 번 왕복했을까. 구정 대공세로 전선이 남쪽으로 이동했다는 소문을 두고 오가던 부부의 대화가 엊그제 아랫마을에서 벌어진 총격전 이야기로 바뀌는 중이었다.

개울 너머에서 느닷없이 질러대는 소리에 부부가 어깨를 틀었다. 아랫마을 쪽에서 청년 둘이 달려오고 있었다. 하나는 어깨에 총을 메고 있었고 다른 하나는 막대기를 든 채였다. 가까이 다가온 막대기는 끝이 뾰족한 죽창이었다. 빨리 피하라면서 청년들이 부부가 사는 마을로 달렸고 부부도 황

급히 논에서 발을 빼고 그들 뒤를 쫓았다. 청년들은 마을을 에둘러 뒷산 쪽으로 달아났다.

부부가 마을 한가운데 공터에 세워진 나무 기둥으로 달음질쳤다. 남편이 쇠막대기를 집어 기둥에 매달린 종을 쳤다. 종소리가 그치자 한 무리의 군인이 마을로 들어왔다. 군복 어깨로 용이 기어오르는 동양인들이었다. 그들을 따라온 작달막한 사내가 오두막 사이를 누비고 다니며 베트남어로 고함을 쳤다.

사람들이 하나 둘 공터에 모습을 드러냈다. 총구를 앞쪽으로 겨눈 군인들이 집집마다 돌며 들쑤셨다. 쭈뼛거리던 노인과 아이들이 겁먹은 얼굴로 끌려나왔다. 젊은 사람들은 종소리를 듣고 몸을 피한 것 같았다. 마흔 명쯤 되는 사람들 중에는 허둥대다 붙잡힌 중늙은이와 젊은 여자 대여섯도 끼어 있었다.

소대장으로 보이는 사내와 그의 베트남인 통역이 앞으로 나왔다. 요구는 단순했다. '우리를 쏘고 달아난 청년들을 잡으러 왔으니 그들을 내놓으라.' '이쪽으로 도망치는 걸 본 사람이 있다. 마을로 숨어든 게 틀림없다'는 말이 이어졌다.

볼이 움푹 파인 노인 하나가 앞으로 나왔다. 촌장이었다.

우리 마을에 외지인은 들어온 적 없다고 말했다. 소대장이 허리에서 권총을 꺼내 노인의 머리를 쏘았다. 통역이 끝나기도 전이었다. 노인 뒤에 둘러서 있던 사람들의 얼굴로 피가 튀었다. 씩씩거리던 소대장이 다른 노인을 꿇어앉혔다. 그의 머리에 총구를 대며 시범 케이스가 더 필요하다고 했다. 그가 옆에 선 중사에게 턱짓을 하자 이번엔 중사가 소총을 겨눠 명령을 수행했다. 핏방울이 중사의 철모에 붙은 갈매기 표시에 튀었다. 소대장은 즉석에서 부하 셋을 감시조로 뽑아 겁에 질린 사람들을 공터 한쪽 모퉁이로 몰았다. 서로 부둥켜안고 벌벌 떠는 사람들에게 말하지 말고 움직이지도 말라는 지시가 떨어졌다. 군인들이 다시 온 마을을 뒤지기 시작했다. 짚단 밑에 숨어 있던 아이들과 젊은 여자가 끌려 나왔다. 잠시 후 그들이 발견된 오두막 지붕 위로 회색 연기가 솟구쳤다. 군인들이 불을 지른 거였다. 대나무로 엮은 벽 틈에서 벌건 불꽃이 빠져나왔다.

종을 쳐 위험을 알린 부부는 헛간 밑 땅굴에 숨어 눈만 빠끔히 내놓고 이 광경을 속절없이 지켜보았다. 바람구멍으로 분뇨 냄새가 들어왔지만 그런 건 문제가 되지 않았다. 엊그제 아랫마을이 공격받았다는 소식을 듣고 식구들이 들어갈 만한 공간을 미리 파놓은 게 천만다행이었다. 부부는 아홉 살 난 아들과 함께 숨지 못해 초조해진 마음을 가눌 수 없었다. 아침부터 또래들과 고기 잡으러 간 녀석이 나타나지 않기를 바랄 뿐이었다.

공터로 몇 사람이 더 끌려나왔고 군인들은 그들도 구석으로 몰아 넣었다. 개머리판으로 머리를 맞은 노파가 쓰러져 움직이지 않았다. 수색을 마친 소대장이 구석에서 떨고 있는 마을 사람들 앞으로 다가갔다. 이래도 마을에 숨어든 두 청년을 안 내놓을 거냐고 소리를 질렀고 비슷한 톤으로 통역되었다. 청년들을 본 사람은 손을 들고 나오라 했지만 마을 사람들은 서로의 얼굴만 쳐다볼 뿐이었다. 잠시 후 화염방사기를 멘 군인이 집들을 태우기 시작했다.

느닷없이 한 남자가 불타는 집 뒤꼍에서 튀어나와 마을 뒷산 쪽으로 내달렸다. 군인들이 남자의 등에 총을 쏘아댔고 부부가 숨은 곳으로 다가오던 화염방사기도 그쪽으로 방향을 틀었다. 그 틈에 잠시 감시가 느슨해졌다. 모여 있던 사람들이 와 하고 뿔뿔이 뛰기 시작했다. 총알이 날아갔다. 걸음이 느린 사람들이 먼저 쓰러졌고 아이들은 멀리서 쓰러졌다. 시야를 벗어나 도망친 아이는 없었다. 미처 도망 못 간 사람들도 총을 맞았다.

군인들이 시체를 마당 중간에 모았다. 아이들의 주검도 겹겹이 쌓였다. 거기에 기름이 뿌려지고 불이 붙었다. 소대장이 정글도를 휘둘러 쓰러진 촌장의 목을 잘랐다. 불타는 시체들 앞에서 군인들이 모종의 의식을 치르는 듯했다. 그들은 촌장의 머리를 따로 챙겨 돌아갔다.

부부는 주위를 살피며 두엄자리에서 빠져나왔다. 돼지 똥에 버무려진 지푸라기가 온몸에 들어붙었다. 저문 들판으로 아들을 찾으러 나섰다. 산자락으로 내려오는 계곡 어디쯤에서 녀석과 마주칠 것도 같았다. 부부는 서쪽을 향해 걸음을 옮겼다. 석양에 눈이 부셨고 좀 전의 일들이 꿈결같이 느껴졌다. 마을 어귀에 다다르자 이상한 물체가 허공에 걸려 붉은 노을빛을 개기일식처럼 가리고 있었다. 가까이 다가선 부부는 장대 끝에 매달린 물체를 보고 동작을 멈췄다. 촌장의 머리였다. 까마귀 두 마리가 날아와 그의 눈을 쪼았다. 수염이 바람에 조금씩 움직였다.

군인들이 저항하는 베트남 사람들에게 공포를 심어 주려는 것 같았다. 부부는 장대에서 촌장의 머리를 내렸다. 남자가 윗옷을 벗어 그것을 조심스럽게 쌌다. 양지바른 곳에 묻어 줄 생각이었다. 걸음을 옮기는 순간 몇 발의 총소리가 들렸다. 증인이 될 생존자를 없애려고 미끼를 걸어둔 매복조가 있었다. 아내가 먼저 쓰러졌고 남자는 옆구리를 찔린 것 같았는데 뜨거운 촉감이 온몸으로 빠르게 퍼졌다. 그러고는 아내의 다리 위로 드러누웠다. 하늘이 유난히 붉었다.

• • •

석준은 꽃밭에서 눈을 떴다. 응옥이 자신을 내려다보고 있었다. 먼저 돌아온 모양이었다. 아직은 비몽사몽인 듯 그녀의 눈꺼풀이 게슴츠레했다. 정신을 가다듬으려면 한참은 더 걸릴 듯했다. 그녀를 재우쳐 돌아가려다 문득 고개를 화단으로 돌렸다. 둥그렇게 내려온 별이 절반쯤 옆으로 비켜나 있었다.

속세의 시간으로는 들어온 지 한 시간도 채 지나지 않은 것 같았다. 생기 잃은 화단을 뒤로하고 발을 재게 놀려 굿당 안으로 들어왔다. 구석에 짚단처럼 묶여 있는 녹나무 가지가 보였다. 따뜻한 방바닥에 그것을 깔고 그 위에 응옥을 한숨 재울 생각이었는데 그녀가 눕지 않았다. 고 심방이 금세 돌아올지 모르니 그냥 나가자고 했다. 그녀는 몰래 들어와 도둑질이라도 한 얼굴이었다.

석준은 댓돌로 내려서던 응옥을 불러 세워 그녀가 진 배낭 안에서 빈 텀블러를 꺼냈다. 굿당 안으로 되돌아간 그는 약탕관에 남아 있는 관시탕을 옮겨 담았다. 좀 전에 굴속에서 본 꽃밭이 영 께름칙했기 때문이었다. 공교롭게도 고 심방의 건강 상태가 나빠지면서 화단도 생기를 잃고 있었다. 억측인가 싶기도 했지만 더 늦기 전에 관시탕을 챙겨 두고 싶었다. 곁에 두고 마시는 찻물이 좀 줄어든들 고 심방이 일부러 확인할 것 같지도 않았다. 다행히 텀블러 안으로 딱 두 잔 분량이 들어갔다.

서둘러 당집을 빠져나왔다. 응옥이 자꾸만 휘청거렸다. 물소리 들리는 바위에 그녀를 눕혔다. 가을볕에 바위가 데워져 있었다. 석준도 곁에 앉아 자신의 허벅지에 응옥의 머리를 올려주었다. 이번엔 석준이 고 심방 역할을 할 차례였다. 응옥의 기억이 사라지기 전에 그녀에게 몸을 빌려 준 과거의 인물을 알아내야 했다.

응옥이 어릴 적 아버지에게서 들은 이야기를 꺼냈다. 어느 마을에 군인들이 들이닥쳐 불을 질렀고 고기 잡으러 갔다 돌아와 보니 마을 사람이 한꺼번에 죽어 있더라고. 그녀와 한 몸이 된 영가는 장대에 꽂힌 촌장의 머리를 거두려다 남편과 함께 총을 맞은 여자였다.

이윽고 응옥이 신내림 받아 빌어 줄 대상이 정해졌다. 그녀는 함께 죽은 제 할머니와 할아버지의 영혼을 미여지벵뒤에서 불러내 위로해 주고 영원한 안식처로 인도해 주면 될 것이었다. 석준도 자신이 응옥의 할아버지에게 들어간 좀 전의 경험을 들려 주었다. 고 심방이 '무가의 윤리는 속세의 그것과 다르다'고 했던가. 무가의 인연 또한 속세의 혈연과 궤를 달리하고 있었다.

9

잃어 버린 여인

죽은 듯이 자고 난 아침, 몸은 그런대로 움직일 만했다. 당집을 다녀온 지 하루도 지나지 않았으므로 푹 쉬고 싶었지만 고 심방에게 달리 연락할 수단이 없었다. 무리하면 몸을 해칠 거라는 경고는 무시하기로 했다. 설마 죽기야 하겠어, 끝나 가는 마당에.

예정된 날이라 고 심방이 아침부터 기다리고 있었다.

"어제 왔다 가성게갔더군."

그의 첫 일성이었다. 석준은 뜨끔했으나 짐짓 태연한 표정으로 변명거리를 떠올렸다. 혹시나 싶어 생각해 둔 몇 가지 구실이 입안을 맴돌았으나 신통치 않았다. 고 심방의 쏘아보는 눈빛을 피할 도리가 없었다.

"나 말고 저 용도를 아는 사롬이 자네 외에 또 있던가. 게난그래서 뭐라도 알아본 건가? 혼디함께 댕겨간 모양이더구만."

고 심방이 약탕관을 일별하며 무심한 표정으로 말했다. 석준은 적잖이 당황스러웠다. 어차피 잔머리가 통할 성싶지도 않았다. 무장 해제된 기분에 그저 납작 엎드려 털어 놓고 용서를 비는 쪽을 선택했다. 설마했지만 그가 관시탕의 양을 재고 있을 줄이야.

"어르신헌티 먼저 말씀 못 드린 채 새로운 실험을 해 봐수다. 혈육이나 궨당이 아니라도 한 몸이 될 수 이신지…. 그리고…, 가능하다는 걸 확인해수다."

"이인 일조 여행이라. 나도 생각 못 해 본 일인디…. 게난 어디서 누굴…?"

석준이 베트남의 불타는 농촌 마을과 떼죽음당한 사람들에 대해 본 대로 전해 주었다. 슬픈 전쟁 영화 한 편을 관람한 기분이었으므로 가라앉은 음성으로 담담하게 설명했다. 고 심방의 표정이 점점 일그러지더니 마침내 거의 울상이 되었다.

"그만할까요?"

"아니, 끝꼬지 들어사크라들어야겠네. 그게 우리 부대인 줄도 모를 일. 당시 그런 사건들이 더러 이섰지. 남북이 치열하게 맞서던 베트남 중부 지역에서 특히 심해신디, 난 당시 하사 계급장을 달아섰고…. 매복 월맹군 총에 우리 신병이 당헌 일로 부대 전체가 복수심에 눈이 뒤집혀섰지. 불행히도…, 독립군신디 당헌 왜놈덜이 조선인 부락에 저지른 분풀이나 이 섬에 들어온 이 나라 군경이 제 족속에게 하던 짓이 딴 나라 베트남에서 그대로 재현된 거였지. 그일로 나를 포함해 대원들이 포상 휴가를 가고 소대장은 일 계급 특진에 무공 훈장까지 받았지. 바로 그 짓거리가 공로가 되어서 말이여. 전 소대원들이 베트콩 소굴 소탕 작전을 성공리에 수행한 전사가 되어 분 거쥬. 그 후제 너나 어시 제대 후에도 베트남에서의 그 일은 다 잊고 서로 연락도 말자 했지. 그 후 귀국해서 난 직업 군인으로 말뚝 박았고. 그때꼬지만 해도 내가 딱 군대 체질이랜 여겨시난. 충성심을 증명해야 하는 내 안의 필요도 이섰고. 사삼 난리 이후 이 섬 청년들이 폭도 아닌 걸 증명허젠 해병대에 자원 입대헌 이유나 매혼가진 거쥬."

고 심방이 한동안 보안사령부에서 근무하게 된 계기였다.

"이제 어떵헐 텐가?"

"날을 잡아야 되지 안 허쿠과. 형수신디도 이제 빌어 줄 영가가 생겨시난 마씨."

밥상머리에서 어머니에게 동의를 구한 사실도 꺼내 놓았다. 올라오는 길에 일부러 문안차 들린 할머니도 '사롬 목심이 우선 중허니 그 방도배끼…' 했다. 그간 응옥의 고통을 지켜보며 고부간에 무던히도 상의했을 터였다.

"손 어신 날 재어 보쥬. 그건 그렇고 그 전에 자네 나 대신해 줄 일이 하나 더 남아 있잖은가."

빛고을에서 놓쳤다는 연인, 유경자의 마지막을 추적해 달라는 거였다. 숙제를 앞두고 석준은 머뭇거렸다. 고 심방의 인생을 송두리째 바꿔 놓은 영가를 대신 만나는 일이 녹록해 보이지 않았다.

"남녀가 다른 건 문제 어신가 마씨?"

"무가의 인연을 벌써 경험허고도 그런 말을 허는가. 우리 어멍은 노인이나 애기, 남녀 어시 이승으로 불러내어시난 안 될 일도 어서."

석준이 어머니한테 들은 말이 있었다. 응옥을 데리고 고 심방을 찾아가 보라고 한 날이었다. '영가의 생전 목소릴 그대로 옮겨 와시난 정말 신통한 통역사였쥬. 굿을 청헌 자가 죽은 제 어멍 아방 목소리에 까무러친 적도 여러 번, 대성통곡허지 않은 이가 거의 어서나시난….' 문막례 심방에 대한 찬사였다. 그러니 '그 어멍에 그 아들 아니겠냐'는 거였다. 그땐 석준이 입을 돌려 코웃음을 쳤었다. 살다 보니 별소릴 다 들어 보겠네, 했고 현대식 교육을 받아 21세기를 사는 자식에게 그런 심부름을 시키니 어머니도 별 수 없구나 싶었다.

"이제 마지막 부탁이라. 더 바랄 것도, 청헐 것도 어시난."

고 심방의 주름진 눈이 석준의 가슴을 간절하게 파고들었다. 힘들면 며칠 쉬고 다시 오라고 했지만 기왕 엎질러진 물이었다. 어금니를 악물었다. 그래, 해 보자. 고 심방이 밭은기침을 시작했다. 그가 떨리는 손으로 잔을 권했다. 석준은 그 잔을 받아 제 손으로 채웠다. 그러고는 주저 없이 마셔 버렸다. 자극적인 감촉이 식도를 타고 내려갔다. 옆방으로 건너가 벽장에서 사다리를 내릴 때부터 심장이 벌렁대기 시작했다. 고 심방의 기침소리가 멀리서 들려오는 개 짖는 소리에 섞여 점점 희미해졌다.

• • •

겨우 눈꺼풀을 들어올렸다. 흰 바탕에 연속으로 이어지는 녹색 사각 문양이 한쪽 뺨에 바짝 붙어 있었다. 타일 바닥이었고 고개를 돌려 보니 좁은 욕실이었다. 벗겨진 아랫도리에서 흐른 피가 바닥에 흥건했다. 반쯤 굳어 거무스름해진 핏덩이가 뭉글뭉글 섞여 있었다. 쇠갈고리로 속살을 긁는 듯 아랫배가 쓰리고 아팠다. 버석거리는 입 속에서 술내가 풍겨 나왔다. 경자는 그제야 어제의 일을 생각해냈다.

며칠간 동네 분위기가 뒤숭숭하고 금남로에서 외치는 구호 소리가 한 블록 떨어진 이발소 골목까지 넘어오는 바람에 순서를 기다리던 손님이 슬그머니 자리를 떴다. 대로변에서 몇 사람이 총 맞았다는 소문을 들은 터라 그만 문을 닫을까 생각 중이었다. 이제 곧 이발사인 외삼촌이 점심을 핑계로 자리를 비울 참이었다. 설마하는 마음으로 나가 본 도청 앞 광장에는 시내버스와 택시들이 시위대와 엉켜 있었다. 버스 지붕으로 올라간 더벅머리 남자가 막대기에 매단 태극기를 흔들었다. 시위대 맞은편으로 장갑차 여러 대가 보였고 그 주변으로 총 멘 군인들이 줄을 맞춰 버티고 서 있었다.

앞치마 두른 여자들이 보도 위에서 시위대에게 주먹밥과

물병을 나눠 주었다. 경자는 그중 한 여자와 눈이 마주쳤다. 그녀가 손짓으로 경자를 불렀다. 이리 와서 좀 도와 달라는 거였다. 경자는 여자가 펴 놓은 피크닉 테이블 쪽으로 머쓱한 걸음을 옮겼다. 최루탄 냄새 사이로 풍겨 나온 들큼한 깨소금 향이 싫지 않았다. 대학생으로 보이는 남녀가 몰려와 주먹밥을 입안에 욱여넣었다. 그들의 입가에 검은 깨가 들어 붙었다. 어디서 구했는지 그들도 소총을 메고 있었는데 경자는 그들이 군인들 표적이 될까 봐 영 불안했다. 곁에서 물병을 받아 든 청년이 그녀의 마음을 안다는 듯 총을 들어 올리며 말했다.

"이렇게라도 안 허믄 저놈들이 우리를 싹 다 죽여 불랑가도 모르요 시방."

스무 살이나 먹었을까. 아무나 들으라는 듯 앳된 얼굴로 목소리를 높였고 주변에서 박수가 나왔다. 군인들에게 얻어맞고 다친 사람들이 대학병원으로 몰려들고 가까운 실내 체육관이 주검으로 채워지고 있다는데, 헛소문은 아닌 성싶었다. 몸이 떨렸다. 주먹밥을 나눠 주다가 자신도 조금은 힘을 보태고 있다는 생각이 들었다. 뿌듯한 기분도 잠시, 경자는 퍼뜩 고아원에서 배고팠던 기억이 떠올라 소매를 올려 땀을 닦는 척 눈 밑을 찍었다. 옆에서 손을 재게 놀리는 여자를 곁눈으로 훔쳤다. 미안하고 빚진 기분이 들었다. 이건 나도 할 줄 아는데…. 주먹밥을 제 손으로 만들어 오지 못한 게 못내 마음에 걸렸다.

빵과 우유를 박스째 들고 나온 중늙은이는 낯이 익었다. 불룩하게 나온 윗배와 작달막한 키, 시원하게 벗겨진 앞이마, 이발소 골목 초입의 구멍가게 주인이었다. 5월 말의 볕이 따가웠다. 문득 외삼촌의 금속성 목소리가 들리는 듯싶었다. 낮술 좋아하는 그가 점심 외출에서 돌아올 시간이 한참이나 지나 있었다.

경자는 곁눈으로 주위를 둘러보다 여자들 틈에서 슬그머니 빠져나와 골목으로 발길을 되돌렸다. 외삼촌이 가위질을 끝내면 그녀가 곧바로 면도를 해 줘야 하기 때문이었다. 도청 앞 분수대 주변에서 울려 대는 경적이 그녀의 뒤꿈치를 물고 이발소까지 따라 들어왔다. 밥을 나눠 주던 여자들이 자꾸만 눈에 밟혔다.

벽시계에서 조그만 문을 열고 나온 뻐꾸기가 여섯 번 울고 들어갔다. 오후 들어 중학생 하나가 다녀간 뒤로 멍하니 골목을 내다보던 경자는 이내 마음을 접었다. 열어 둔 문틈으로 보이던 행인들도 부쩍 줄어 있었다. 최루탄 연기가 이발소 안으로 들어와 눈을 찔러 대는 바람에 외삼촌이 투덜거리며 먼저 가게를 나갔다. 그녀가 벽시계 밑으로 손을 뻗어 삼색 회전 간판에 연결된 스위치를 눌러 껐다. 그러고는 골목으로 나와 여닫이문을 닫고 양손을 높이 들어 셔터를 아래로 잡아당겼다. 이발사인 외삼촌이 먼저 퇴근하는 일이야 새삼스러울 것도 없었다. 중학교를 졸업하고 그를 도와 면도사 일을 시작한 지도 벌써 육 년째였다.

남자들 머리를 감겨 주는 일도 그녀 몫이었다. 불만 같은 건 애초에 없었다. 엄마는 여섯 살배기 경자를 고아원에 맡기고 자취를 감췄다. 엄마를 두들기던 아빠가 집을 나간 뒤였다. 외삼촌이 경자를 데려간 건 그보다 3년 뒤였다. 학교로 찾아온 외삼촌이 반가워 울음을 터뜨렸다. 그에게도 엄마 얼굴이 있었다. 술을 좋아하는 건 아빠와 다르지 않았지만 조카딸을 구박하는 외숙모를 나무랄 땐 여간 고맙지 않았다.

중학교 졸업 무렵. 너도 밥값은 해야지, 라는 외숙모의 노골적 압력이 시작되었다. 그러지 않아도 외가의 은혜는 갚을 생각이었다. 고등학교를 보내 달라는 말이 입에서 나오지 않았다. 외삼촌도 먼 산을 바라보며 담배 연기만 뿜어댔다. 넷이나 되는 제 자식들도 버거울 것이었다. 경자는 그렇게 이발소에 발을 담갔다.

도청에서 가까운 위치라 단골 중엔 공무원도 많았다. 손에 습진이 생겨 애를 먹었고 머리를 감겨 줄 때마다 짓무른 손가락 사이가 쓰렸다. 외삼촌은 고무장갑을 끼라고 했지만 두피를 시원하게 긁어 주길 원하는 손님들이 싫어했다. 바셀린을 발라 가며 버텼는데 외삼촌 몰래 천 원짜리를 쥐어 주는 노인도 있었다.

제주도 아저씨를 만난 건 스무 살 갓 넘긴 가을이었다. 나이가 열 살이나 위였지만 웃는 얼굴이 어린애 같았다. 남도에 파견된 공무원이라고 자신을 소개한 그이는 귀 위로 단정하게 잘라 내는 헤어스타일만을 고집했다. 구레나룻이 풍성하여 면도하는 데 시간이 많이 걸렸지만 왠지 더 천천히 해 주고 싶었다. 의자를 뒤로 제껴 놓으면 그이가 한쪽 눈을 찡긋거리기도 했는데, 그때마다 손이 떨리고 시간은 더 걸렸다.

하루는 그이가 귤 한 상자를 들고 와 외삼촌에게 귓속말을 했다. 외삼촌이 그녀에게 일찍 퇴근하라고 말했다. 그이를 만나며 가장 많이 떨린 날이었다. 그날 이후 그이가 매일 저녁 이발소로 출근하다시피 했다. 광주 시내 밤길을 함께 걸었고 다리가 아플 때쯤 아무데나 들어가 저녁식사를 했다. 새로 나온 영화를 줄줄이 꿰게 된 것도 그이 덕분이었다.

만남이 잦아지자 둘 사이의 나이 차이는 희미해졌다. 몇 번인가 다니는 직장 이름을 물었는데 그이는 답을 나중으로 미루곤 했다. 명함이 따로 없지만 월급은 잘 나오는 곳이라며 경자를 안심시켰다. 혹시 형사냐고 물었는데 그냥 비슷한 거라는 대답이 건너왔다. 이윽고 그이가 '결혼해 살다 보면 다 알게 될 거야', 하며 그녀의 두 손을 잡았다. 가슴이 뛰었고 두 번 다시 그런 질문을 하지 않았다. '내가 어디가 그렇게 좋아요?'라고 물었을 때 그이는 '마음이 예쁘니까', 했다.

그이가 취기를 빌려 자기 어머니가 무당이라는 말을 꺼냈을 때 그녀는 '그게 어때서요' 대꾸하며 자신이 고아원 출신임을 고백했다. 죄를 자백하는 사람처럼 풀 죽은 그이의 머리를 아기처럼 온 가슴으로 보듬고 쓰다듬어 주었다. 그이의 눈에서 물기를 보았다.

그이가 외삼촌과 통음한 다음 날, 외삼촌이 그녀에게 짐을 싸라고 했다. 따로 나가 사는 게 어떠냐는 뜻이었다. 외삼촌이 '진즉에 제금내 주려고 했는데 형편이 되지 않았어. 고 서방이 방을 구해 놓았단다. 결혼할 사인데 그게 흉이 되겠냐' 하며 그녀의 부끄러움을 누그러뜨려 주었다. 외삼촌 내외에게는 그이가 벌써 '고 서방'이 되어 있었다. 그렇게 살림이라는 걸 차렸다. 달콤한 초봄이었다. 외삼촌은 '이제 여기 안 나와도 돼', 했지만 경자는 '집에서 혼자 뭐하겠어요'라며 늘 하던 대로 제시간에 출근했다.

날마다 아홉 시 뉴스가 시작되면 이마 넓은 군복 입은 남자가 화면에 등장했다. 서울역 광장에 대학생들이 모여들었고 이러다 북에서 쳐들어올지 모른다는 소문이 흉흉하게 돌았다. 그이가 이발소에 와서 같이 퇴근하는 일이 뜸해졌다. 집에 들어오지 못한 날이 늘었고 출장도 잦아졌다. 어쩌다 일찍 귀가한 날에도 그이는 취해 있었고 미안하다는 말만 반복하다 잠이 들었다. 두 달째 생리가 없다고 말해 주었을 때 그이가 파자마 바람으로 방에서 덩실덩실 춤을 추었다. '외삼촌에게 말하고 이발소는 그만 나가지 그래', 했지만 경자는 '다음 달까지만요'라고 떼를 썼다.

계엄군이 광주 외곽으로 밀려났고 시민군이 가두방송을 하고 다녔다. 도청에 지휘부를 설치한 청년들이 최후의 항전을 공표한 다음 날 오후였다. 시내로 밀고 들어온 계엄군의 소탕 작전이 시작되었다.

"그만 문 닫고 들어가자."

더 이상 이발소를 열어 놓을 수 없었던지 외삼촌이 경자에게 말했다.

"먼저 들어가세요."

그이가 들를지 몰랐다. 경자의 눈이 전화기에 머물렀다. 좀 더 기다려 볼 생각이었다. 전화라도 주면 좋으련만….

"그럼 네가 셔터 내려라."

외삼촌이 그렇게 말하고 골목 어귀로 사라지자마자 청년들이 우르르 골목 안으로 쏟아져 들어왔다. 교련복 입은 학생들이었다. 반대쪽으로 달아나던 그들 중 셋이 방향을 돌려 이발소 안으로 발을 밀어 넣었다. 문 앞에 서 있던 경자도 얼결에 그들을 따라 들어와 안에서 문을 잠갔다. 하지만 미처 셔터를 내리지 못했으므로 불안하긴 마찬가지였다.

잠시 후 밖에서 쫓아오는 거친 발소리들이 들렸다. 누가 유리창으로 안을 들여다보나 싶었는데 거친 금속음과 함께 문짝이 벌컥 열렸다. 좁은 공간으로 들어온 군인들이 겨눈 총구에서 대검이 번득였다. 그들의 발길질이 학생들의 온몸을 덮었다. 꿈틀거리기라도 하면 개머리판이 사정없이 머리로 떨어졌다. 비명이 그치지 않았다. 비슷한 또래인 경자에게도 예외는 없었다. 그들은 학생들의 허리띠를 풀게 한 뒤에 바지를 벗겨 팬티 바람으로 끌고 나갔다. 경자도 그 뒤를 따를 수밖에 없었다. 혹시나 싶어 이발소 쪽으로 고개를 돌리자 어깨로 몽둥이가 날아왔다.

포장으로 둘러친 트럭에 태워져 어디론지 끌려갔다. 트럭에서 부려졌을 때는 주위가 어두컴컴했다. 개구리 소리가 들렸다. 시 외곽 어디쯤인 듯했다. 그들은 데려온 사람들을 허름한 빈 건물 지하로 몰았다. 퀴퀴한 냄새가 나는 계단을 내려가자 천정에 백열등 달린 복도가 나타났다. 양 옆으로 예닐곱 개의 철문이 줄지어 입을 벌렸다. 그들이 데려온 사람들을 남녀로 분리하여 차곡차곡 철문 안으로 밀어 넣었다. 아무도 질문 같은 건 하지 못했다. 닫힌 철문 틈으로 빛이 들어왔다.

한 시간쯤 지나자 경자가 갇힌 방으로 젊은 여자 몇이 더 끌려왔다. 얼굴이 피투성이였다. 경자는 기중 성한 편이었다. 그이가 날 찾으러 올까. 내가 여기 잡혀 온 걸 알기나 할까. 어쩌면 알지도 몰라. 형사 비슷한 일을 한다잖아. 이렇게 시작한 공상이 원망으로 서서히 변해 갈 때쯤 문이 벌컥 열렸다. 군복 하나가 경자의 팔뚝을 잡고 일으켜 세워 다짜고짜 복도로 끌어냈다. 술 냄새가 풍겨왔다. 그가 잡아끄는 대로 지프에 올랐다. 운전석에 다른 군인이 타고 있었다.

끌려간 곳은 한적한 국도변 모텔이었다. 도움을 요청하고 싶었지만 입구에 앉아 있던 노파가 모른 척 얼굴을 돌렸다. 술 취한 군인이 그녀를 계단 위로 끌고 올라가 빈방에 밀어 넣었다. 문 앞에서 주춤거리자 주먹이 얼굴로 날아들었다. 그가 들고 온 술병을 그녀에게 내밀었다. 술을 못 마신다고 하자 시키는 대로 안 하면 이 자리에서 죽이겠다는 협박이 건너왔다. 마시는 시늉만 하려던 그녀의 입에 사내가 병을 밀어 넣었다. 그리고는 옷을 벗겼다. 아이를 가졌고 남편이 공무원이라 애원해 봤지만 소용없었다.

그가 나간 직후 다른 사내가 비릿한 미소를 지으며 방문을 열고 들어왔다. 운전하던 자였다. 그도 똑같은 짓을 급하게 해치웠다. 극심하게 밀려오는 아랫배 통증으로 그녀는 마침내 까무러쳤다.

정신 차려 눈을 떠보니 욕실이었다. 욕실 천장 밑에 바짝 붙은 쪽창이 까맸다. 밖은 아직 한밤중인 것 같았다. 기어서라도 나가려 했지만 몸이 움직여지지 않았다. 소리를 내 봤으나 아무도 올라오지 않았다. 여전히 개구리 울음소리가 간헐적으로 들려왔다. 욕실 벽을 두드려 보았다. 역시나 반응이 없었다. 하혈이 멈추지 않았다. 그녀는 가물거리는 정신에도 끼익 하고 건물 아래에서 자동차 멈추는 소리를 들었다. 누군가 들어오는 소리였다. 이제 살았구나 싶었다. 방문이 다시 열리더니 또다시 군복이었다.

"이 자슥아, 그러게 내가 뭐라디. 건드려 봐."

다시 그 목소리였다. 상관인 듯한 자의 지시에 욕실로 들어온 사내가 쌍욕을 뱉었다. 역시 귀에 익은 음성이었다.

"에이 씨발, 이 뭐꼬."

경자는 꼼짝도 하지 않았다. 차라리 죽은 척하고 싶었다.

"빨리 해치워, 이 새끼야."

복도에서 그런 소리가 다시 들렸고 동시에 운전병이 담요 같은 걸로 그녀의 몸을 감아 질질 끌고 복도로 나갔다.

"어떻게 할까요?"

"뭘 어떻게 해! 묻어야지 빙신아, 증거 남길 일 있냐."

그녀는 다시 지프 뒷좌석에 던져졌다. 10분쯤 달렸을까. 지프가 멈춘 곳은 도로변 야산이었다. 운전병이 그녀를 거꾸로 들쳐 메고 투덜대며 비탈길을 올라가다 떨어뜨렸다. 힘에 부친 듯했다.

"그냥 여기가 좋겠는데요."
"알았어. 빨리 하고 내려와."

아래쪽에서 사내의 목소리가 올라왔다. 삽날이 땅에 꽂히는 소리가 들렸다. 그녀가 정신을 추슬러 간신히 몸을 움직였다. 몸을 감싼 담요가 한 꺼풀 열렸다. 손을 움직여 담요를 가까스로 빠져나왔다. 그러고는 몸을 세우려는데 털썩 무릎이 꺾였다. 땅을 파던 사내와 눈이 마주쳤다. 삽날이 순식간에 얼굴로 날아왔다. 그리고 다시 암흑이었다.

•••

"아아… 어흐… 후우… 어흐으으…."

고 심방의 오열이 시작되었다. 소리가 끊길 듯 이어졌고 길게 나오다 다시 맥이 잘렸다. 중환자의 신음 같기도, 죽어가는 짐승의 거친 숨소리 같기도 했다. 그의 일그러진 표정과 몸짓은 석준이 조금 전 시간을 되짚어 올 때 보았던 동굴 속 화단과 흡사했다. 물기 빠진 줄기들이 제 몸을 가누지 못했고 시든 양귀비 꽃잎들이 선지피마냥 바닥에 떨어져 있었다. 단풍 든 작은 숲을 연상케 하던 버섯들도 갓이 쪼그라들어 우산을 접은 모습이었다. 송이버섯을 닮아 배흘림기둥처럼 통통하던 줄기도 가늘어진 허리를 꺾은 채였다.

처참한 상황을 본 대로 다 풀어 놓자니 석준도 몹시 힘이 들었다. 하지만 지금 자신이 머뭇거린다면 고 심방이 평생을 기다린 보람은 없는 거였다. 사랑했던 이의 마지막 모습이 왜곡되어서는 절대로 안 될 일이었다. 드디어 기꺼이 위로해 줄 영혼을 만났으므로 그는 자신만의 온전한 굿판을 준비할 것이었다.

고 심방이 목침을 당겨 옆으로 베고 뒤돌아 누웠다. 많이 지친 모습이었다. 석준은 더 이상 앉아 있기가 뭣하여 슬그머니 자리에서 엉덩이를 떼었다.

"이제 그만 내려가 보쿠다."

"경 허쥬. 사흘 뒤에 데리고 올라와. 혹은 떼야지."

그가 누운 채로 말했다. 응옥에게 신내림굿을 해 주겠다는 말이었다. 그녀에게 들어붙은 지긋지긋한 두통을 떼어 낼 때가 마침내 온 것이었다.

"따로 준비할 건 어시 몸만 오민 돼. 신은 당사자 스스로 받는 거고 나야 집사 노릇만 해 줄 뿐."

그렇잖아도 물어보려던 걸 그가 먼저 말해 주었다.

10

신내림

서둘러 채비를 했다. 새벽부터 내려온 할머니의 소복이 예사롭지 않았다. 흰 저고리에 흰 치마, 집안 제사 때나 보던 모습이었다.

"느네 할망이 기어코 따라나서캔 햄쪄."

그렇게 말하는 어머니도 같은 차림으로 외출 준비가 끝나 있었다. 할머니가 넓적한 상자를 열었다. 응옥에게 입힐 소복이었다. 응옥이 치마를 두르려다 말고 부엌에 들어가더니 빗창을 챙겨 와 종아리에 묶었다. 치마허리를 졸라맨 세 여인이 석준을 따라 언덕길을 하얗게 올랐다. 그녀들의 흰 고무신에 뿌연 흙먼지가 들러붙었다. 할머니가 쉬어 가자며 돌길에 주저앉아 버선을 털었다. 오르막길이 벅차 보였다. 물질과 밭일로 단련되었다지만 어쩔 수 없는 노구였다. 어머니가 고개를 뒤로 돌려 할머니를 일별하더니 석준의 귀에 대고 나직하게 말했다.

"할망이 통 기운이 어신 모냥이여. 총기도 예전 닮지 않고."

듣고 보니 부쩍 야윈 할머니의 어깨가 더 구부정해 보였다. 응옥이 할머니를 부축해 당집이 보이는 어귀에 들어섰다. 갑자기 할머니가 걸음을 멈추었다.

"느네덜 먼저 가라. 난 여기서 호끔(조금) 쉬었당 가크메(갈 테니)."

할머니의 무거운 표정에 눌려 세 식구가 앞서 걸었다. 중산간에 부는 가을바람이 서늘했고 고뿔이라도 드실까 걱정되었지만 석준도 굳이 말리지 않았다. 오랜만에 고 심방을 대하는 할머니의 심정이 복잡할 것이었다. 둘의 관계는 그대로 모르는 척해 주는 게 도리일 성싶었다.

당집 마당에 돗자리가 펼쳐져 있었다. 의관을 갖춰 입은 고 심방이 상을 차리는 중이었다. 북어포와 떡, 유과, 배, 대추, 밤이 교자상 위에 모습을 드러냈고 상 옆으로 한 되들이 정종 병도 키를 세웠다. 잘 익은 천혜향과 한라봉 등 귤 종류도 노랗게 구색을 갖췄다. 석준이 혹시나 하여 만 원짜리 몇 장을 주머니에 챙겨 왔으나 다행히 입 벌린 돼지머리는 없었다. 오로지 고 심방 혼자 모든 준비를 한 것 같았다.

새소리만 들려왔다. 감나무 가지에 올라앉은 까마귀 두 마리가 이쪽을 내려다보고 있었다. 돌담으로 둘러쳐진 공간에 바람은 없었다. 구경꾼이라곤 석준의 식구들이 전부인 굿마당에 가을볕이 온기를 채웠다. 소미 역을 맡은 어머니가 양초에 불을 붙여 두 개의 촛대에 차례로 끼웠다. 놋쇠 향로에 꽂힌 향 꼭대기에도 불이 붙었다. 가는 연기가 오르자 고 심방이 응옥에게 자리를 잡아주었다. 제사상을 마주한 방석 위에 응옥이 가부좌를 틀었고 고 심방은 측면으로 빠져나와 징과 북이 놓인 멍석 가장자리에 앉았다. 어머니가 근심스런 눈으로 주변을 둘러보다 헛기침을 하며 자리를 잡았다. 할머니를 찾나 보았다. 석준이 귓속말로 어머니를 안심시켰다.

고 심방이 응옥의 긴장을 풀어 주며 시작을 알렸다.

"기냥 모음 가는 냥 허민 되는 거여."

그의 파란 도포와 챙 넓은 갓이 분위기를 압도했다. 징 소리가 길게 뒷산으로 퍼져나갔다. 그가 어허, 하며 길게 목을 가다듬더니 만신을 불러냈다. 옥황상제로 시작하여 영등할망으로 매듭짓는 이름들이 꼬리를 물었다. 그들에게 의식을 치르게 된 이유와 경과를 보고하는 순서였다. 이어서 응옥이 한국으로 온 사연과 여기서 받는 고통, 그리고 베트남에 있는 부모 형제까지 들먹였다. 모두 석준에게 전해들은 내용이었다. 응옥 자매들과 막내의 나이까지 시시콜콜 풀어 놓는 고 심방의 능력이 놀라웠다. 석준은 제단 위에서 보았던 수첩을 떠올리며 유능한 심방이 되는 길을 헤아려 보았다. 주워들은 소문들까지 일일이 기록하는 습관에 비밀이 숨어 있었다.

그가 징을 한 번 더 울려 응옥이 빌어 줄 영가를 불러냈다. 그때까지 머리만 조아리던 응옥이 웅얼대기 시작했다. 베트남어 같았고 석준이 알아들을 수는 없었다. 고 심방이 북채를 잡고 일어섰다. 응옥도 몸을 일으켰다. 둥둥둥둥 둥 둥 둥 둥, 장단을 달리하는 소리에 그녀가 서서히 팔을 올려 리듬을 탔다.

"어허, 집이 탄다 집이 타. 어허, 살이 탄다 살이 타. 뜨겁다아 뜨거워. 아이고오 어찌헐 거나, 이 노릇을 어찌헐 거나. 에헤, 대낭대나무에 걸린 머리 내려 주당 총 맞았네. 아이고오 어찌헐 거나. 이 노릇을 어찌헐 거나."

운율을 맞춘 고 심방의 사설이 점점 더 구슬프게 늘어졌다. 잔기침에 말허리가 자주 잘렸다.

“홀로 남은 우리 아덜 불쌍히영 어쩔 거나. 아이고 여보 죽지 마오. 가려거든 혼디 갑시다아.”

그의 걸쭉하게 울먹이는 목소리가 이 대목에 이르자 응옥이 풀썩 바닥에 쓰러져 오열했다. 고 심방이 그녀의 어깨를 두드리며 달랬다.

“모심 약허게 먹으민 심방질도 죄 헛거여.”

고 심방이 톤을 높였다. 북 장단에 맞춰 다시 일어선 응옥이 문득 한쪽 치맛자락을 들어 올리더니 종아리에 묶어 둔 빗창을 뽑아 올려 양손으로 그러쥐고 천천히 허공에 받들었다. 그리고 수직으로 세워 동작을 멈추었다. 피뢰침으로 번개를 붙잡듯 그녀가 빗창으로 신령을 받으려는 것 같았다. 석준은 잘 벼린 날을 응시하는 그녀의 눈에서 광채를 보았다. 오므린 그녀의 입술에서 숨소리가 긴 휘파람처럼 빠져나왔다. 숨비소리로 혼신의 기운을 모은 간절한 기도가 끝나자 이윽고 북소리가 휘모리장단으로 들어갔다. 그녀의 동작에도 속도가 붙었다. 그녀가 발을 구르며 위아래로 폴짝폴짝 뛰었다. 드디어 접신한 모양이었다. 눈은 뜨고 있었지만 초점이 없었다. 휘몰아치는 장단에 맞춰 무아지경을 헤매던 그녀의 저고리 소매가 허공에 원을 그리다 서서히 멈췄다. 그러고는 어깨가 한참 동안 들썩였다. 그녀가 선 채로 울고 있었다.

어머니가 두 개의 잔에 술을 따랐다. 고 심방이 두 번 절하고 술을 이마 위로 올렸다. 사발에 비운 잔이 다시 채워졌다. 응옥도 그를 따라 재배하고 술을 올렸다. 고 심방이 퇴주 사발을 뒷마당으로 들고 나가 담 너머로 고수레를 했다.

"미여지벵뒤에서 나와시난 이제 이걸 입형 좋은 디 보내드리세."

상 밑에서 종이로 만든 두 벌의 옷과 짚신 두 켤레가 나왔다. 고 심방이 시키는 대로 응옥이 그걸 놋대야 안에 넣고 불을 붙여 제단 주변을 돌았다. 때마침 불어온 바람을 타고 재가 멀리 날았다.

"어허, 올 적엔 옵센 허궁, 갈 적엔 갑센 헙네다. 어 어허, 옵서 청헌 신전님네 각기도전 때가 되었습네다. 혼합 시 이알로 개벽 시 이알로 천군 지군 인황 만군님네 어감헙서. 천지왕 지부왕 에헤, 일일광 월일광 성인님도 도진허영 돌아삽서. 서산대사 사명당 영등할마님도 돌아삽서. 에헤, 불쌍헌 영혼 영신님네도 돌아삽서. 어허….”

모두에 불러낸 이름들을 그가 다시 읊었다. 만신의 힘을 빌려 가엾은 영혼을 위무하는 절차가 무사히 끝났으므로 이제 잘 가라는 인사를 드리는 의식이었다. 고 심방이 응옥에게 하얀 꽃술 달린 막대기를 건네주었다. 그녀가 막대기를 흔들며 지화를 뿌렸다. 마지막 징소리가 울렸다. 하얀 나비들이 날아올랐다.

지화를 따라 시선들이 옮겨 간 돌담 너머에서 할머니가 이쪽을 바라보고 있었다. 할머니가 눈 밑에서 웃고름을 떼지 못했다. 평생토록 숨어서 그렇게 지켜만 보았을 것이었다. 마당 안쪽으로 고개를 돌린 석준의 시야에 고 심방이 들어왔다. 무구를 챙겨 토방에 오르던 고 심방의 얼굴이 할머니를 향했다. 마당을 사이에 두고 시선이 얽힌 두 사람이 얼어붙은 듯 동작을 멈추었다. 무거운 침묵이 둘 사이를 채웠다. 몇 초가 느리게 지나갔다. 할머니가 천천히 그에게서 얼굴을 돌려 눈길을 거두었다. 고 심방도 마당으로 내려오려다 말고 어깨를 돌렸다. 터져 나오는 밭은기침을 힘겹게 참아 낸 그가 입을 막던 수건을 허리 뒤로 감췄다. 그러고는 마당을 치우는 어머니와 응옥에게 퉁명스럽게 말했다.

"이제 끝나시난 그만덜 내려가 봅서."

그가 여전히 돌아서 있었다. 석준도 서둘러 당집 마당을 빠져나왔다. 등 뒤에서 마디 잘린 신음소리가 이명처럼 쫓아왔다.

책 몇 권을 사들고 명준에게 면회를 갔다. 그가 구해 달라던 구한말 의병 활동과 해방 전후의 역사에 관한 것들이었다. 명준이 의외로 담담했다. 겨울바람이 뼛속으로 스며들 텐데도 내의를 더 넣어 주겠다는 제안에 손사래를 쳤다.

"여기 들어왕 앉아 이시난 생각이 많아지더라. 솔직히 그동안 남들한테 인정받젠 행동했던 거구나 하는 생각이 들더라. 생각보다 행동을 앞세웠고…. 이제 나가민 앞으로는 지금까지와는 다르게 살 거여."

그의 눈에 힘이 실려 있었다. 더 이상 말을 더듬지도 않았다. 지난번 넣어 준 철학 책 때문인가 싶기도 했다. 그가 새삼스럽게 쇼펜하우어와 니체를 구해 달라고 했었다. 석준은 이해도 못 하면서 옆구리에 끼고 다니던 고등학교 시절이 떠올라 책을 사러 가면서도 싱거운 웃음을 흘렸다. 명준이 응옥의 안부를 물었을 때 무가에 입문했다고 말해 주었다. 명준도 고 심방에게는 딱히 거부감이 없어 보였다. 그날 이후 응옥이 얼굴을 찡그리지 않았으므로 신내림 효과를 본 것만은 틀림없었다. 불가피한 선택이었다는 말을 덧붙이자 명준이 고개를 위로 들어 한숨을 쉬었다.

"어떵헐 거니, 다 내 탓이고, 내가 안고 가여 헐 일인디…."

명준이 비상 대책 위원장을 맡아 삼거리 투쟁을 이끈 날 그녀의 두통이 드러났으므로 그가 그렇게 말하는 것도 무리는 아니었다.

"당분간 느가 좀 돌봐 주라."

명준이 알통을 보이며 희게 웃었다. 팔 굽혀 펴기를 하루에 백 번씩 한다고 했다. 남은 석 달도 잘 견뎌 줄 것 같았다.

11

장두

면회에서 돌아온 석준을 어머니가 뒤꼍으로 불러내 바투 대고 속삭였다. 응옥이 아이를 가졌다는 거였다. 그러잖아도 요즘 들어 그녀의 볼이 통통해지고 몸피가 는다 싶었다. 두통이 가시고 마음이 안정된 효과려니 했다. 혹시, 하고 은근히 겁도 났지만 설마, 하며 뭉개곤 했었다. 신을 받은 뒤로 늘 무명 치마저고리 차림이었으므로 배가 도드라져 보일 리 없었다.

"벌써 다섯 달째랜 허는디 너 무시거 아는 거 있지? 나신딘 졸바로 고라사 헌다나한테는 제대로 말해야 한다."

설마가 현실로 들이닥쳤다. 막다른 골목이었다. 관시탕이 뭔지도 모르는 어머니한테 이상한 약을 들먹여 봐야 미친놈 되기 십상. 정공법을 택했다. 응옥을 향한 속마음도 털어 놓았다. 그리고 딱 한 번의 실수요, 더 이상은 없다고도 했다.

어릴 때처럼 어머니가 부지깽이로 아무데나 패 주기라도 하면 좀 나을 것도 같았는데 그런 일은 일어나지 않았다. 석상처럼 굳어진 어머니가 무너지듯 그 자리에 주저앉아 손바닥으로 연거푸 땅을 쳤다. 시간이 느리게 흘렀다. 숨을 고르는 어머니의 초점 잃은 눈이 젖어 들었다.

석준은 어머니 앞에 두 무릎을 꿇었다. 어떤 사죄와 위로의 언어도 생각나지 않았다. 뾰족한 통증이 명치끝을 사정없이 후비고 들어왔다. 자신이 몹시도 원망스러웠고 벌레가 되어 땅속으로 기어들고 싶었다. 바닥에서 올라온 습기에 바지가 축축해지고 종아리에 쥐가 났다.

한참 뒤 정신을 추스른 어머니의 표정이 의외로 담담했다. 오히려 세상 풍파를 견뎌 낸 경륜으로 지혜를 짜내는 눈빛이었다. 그러고는 가슴속에 담아 뒀던 비밀 하나를 꺼냈다. 명준에게 씨가 없단다. 그동안 석준도 그런 의심이 들곤 했지만 막상 물어 보기도 곤란한 일이었다.

언젠가 아침 밥상 앞에서 병원 이야기를 다시 꺼낸 어머니에게 짜증을 내던 명준의 모습이 떠올랐다. 그가 이미 한 차례 진단을 받은 뒤여서 채근하는 어머니에게 실토하지 않을 수 없었나 보았다. 그날 아침에도 어머니가 다른 병원에 가서 재검을 받아 보라고 한 것이었다.

"죽고 사는 일 아니여. 살당 보민 이보다 더헌 일 얼마든지 이시난…."

어머니가 흙빛이 된 석준의 뺨을 어루만졌다. 그는 왈칵 울음을 터뜨렸다. 소리 내어 울어 보긴 참으로 오랜만이었다. 어머니 앞에서 몹시도 작아져 있었다.

석준은 날마다 응옥의 배를 수없이 곁눈질했다. 모든 걸 각오한 듯 응옥은 오히려 느긋한 표정이었다. 어쩌면 좋을지 물었는데 낳아서 잘 기르겠다 했다. 한술 더 떠 명준이 나오면 다 말할 거라며 '오빠는 걱정 마세요', 했다. 신내림 때 배짱도 받았나 싶고 황당했지만 달리 어찌할 수 없었다. 석준에겐 하루하루가 죽을 맛이었다.

하릴없이 망루에 올라 너럭바위를 바라보는 시간이 길어졌다. 사람들은 '성 대신 고생햄져', 했다. '누군가 망루를 지키지 않으면 마을 지키기는 끝'이라고 이구동성으로 말했다.

하루는 교대하러 망루에 올라온 삼녀가 석준에게 말을 붙였다. 망루를 지키는 것이 이 바다, 이 나라 지키기와 어떻게 연결되는 건지 헷갈릴 때쯤이었다. 둘이 앉으면 엉덩이를 붙여야 하는 좁은 공간에서 바라본 노을이 바다를 붉게 덮었다. 그녀가 달뜬 얼굴로 석준의 어깨를 잡았다.

"인공 수정 성공했댄 허멍? 옥이가 산부인과 다닌댄 행게마는다닌다고 하더니만 이제 우리 부락에서도 애기 우는 소리 들어지큰게들을 수 있겠네."

"……."

"어멍이 동네방네 자랑허멍 댕겨라."

오씨 집안에 경사 났다는 둥, 명준이 얼마나 좋아하겠냐는 둥, 삼녀가 석준도 모르는 산부인과 지식까지 주저리주저리 떠들어댔다. 건강한 정자를 미리 채취해 뒀다 인공 수정으로 자궁에 심는 기술, 그걸 어머니가 알고 있을 줄이야.

부쩍 쇠약해진 할머니를 문병하고 돌아온 어머니가 볼멘소리를 늘어 놓았다. 응옥의 임신 사실이 인공 수정의 결과라고 말씀드렸으나 할머니는 눈만 껌벅일 뿐 감정을 쉬 드러내지 않더란다. 응옥이 먼저 할머니를 찾아 고백한 모양이었다. 어머니가 기왕 이렇게 된 일인데 아들이면 좋겠다고 했다가 할머니한테 야단을 맞았단다. '딸이면 어떠냐, 시대가 달라졌으니 기죽을 이유 없다'는 게 할머니의 단호한 가르침이었다. 응옥에게 빗창을 쥐어 주며 해 주던 가르침과 다르지 않았다. 이 땅의 주인으로 살아야 한다는….

아침부터 망루 주위로 마을 사람들이 모여들었다. 우수가 지난 지 한참인데 갯바람이 여전히 차가웠다.

"올라강 보게. 저놈덜이 기어코 난리를 낼 모냥이라."

삼녀를 따라 망루에 오르자 너럭바위가 한눈에 들어왔다. 양 노인 말마따나 300m쯤 떨어진 거리에서 발파 준비가 한창이었다. 해안선을 직선으로 자르자면 튀어나온 부분을 깎아 내야 할 것이었다. 거대한 배를 접안시키자니 바닥을 깊게 파낼 거라는 소문이 진즉부터 돌아다녔다. 수심 15m가 맞다느니 12m면 된다느니 말도 많았다. 깊이가 얼마든지 마을 사람들이 그토록 지키려는 너럭바위가 무너질 건 의심의 여지가 없었다.

너럭바위 아래로 예인선이 보였다. 마을 사람들의 저항을 피해 해로를 선택한 건설사 측이 멍텅구리 배에 실어 온 상자들을 밧줄로 끌어올리고 있었다. 폭약인 성싶었다. 사흘 전, 땅을 울리는 진동과 엔진 소리가 동시에 망루로 건너왔었다. 회색 유니폼을 입은 사내들이 거대한 굴착기에 달라붙어 줄을 맞춰 바닥을 뚫고 있었다. 그런데 이제 그 구멍 속으로 폭약을 쑤셔 넣으려 하고 있지 않은가.

"저런 조즈로 몽근 노무 새끼덜!"

"저걸 무슨 수로 말릴 거니. 아이고, 이젠 날 새 부렀져."

독이 잔뜩 오른 원망과 좌절의 언어가 망루 주위로 난무했다. 양 노인이 가래를 돋워 철조망 안으로 뱉었다. 결국 이렇게 끝나는가 싶었다. 해군 기지 건설 반대 투쟁으로 연행되어 재판에 넘겨진 인원만 어림잡아 200을 넘어섰다. 어느새 다가온 경찰 병력이 철조망을 에워쌌고 그들 중 하나가 메가폰을 잡고 건조한 소리로 방송을 했다.

"곧 발파 작업이 시작되니 주민 여러분께서는 멀리 물러나 주시면 대단히 감사하겠습니다."

이렇게 시작된 방송이 점점 협박조로 바뀌어갔다.

"물러나세요. 물러나! 말로 할 때 안 들으면 공안 사범으로 연행합니다. 후회하지 마세요."

공사 현장으로 들어가 발파를 막아 보려는 마을 사람들과 경찰 병력 사이에 또다시 밀고 밀리는 몸싸움이 벌어졌다. 석준도 삼녀와 함께 망루 밑으로 내려와 합류했다. 경찰 쪽에도 그동안 축적된 노하우가 만만치 않았다. 방패 들고 막아서는 그들의 철옹성을 늙은이가 대다수인 마을 사람들이 뚫어 낼 도리가 없었다.

그렇게 한 시간 남짓 지났을까. 서른 명 넘는 사람들이 망루 주변에 몸을 눕혀 서로의 어깨를 걸었다. '이제부터 농성!'이라고 선언이야 던져 놨지만, 기력이 소진된 상태에서 다들 그냥 널브러진 거였다. 경찰은 드러누운 사람들 앞에 여전히 버티고 서 있었다.

"어어…, 저거…!"

삼녀가 큰일 난 듯 호들갑스레 가리키는 쪽은 농성 천막이 자리 잡았던 근처의 너럭바위 자락이었다. 석준은 그녀의 손끝을 따라 시선을 옮겼다. 철조망 틈으로 푸르스름한 물체가 수면 위에 뜬 찌처럼 보일락 말락 했다. 직전에 발파 준비를 마치고 현장을 빠져나간 작업반이 지금쯤 멀리서 스위치에 손을 얹고 있을 텐데…. 다급해진 석준이 잽싸게 사다리를 올랐고 삼녀가 뒤를 따랐다.

망루 위에서 내려다 본 그 지점에 갓 쓰고 도포 입은 자가

서 있었다. 고 심방이었다. 그를 보는 건 지난 늦가을 당집에서 식구들과 의식을 치른 뒤로 처음이었다. 그가 어떻게 너럭바위에 올랐는지 알 수 없었다. 바다에서 올라가는 벼랑길도 막힌 지 오래였다.

그가 춤을 추는가 싶더니 술 달린 막대기를 하얗게 흔들었다. 너무도 비현실적인 분위기였고 어쩌면 꿈인 듯도 했다. 바다 위 파란 하늘에 새털구름이 떠 있었다. 큰 새가 날개를 펼친 모양이었는데, 석준은 그것을 하강하는 천사의 날개라고 생각했다. 고 심방이 뿌린 지화가 날아올라 그 날개 속으로 빨려들었다.

불현듯 석준에게 고 심방의 목소리가 들렸다. 그가 애타게 불러낸 영가는 젊은 엄마와 세상 빛을 보기도 전에 미여지뱅뒤로 끌려간 아기일 것이었다.

'걸라 걸라. 어여 가자. 애기야, 어여 가자.'

아이를 달래는 고 심방의 쉰 목소리가 석준의 귓가를 맴돌았다.

"아이고, 정허당저러다 터져 불민 어떵헐 거니? 빨리 강 말려사 되는 거 아니냐게!"

삼녀가 근심스런 눈으로 석준을 바라보았다. 말리고 싶어도 울타리 안으로 들어갈 방법이 없었다. 아무도 그 쪽을 바라보거나 손으로 가리키지 않았다. 다른 사람의 눈에는 보이지 않는 것 같았다. 저 안에 사람이 있으니 발파를 중지시키라고 망루 아래로 소리쳤지만 반응이 없긴 경찰도 마찬가지였다. 망원경으로 훑어본 경찰도 시큰둥했다. 망루 아래에서도 보였고 삼녀도 목격했으므로 환시는 아니었다.

석준이 부리나케 망루에서 내려와 무전기 든 경찰에게 달려가는 순간 폭발음이 들렸다. 땅이 진동했다. 두 번, 세 번, 네 번. 바위 쪼개지는 소리가 허공을 가를 때마다 연기가 하늘 높이 치솟았다. 귀가 멍멍해지고 주변 소음이 한꺼번에 사라졌다. 석준은 움츠러든 시선을 다시 철조망 안으로 되돌려 너럭바위 끝에 꽂았다. 도포 자락이 풀썩 솟아오르더니 허공에 푸른 여운을 남기며 사라져 버렸다.

석준은 모터보트 가진 사람을 재촉하여 바다로 향했다. 삼녀가 거들어 준 덕택으로 설득이 쉬웠다. 저물도록 바위 밑을 뒤졌으나 고 심방의 흔적을 발견하지는 못했다. 어머니가 해녀 몇을 데리고 잠수도 했다. 결과는 역시 '사람은커녕 옷자락도 못 봤다'였다. 기대는 안 했지만 삼녀와 동네 경찰

지구대를 찾아가 신고도 했다. 찾아볼 테니 기다리라는 말만 듣고 돌아왔다.

"헛걸 본 건가?"

삼녀가 고개를 갸웃거렸지만 분명 그건 아니었다.

석준은 이튿날 새벽밥을 먹고 채비를 하였다. 혹시나 하여 당집을 찾아가 볼 요량이었다. 산에서 마실 커피를 담으려고 냉장고 깊숙이 넣어 둔 텀블러를 꺼냈다. 그는 그제야 지난번 관시탕을 챙겨 온 사실을 기억해 냈다. 그는 냉장고 앞에서 텀블러를 쥐고 상념에 빠져들었다. 거기 가서 고 심방을 찾으려면 꽃밭이 있던 토굴 속까지 뒤져야 될지도 모른다.

문득 욕심 하나가 생겼다. 기왕 올라가는 김에 새로운 길에 도전하고 싶었다. 그렇잖아도 요즘 들어 부쩍 안절부절못하는 자신이 한심하던 참이었다. 응옥만 생각하면 여전히 가슴이 먹먹했다. 그렇다고 언제까지나 명준으로 살아갈 수도 없는 노릇이었다. 고향을 찾아온 뒤로 그는 형의 대리인으로 지내 온 자신을 자주 원망했다. 공장 일이 그랬고 비대위 빈자리도 그랬고 심지어 응옥의 곁에도…. 마땅히 명준이 있어야 할 자리들이었다.

텀블러를 배낭에 넣고 계곡을 올랐다. 도순교를 지나 곶자왈에 이르자 라일락 향기가 코를 찔렀다. 봄내음이었다. 작년 늦봄에 붙들려 간 명준의 만기 출소가 한 달 앞으로 바짝 다가와 있었다. 더 이상 형의 얼굴을 볼 자신이 없었다. 지난번 석준이 다녀온 뒤로 어머니가 한 차례 더 면회를 갔으나 응옥의 임신 사실은 함구한 눈치였다. 어차피 알게 될 일, 고통을 가불시켜 줄 필요까지야.

당집 마당에 발을 담근 석준이 마루에 오르며 심방을 불렀다. 방마다 들어가 기웃거려 보았으나 그가 돌아온 흔적은 없었고 냉기만 발바닥에 들어붙었다. 석준은 제단 앞에 주저앉았다. 구석에 놓인 개다리소반에 눈길이 갔다. 무릎걸음으로 다가가 소반 위의 약탕관을 잡고 흔들어 보았다. 비어 있었다. 갑자기 걱정과 두려움이 엄습했다. 석준은 그제야 그동안 자신이 고 심방을 퍽도 의지하고 지냈다는 생각이 들었다. 황량한 벌판에 홀로 선 기분이었다. 석준은 차라리 시간을 건너 뛰어 미래로 도망치고 싶었다. 문득 동굴 속에서 그와 마주칠 것 같기도 했다.

메고 온 배낭을 열어 텀블러를 꺼냈다. 딱 두 잔 분량이었고 단숨에 마셨다. 몇 분 지나지 않아 심장이 쿵쿵대더니 호흡이 가팔라졌다. 취한 듯 어지러웠다. 정신이 혼미해지기 전에 서둘러야 했다. 옆방으로 건너가 벽장문을 열고 사다리를 끌어내렸다.

"심방 어른!"

혹시나 싶어 불러 봤지만 메아리만 동굴 속을 왕복했다. 아침볕을 어슷하게 내려 받은 화초밭은 이미 폐허였다. 바닥에 떨어진 꽃잎은 팥죽색이 되어 애초의 붉음을 잃은 지 오래였다. 계절을 타지 않는 동굴 속에서도 주인 잃은 꽃밭이 제 명을 이어 가지 못한 까닭이었다.

석준은 그 자리에 가부좌를 틀고 앉아 눈을 감았다. 양 무릎 위로 올린 손바닥에 더운 기운이 내려앉았다. 방금 쪄낸 계란을 쥔 듯한 느낌으로 양 손을 가슴에 끌어올렸다. 양 손 바닥 사이에서 참외만 하게 뭉쳐진 기운이 호박처럼 부풀더니 우산만큼 커졌다. 바닥에 닿은 하체에서 중량감이 사라졌다. 거대한 헬륨 풍선을 껴안고 공중 부양하는 느낌이었다. 몽롱해진 그는 이내 또 다른 세상으로 빠져들었다.

• • •

이번에는 누구의 몸에도 들어가지 않았다. 석준은 갑자기

배가 더 나온 듯도 하고 목이 굵어진 듯도 했지만 제 몸 그대로였다. 시선을 들어 올렸다. 열댓 걸음 떨어진 앞을 철조망이 막아섰고 그 너머로 개활지가 펼쳐졌다. 철조망 안에서 수십 대의 중장비들이 제각각 돌을 고르거나 흙을 날랐다. 아스라이 직선으로 뻗은 길을 닦는 중이었다. 동남쪽으로 눈을 돌리자 거대한 오름이 솟아 있었다. 둘레로 깎아지른 절벽이 바다로 떨어졌고 절벽 안쪽으로는 넓게 파인 분화구가 경사져 내려왔다. 눈에 익은 성산 일출봉이었다.

뒤에서 웅성거리는 소리가 들려왔다. 피켓을 든 대여섯 사람이 앞에 서고 100여 명의 남녀가 그 뒤를 따랐다. 다른 듯 익숙한 광경이었다. 군중 속에 아는 이는 없었으나 행색으로 보아 주로 그 동네 사람들이라는 걸 알 수 있었다. 거개가 머리 허연 노인들이었고 젊은 축도 끼어 있었는데 그들에게서 튀어나온 구호가 합창처럼 무리의 입으로 옮겨 붙었다.

그들이 철조망 옆으로 다가오더니 두 줄로 석준을 스쳐 지났다. 석준도 그들 사이에 섞여 들었다. 아무도 그에게 알은체하거나 누구냐 묻지 않았다. 모두들 그를 투명인간 취급했다. 그의 모습이 남들 눈엔 보이지 않는 듯했다. 서로 스치는 틈에 끼었는데도 촉감이 전혀 없었다. 보고 들을 수 있으나 만질 수 없는 세계였다. 석준은 그제야 자신이 미래의 어느 날로 스며든 탐색자라는 걸 알았다.

사람들은 크게 두 패였다. 노인들이 많고 동작이 느슨해 보이는 쪽은 그 동네 사람들이었고 조금 젊어 보이는 축은 지원 나온 시위대였다. 목소리를 높이고 조직적으로 움직이는 지원 그룹에는 대학생으로 보이는 젊은이들이 많았다. 그들은 하얀색 티셔츠와 청바지 차림으로 무리의 주변을 오가며 호위했다. 티셔츠 등판엔 '평화의 땅' 혹은 '생명의 섬' 등의 글씨가 새겨져 있었다.

그들이 철조망을 돌아 공사장 입구에 다다르자 한 무리의 경찰이 발을 맞춰 진용을 갖췄다. 대대 병력은 되어 보였다. 헬멧을 쓰고 몽둥이와 방패를 든 채 횡대로 막아선 모습이 낯설지 않았다. 철망으로 차창을 막은 검은색 버스가 그 뒤로 담장을 따라 길게 늘어서 있었다. 시위대가 공사장 정문을 향해 천천히 이동했다. 경찰과 정면으로 마주 보는 형세가 되었다. 거리가 좁혀졌다. 몸싸움이 시작될 것 같았다.

한 중년 남자가 메가폰을 들고 군중 사이를 빠져나와 맨 앞에 섰다. 왼쪽으로 기운 그의 걸음걸이가 부자유스러웠다. 가까이 다가선 석준이 눈을 동그랗게 떴다. 형, 명준이었다.

늘어난 새치와 눈 밑 주름이 도드라졌다. 세월이 얼마나 흘렀을까. 그는 시위를 이끄는 그룹의 리더가 되어 있었다. 그가 '공군 기지 결사 반대!'를 선창하자 사람들도 주먹을 쥐고 한 목소리로 '결! 사! 반! 대!'를 세 번씩 외쳤다.

"정부는 여기에 군사 비행장을 만들고 중장거리 미사일을 배치하려 합니다. 더 이상은 안 됩니다. 이 나라 정부가 정녕 우리 편입니까? 이 땅의 비극은 분단에서 시작되었습니다. 우리의 허리를 끊어 놓고 고통을 준 자들이 누군지 결코 잊으면 안 됩니다. 이곳에 미군의 전초 기지가 들어서면 유사시 중국이 어디를 먼저 공격하겠습니까. 자손만대 살아야 할 우리의 섬은 과녁이 됩니다. 오름과 해안 곳곳에 왜놈들이 파놓은 굴들이 여전히 아가리를 벌린 채 있습니다. 이 땅을 또다시 전쟁터로 만들 순 없지 않습니까. 우리 땅을 우리 손으로 지켜냅시다. 평화가 생명입니다."

명준이 명료한 발음으로 포효했고 시위대가 열광적으로 반응했다. 그의 연설이 날아와 석준의 가슴에도 뾰족하게 꽂혔다. 마을 사람들을 피해 학교를 중퇴하고 잔뜩 풀 죽어 지내던 명준, 해군 기지 반대 집회에 비대위원장으로 나서며 그렇게라도 인정받고 싶다던 과거의 명준은 찾아볼 수 없었다. 그는 이미 위풍당당한 장두였다.

그가 다시 한 번 구호를 외치며 주먹을 들어 올리자 시위대가 공사장 진입을 시도했다. 동시에 경찰 진압이 시작되었다. 비명이 난무했다. 피 흘리며 쓰러진 청년, 바닥에 떨어진 안경을 더듬어 찾는 노인, 사지를 붙잡혀 검정 버스로 끌려가는 사람들이 마구 엉켰다. 피켓과 신발과 소지품들이 군홧발에 밟혔다.

경찰이 명준에게 수갑을 채웠지만 그는 오히려 가슴을 펴고 고개를 세웠다. 여전히 결의에 찬 얼굴이었다. 그가 지붕에서 빨간 불빛 점멸하는 승용차로 끌려갔다. 뒷문 열린 승용차 안이 어두웠다. 경찰이 명준의 고개를 위에서 눌러 차 안으로 밀어 넣었다. 퍽, 하고 문이 닫혔다. 동시에 석준의 눈앞에서 사물들이 사라졌다.

•••

석준은 소매 끝으로 식은땀을 훔치며 정신을 가다듬었다. 가까스로 굿당을 찾아 되돌아오긴 했으나 몸을 가누기가 몹시 힘들었다. 제단이 어룽거렸다. 돌아오고 싶지 않았던 현실이었다. 여전히 고 심방은 보이지 않았다. 제단 오른쪽 끝에 늘 있던 그의 수첩이 그대로였다. 들어올 땐 그를 찾느라 허투루 보고 지나친 구석이었다. 가까이 가 보니 수첩 밑에 공책 한 권이 깔려 있었다. 표지를 열었다. '석준에게'로 시작되는 쪽지가 끼워져 있었다.

'자네가 다시 올 줄 알고 있네. 이걸 응옥에게 전해 주시게. 먼저 가네.'

공책 안에는 그가 굿판에서 사용하는 악기의 종류와 각종 제구들, 그리고 제단에 올리는 음식과 굿의 절차, 그리고 만신을 불러 의뢰인의 사정을 고하고 돌려보낼 때까지의 대사가 꼼꼼히 적혀 있었다. 응옥이 반복해 자주 읽다 보면 외워질 것이었다. 그녀의 서툰 한국어는 문제될 성싶지 않았다. '가엾은 영혼들을 위해 빌어 줄 고운 심성'이 심방의 첫째 덕목이라던 고 심방의 말을 믿기로 했다. 굿당도 마음속에 만드는 게 옳을 듯했다. 이미 응옥은 아침마다 정화수를 떠 놓고 집에서 치성을 드리고 있으므로 그거면 된 거였다.

석준은 공책을 챙겨 배낭에 넣었다.

12

종이꽃

할머니가 이상했다. 석준이 전복죽을 들고 가 권해도 숟가락을 들지 않았다. 입맛이 없다고 했지만 단순한 식욕 부진이 아닌 듯했다. 기력이 급격히 떨어지고 두문불출하는 할머니를 두고 어머니는 '이젠 가실 때가 되신가 보다', 했다.

응옥이 할머니를 위해 지성으로 빌었다. 그녀가 빗창을 숫돌에 갈아 정화수와 나란히 부뚜막에 올려 놓고 찬찬히 들여다보곤 했다. 눈에서 결기가 번득였다. 할머니한테 물려받은 그것이 생기를 품고 되살아나 있었다. 빗창이 생계수단인 동시에 자유와 저항의 상징임을 응옥도 아는 것 같았다.

따지고 보면 할머니의 이상 증세는 지난가을 응옥이 신내림받고 돌아온 그날부터 도드라졌다. 어머니는 자꾸만 우는 할머니에게 노망이라는 진단을 내렸다. 여든여섯 해를 살아온 노인에게 무리는 아닌 듯했다. 하지만 어머니가 시어머니의 증세를 치매로 확신하게 된 계기는 따로 있었다. '그걸 숟가락으로 떠서 여기에 붓더라니까.' 미음을 끓여 할머니를 문병하고 돌아온 어머니가 베개를 보듬고 흉내를 냈다. '어린 애 입에 떠 넣듯 이렇게 하더라고.' 속사정 모르는 며느리가 시어머니를 이해하긴 쉽지 않을 터였다. 할머니가 곡기를 끊은 지 일주일이 지나고 있었다.

"면회 혼 번 더 댕겨오게. 이제 더 갈 일도 어실 건디."

할머니의 장례를 치른 지 닷새가 지난 뒤였다. 삼우제도 끝난 마당에 형에게 알려 줘야 되지 않겠냐는 어머니의 성화에 석준이 마지못해 따라나섰다. 형을 볼 면목이 없었지만 될 대로 되라는 자포자기의 심정도 없지 않았다. 할머니의 한 맺힌 종말을 목도한 터라 울적한 마음에 다 털어 놓고 싶기도 했다.

유리벽 너머에서 명준이 알통을 보여 주었다. 그는 몸이 튼튼해야 싸움도 하는 거라며 석준에게 운동을 열심히 하라고 일렀다. 그리고는 뜬금없이 공군 비행장을 언급하며 새로운 항쟁을 준비해야 한다고 했다. 그가 판세를 읽어 보고 심사숙고 끝에 내린 결론이었다. 조만간 제주도가 비행장 건설 문제로 몸살을 앓을 거라는 말이 석준의 귀에 꽂혔다. 깨달은 자의 예언 같기도 했다. 관시탕을 마시고 미리 엿본 명준의 미래가 떠올라 석준은 온몸에 전율을 느꼈다. 민간인도 사용할 거라던 항구가 결국 이 나라에 외국 군함을 들여 놓는 공사였음을 잊지 말자고 명준이 꾹꾹 눌러 말했다. 석준의 어깨에 묵직한 기운이 얹혔다. 고 심방의 말에 압도당하던 느낌과 다르지 않았다. 석준은 고개만 주억거렸다. 형제간 대화가 끊어진 틈으로 어머니가 끼어들었다.

"할망 돌아가셨져."

잠시 멍해진 명준이 이내 고개를 주억거렸다.

"그만 허민 장수헌 거쥬 마씸."

"아 참, 경허고 이 말은 내가 지난번에 허젠 허당하려다 잊어분 건디, 으음… 집안에 좋은 일이…."

어머니가 석준을 곁눈질했다. 한 걸음 더 내딛을 모양이었다. 좋은 일이라니…. 명준을 가로막은 유리벽에 문득 한 장면이 동영상처럼 그려졌다. 손바닥으로 땅을 두드리며 한탄

하던 어머니의 모습. 그런데 그 어머니가 달라져 있었다. 기왕지사, 결과를 바꿀 수 없으므로 차라리 그 과정에 대한 윤리적 판단을 바꾼 것일까. 석준은 눈을 감아 버렸다.

"아, 아니여. 집에 오민 어차피 알게 될 건디 뭐."

면회가 싱겁게 끝났다.

집에 도착한 어머니가 장롱 서랍에서 빛바랜 봉투 하나를 꺼냈다. 불안한 눈빛이었다.

"기냥 태워 불잰 허당 느신디도 보여 주잰 놔 뒀져."

할머니 유품이었다. 누런 봉투 안에서 볼펜으로 눌러쓴 편지와 사진이 나왔다. 석준은 사진부터 집어 들었다. 찍은 지 그리 오래돼 보이지 않는 컬러 사진이었다. 족히 여든은 되어 보이는 남자가 여권 사진처럼 정면으로 석준을 바라보았다. 어디선가 본 듯한 인상이었다. 접혀진 편지를 열었다.

보고 싶은 귀옥에게,

나는 지금 조선인민공화국 신의주에 살고 있소. 풍을 맞았지만 아직은 성한 오른손으로 글을 쓸 수 있으니 천만다행이오. 이웃에 가깝게 지내는 이가 중국으로 다니는 무역 일꾼인데 이 편지를 전해 주겠다 하오. 얼마나 고마운지 모르겠소.

…

당신을 다시 본 그날 밤 나는, 동포에게 총질하는 전쟁터로 복귀하는 대신 밀항을 택하였소. 숙군이라는 미명으로 민족주의자들을 제거하려는 군 수뇌부의 모략에 희생양이 될 수는 없었소. 가까스로 현해탄을 건너 오사카에 머물던 중, 미력한 힘이나마 내 나라 건설에 이바지하고자 니카타에서 북송선을 타게 된 것이오.

…

죽을 날이 다가오니 생각이 많아지오. 마지막으로 본 당신 모습이 꿈에 자주 나오고 곁에서 울던 아이가 눈에 밟히오. 그 아이가 내 자식이면 이 마음을 전해 주시구려. 아비 노릇 못 해 줘서 정말 미안하다고. 승구가 아직 살아 있으면 그에게도 내 뜻을 전해 주오. 내 대신 애써 줘 고맙다고.

주체 91년 3월 17일

당신을 잊지 못하는 부영우 씀

창문 밖 돌담 그림자가 마당을 넓게 덮었다. 석준은 온종일 컨테이너 공장 안에서 시간을 죽이는 중이었다. 벌써 아홉 시간째였다. 백회를 부어 휘저은 듯 머릿속이 뿌옇다 멍해지길 반복했다. 명준에게 면회를 다녀온 어제의 잔상이 망막 안쪽에 들어붙어 지워지지 않았다. 잊으려고 마신 소주는 효과가 없었다. 안주도 없는 술이 세 병째, 눈을 감아도 명준의 얼굴이 떠오르긴 마찬가지였다. 사흘 뒤면 석방될 그가 벌써 공장 안에 들어와 있었다.

식준은 지난 1년의 경험을 차례대로 떠올려 보았다. 대리인으로 보낸 시간이었으나 배운 게 많았고, 또 다른 세상에 눈뜬 것도 사실이었다. 삶이 어디에서 시작되어 어디로 가는지도 대충은 알 것 같았다. 하지만 더 이상 이렇게 살 순 없었다. 돌아온 현실은 냉혹했고 판타지는 없었다.

폐업 신고만 미루고 있을 뿐 공장은 망한 거나 마찬가지였다. 마을은 쪼개진 지 오래고 해군 기지는 공사가 한창이었다. 게다가 응옥은…. 죄어 오는 현실이 출구 찾기를 독촉했지만 빛이 보이지 않았다.

'석준이 너, 졸바로제대로 해 놓은 게 뭐냐?'

어둑해진 공장 안에서 명준의 목소리가 들렸다. 관시탕 두 잔을 마시고 목격했던 미래의 명준이 인간 승리를 다룬 영화 속 주인공처럼 공장 내벽에 어른거렸다. 명준의 얼굴이 점점 커졌고 그의 어깨는 광화문에 선 장군보다 위풍당당했다.

석준은 너무도 초라한 자신을 죽이고 싶었다. 하지만 마음 한구석에 응옥이 갈고리처럼 걸렸다. 영육합일의 완전체가 된 그녀를 차라리 인정하자. 이제 조용히 놓아 줄 때였다. 사랑했으므로 보내야 한다는 말을 실감하게 될 줄이야…. 눈물이 났다. 가까운 사람들에게 보탬이 되고 싶었지만 가진 게 없었다. 어머니와 형에게도, 이제는 응옥과 새 생명에게도 자신은 그저 아무것도 아니었다. 어디선가 귀에 익은 목소리가 들려왔다. 술에 절어 식구들 앞에서 소리를 질러대던 아버지였다. 눈을 깔고 자리를 피하는 명준의 뒤통수에 대고 '차라리 없는 게 낫다'던. 제 자식을 홀대하던 거친 소리가 이번엔 석준을 향해 달려들었다. 석준은 주저앉아 귀를 막고 커억 커억 한참을 울었다.

잠깐 잠이 든 것도 같았다. 멍해진 정신을 애써 추슬렀다. 이대로 끝낼 수는 없었다. 끌려다니던 삶을 과감히 잘라 내고 새롭게 시작하고 싶었다. 순종보다 저항을 선택했던 해녀들을 생각했다. 응옥이 높이 들어 신내림받던 빗창이 뿌옇게 눈앞을 가렸다. 그것이 시계추마냥 왕복으로 움직이더니 불현듯 다가와 석준의 가슴 언저리를 뾰족하게 찔렀다. 이를 악물었다. 정신을 바짝 차리고 허리를 곧추세웠다. 변화의 계기가 필요했다.

그는 미래 여행에서 목격한 장두의 모습을 되새겼다. 형의 열렬한 지지자이고 싶었다. 조그만 힘이라도 보태고 싶었다. 그리하여 '결코 밟히지 않는 우리'가 아직 살아 있음을 세상에 보여 주고 싶었다. 명준이 비대위를 맡던 날 어머니는 '살아난 장두나 이서수과', 라며 한탄했었다. 장두로 살아가기엔 녹록지 않은 세상이라는 데 석준도 공감했다. 하지만 더 이상 형을 외로운 장두로 놔둘 순 없었다.

두려움과 고통은 비례하는 법, 이제 실행만이 답이었다. 전부를 죽이면 새롭게 살 수 없으므로 일부를 죽이기로 했다. 쭉정이가 되어 버린 과거를 절단하고 형에게 용서를 구하는 첫 단계였다. 석준은 그것만이 자신에게도 존재의 증명이자 거듭나기 위한 통과의례라는 확신이 들었다. 석준은 자신을 벌한 뒤에 치를 또 다른 거사도 계획했다. 그는 계획을 곱씹으며 제 능력이 닿는 최대치를 가늠해 보았다. 늦게나마 형에게 의리를 지키는 동시에 거룩한 뜻에 동참하는 행위가 될 것이었다. 신내림이 응옥에게 필연이었듯, 거사의 실행은 이미 너무 많은 것을 알아 버린 자의 필수 코스였다.

실내가 너무 어두웠다. 환청을 떨치려고 전등을 켰다. 눈앞으로 기계들이 성큼 다가왔다. 샤링기와 프레스기가 입을 벌렸다. 스위치를 올렸다. 위잉 소리와 함께 기계들이 작동을 시작했다. 샤링기에 다가갔다. 깔끔하게 잘라 줄 것이다. 하지만 이걸로 자르면 다시 붙일 수 있다던데. 프레스기로 뭉개버리면 회복이 불가능하겠지. 산재 보험료가 다달이 빠져나가고 있잖아. 여기까지 생각한 석준은 기계 안전장치를 풀었다. 오른손을 프레스기 아래로 집어 넣고 눈을 질끈 감았다.

깨어 보니 서귀포시 중심가 종합 병원이었다. 다친 손을 붙들고 컨테이너 밖으로 나온 것까지는 기억이 났다. 안방에서 응옥이 튀어나왔던가. 앰뷸런스를 부른 게 어머니였나. 그건 중요하지 않았다. 프레스기에 손을 넣는 순간 겁을 먹었는지 약지와 새끼손가락만 잘려 있었다. 떨어져 나간 부분이 뭉개진 상태라 예상대로 접합은 불가능했다. 장애 등급이 높게 나올 것이었다. 수술은 잘되었지만 한 달은 입원해야 된단다.

어머니가 응옥을 데리고 병원에 들렀다. 수술을 마치고 중환자실에서 일반 병실로 옮긴 뒤였다. 진통제와 소염제 등 링겔 주머니가 주렁주렁 달린 침대 곁으로 고부가 나란히 앉았다.

"저어…, 지집아이계집아니랜 해라."

어머니가 응옥을 데리고 산부인과에 들러 오는 길이었다. 응옥의 배를 일별한 어머니의 입이 삐죽거렸다. 섭한 모양이었다. 석준은 한마디쯤 하려다가 주제넘다 싶어 창밖으로 눈을 돌렸다. 부두 공사가 진행되는 너럭바위와 마을 사람들 이야기를 한참 동안 늘어놓던 어머니가 화제를 돌렸다.

"그건 그거고, 느 몸이나 신경 쓰라."

그리 위로가 되지 않았다.

"그거…, 공부 잘하고 있어요."

응옥이 고 심방의 노트를 열심히 읽고 있다는 말을 끝으로 배부른 몸을 의자에서 일으켰다. 뒤뚱거리며 앞서 나가는 며느리를 어머니가 따라가며 부축했다. 며느리를 대하는 태도가 달라지지 않아 다행이었다. 물질하던 중에 응옥의 도움으로 위기를 모면한 날부터 생겨난 동류의식이 여전히 끈끈해 보였다.

일주일 뒤, 명준이 입원실을 찾아왔다. 드디어 출소한 거였다. 누워 있는 석준을 바라보고 한참을 말없이 서 있었다. 석준은 시선을 비스듬히 틀었다. 형의 얼굴을 똑바로 볼 수 없었다. 분위기가 몹시 삘쭘했다. 옆 침대 환자가 오전에 퇴원하여 보는 눈이 없는 게 그나마 다행이었다.

"아…앉읍서."

석준이 곁에 놓인 간이 의자로 눈을 돌리며 겨우 꺼낸 말이었다. 명준이 의자를 끌어다 앉으며 천천히 입을 열었다.

"나, 그동안 생각 많이 했져. 후회도 했고. 그동안 나 자신을 드러내 보이려고 허비한 시간이 많았더라…. 내가 누구인지 보여 주는 게 아니라 남들이 생각하는 그런 사람이 아니란 걸 증명하젠 애써 왔다는 생긱이 들더라…. 다른 사람들신디 잘 보이젠 애쓰당 정작 내 삶이 지워져 불 걸…. 너도 이제부터는 니 인생 살라. 더 이상 끌려댕기지 말고."

서두는 삶에 대한 회한이었다. 풀어 보자면, 신체적 핸디캡을 극복하는 과정에서 무시당하는 게 싫어 만용을 부렸고, 그 결과 감옥 구경까지 했다는 말이었다. 완장을 차고 나면 증명에 대한 강박이 찾아오게 마련. 자신의 유능함을 보여 주기보다는 쓸모없는 인간이 아님을 증명하는 게 더 어려웠을 것이다.

명준이 알쏭달쏭하게 에두를수록 석준은 더 초조해졌다. 이제 그만 본론으로 들어가길 바랐다. 매라도 화끈하게 맞고 싶었다. 거칠게 뺨을 때려 주기라도 하면 좋으련만. 차라리 할복이라도 하라면 할 수 있을 것 같았다. 참다못한 석준이 침대에서 몸을 일으켜 다리를 내리고 바닥에 무릎을 꿇었다. 손등에 연결된 링거 줄이 심하게 흔들렸다.

"형, 주… 죽을 죄를 져수다."

갑자기 병실 안이 고요해졌다. 명준이 한숨을 쉬며 천장만 바라보더니 말을 이었다.

"그만 쉬라. 퇴원허거들랑 짐 쌍 올라가고 여기 일은 다 잊어 불라."

석준은 왈칵 눈물이 쏟아졌다.

명준이 나간 뒤 석준은 '자신의 삶인 듯 타인의 삶'이었던 시간들을 되짚어 보았다. 퇴원을 하고 나면 대리인 역할이 지나쳐 잉태된 결과가 기다리고 있을 터였다. 여기 일은 다 잊으라는 명준의 말이 명령처럼 가슴에 박혔다. '가거든 다시 내려오지 마라', 였을까.

열흘도 못 채우고 병원을 빠져나왔다. 담당 의사에게 통원 치료를 약속하며 퇴원을 우겼다. 어차피 없어진 손가락, 덧나도 그만이었다. 절단 부위가 쑤시고 이해하기 힘든 환지통이 있었지만, 머릿속이 복잡하여 더 이상 누워 있을 수도 없었다. 산업 재해 신청이 무난히 통과되었고 치료비는 그걸로 해결했다. 별도의 보험금도 계좌에 들어와 있었다. 7천만 원. 여생을 장애로 살아야 하는 대가였다. 병원을 나오는 길에 은행에 들러 6천만 원짜리 수표 한 장을 뽑았다. 나머지는 서울 가면 당장 필요한 돈이었다.

은행 앞에서 버스를 타고 집으로 향했다. 정류장에 내리자 중장비 소리가 시야를 가린 담장을 넘어왔다. 항만 공사장 위로 갈매기만 한가로이 날고 있었다. 마당에서 어머니가 반겨 주었다.

올 때 들고 온 게 배낭 하나뿐이었으므로 떠나는 짐도 가벼웠다. 어머니가 안채를 턱으로 가리키며 응옥이 오늘 내일한다고 귀띔해 주었다. 출산이 임박한 듯했다. 석준은 마당을 가로질러 안방 문을 두드렸다. 명준이 마루로 나왔다. 빠끔히 열린 방안으로 석준이 흘끗 시선을 던졌다.

"보고 갈래?"

석준은 고개를 저었다. 사랑을 믿고 우뚝 선 그녀가 이미 선언하지 않았나. 한 번이면 충분하다고…. 태어날 아이를 위해서라도 응옥의 모든 선택을 인정해 주고 싶었다. 더구나 그녀는 이미 고 심방의 뒤를 이어 새로운 지평을 연, 그가 감히 다가설 수 없는 존재였다. 그녀를 잃은 상실감이 옆구리를 휑하게 뚫고 지나갔으나 더 이상 질투로 이어지진 않았다. 석준이 재킷 안주머니에서 봉투를 꺼내 들고 명준을 향해 자세를 바로 세웠다.

"이제 가 보쿠다. 그리고 이거…."

명준이 미간을 좁히며 봉투를 밀어냈다.

"나도 사롬 노릇 허게 해 줍서."

명준의 손에 기어이 수표를 쥐어 주고 돌아섰다.

"허어…."

신음 같은 숨소리가 석준의 등에 들어붙었다.

너럭바위 쪽에서 날아온 굉음이 뒷목을 찔러댔다. 석준은 동네를 빠져나오다 정자나무 밑에서 걸음을 멈추었다. 한라산에서 내려오는 바람에 얼핏 분뇨 냄새를 맡은 성싶었다.

삼거리마트에서 5리터들이 플라스틱 석유통을 샀다. 주인 여자가 안쪽 창고에서 열린 문틈으로 고개를 까딱하며 알은체했다. 여자 대신 계산대 뒤에 선 지상길의 왼쪽 눈 밑에 사선으로 흉터가 남아 있었다. 그가 검정 비닐 봉투에 통을 넣어 주며 지나는 말로 용도를 물었다. 석준은 망루를 지키던 해녀들의 무용담을 떠올리며 빙긋이 웃어 주었다. 상길이 경계의 눈초리로 석준을 훑었으나 원하던 공사가 진행되는 마당에 그도 더 이상 피아 식별엔 관심이 없을 것이었다. 석준은 바지 주머니에서 휴대폰을 꺼내 시간을 확인했다. 평일이라 서울행 비행기엔 자리가 넉넉할 것이고 시간도 아직 충분했다.

냄새를 쫓아 걷다가 활오름으로 가는 계곡 초입에서 우측으로 꺾어 들었다. 지날 때마다 보던 제주 토종 흑돼지라는 간판이 새삼스러웠다. 낮은 돌담 안으로 들어서자 주인 대신 돼지들이 꿀꿀대며 반겼다. 석준은 우리에서 흘러나오는 똥오줌을 통에 담았다. 뚜껑을 재게 돌려 진동하는 악취를 막고 통을 비닐봉투에 싸서 배낭 안에 다시 넣었다. 공항에서 내용물을 물으면 간장게장이라 대꾸할 참이었다. 국내선이라 수하물로 부치면 문제는 없을 것이었다.

김포 공항에 내리자마자 컨베이어 벨트를 타고 나오는 배낭을 둘러메고 미리 검색해 둔 호텔 예약부터 서둘렀다. 최고의 전망이라는 광고에 꽂혀 결정한 곳이었다. 광화문역을 나와 안내받은 위치를 찾았다. 제법 높은 건물 꼭대기 층에 복도 양편으로 방들이 붙어 있었다. 객실에 딸린 작은 테라스가 마음에 들었다. 커튼을 젖히고 유리문을 옆으로 밀고 나가면 조그만 테이블에서 차를 마시며 지나는 사람들을 내려다볼 수 있었다. 낡은 시설임에도 방에서 시내를 조망하기엔 그만이었다.

옥상에 올라가 보았다. 한 무리 중국인들이 큰 소리로 떠들어댔고 러시아 관광객으로 보이는 백인 남녀가 맥주병을 입에 물고 경복궁을 내려다보고 있었다. 미국 대사관이 한눈에 들어왔다. 석준은 눈대중으로 거리를 쟀다. 대사관 담장이 손끝에 닿을 듯 가까웠다.

거사는 이틀 뒤, 4월 3일로 잡았다. 기왕이면 낮 시간, 12시 10분이면 맞춤일 듯했다. 직장인들이 점심을 먹으러 한꺼번에 길가로 몰려나올 때 효과는 극대화되지 않겠나.

광고 회사 시절 거래하던 가게를 찾아 드론을 흥정했다. 가격에 비해 성능이 빠지지 않는 중고품을 골랐다. 화끈하게

100만 원을 투척했다. 15kg까지 거뜬히 들어 올릴 출력에 호주나 미국에서는 택배용으로도 사용되는 모델이었다.

막상 일을 벌이려니 준비할 게 많았다. 손바닥만 한 종이에 인쇄할 내용이 필요했다. 귀에 쏙 들어오는 광고 카피 같은 문장이 제격이었다. 하고 싶은 말은 많았지만 한 면에 채우려면 길지 않아야 했다. 그간의 구상을 정리하며 썼다 지우기를 반복했다. 퍼런 새벽이 창틀을 넘어올 무렵에야 본문이 완성되었으나 제목이 빠져 있었다. 석준은 비어 있는 상단에 바둑돌처럼 단어들을 올려보았다. 주권국, 침략자, 외세, 자유, 분단, 통일… 등. 아무래도 허전했다. 끙끙대던 그는 마침내 '우리 땅'으로 시작되는 구호를 적어 넣었고 이내 가슴이 먹먹해졌다.

호텔 아래층 비즈니스 룸에 내려가 컴퓨터를 켰다. 키보드를 치고 인쇄 버튼을 누르자 곁에 있던 프린터가 힘주어 인쇄물을 게워 냈다. 객실로 되돌아오는 엘리베이터 안에서 심장이 쓸데없이 쿵쿵댔다. 하얀 시트 깔린 침대 위에 드론 부품 상자를 올려 놓고 조립을 시작했다. 오랜만에 해 보는 일인데도 손이 순서를 기억했다. 잘린 부위가 욱신거려 오른손을 쓰기 어려웠지만 엄지와 검지 사이에 전동 드라이버를 끼워 무난하게 작업을 마쳤다.

비행 거리와 속도, 매달아 둘 물건의 무게를 다시 계산했고, 소형 카메라와 리모컨 작동 여부까지 재점검을 마쳤다. 외부에서 충격이 오면 곧바로 밑이 열리는 플라스틱 박스 안에 조심스레 각을 맞춰 인쇄물을 넣었다. 준비를 마쳤으므로 흥분을 가라앉혀야 했다. 석준은 침대 끝에 걸터앉아 벽을 바라보며 심호흡했다.

벽에 걸린 액자 속에서 엄마 품에 안긴 아이가 싱긋 웃었다. 불현듯 그림 위로 두 아이 얼굴이 어룽거렸다. 당집에 입양된 어린 장생과 명준에게 맡기고 나온 아이. 둘은 묘하게도 닮은 데가 있었다. 석준은 게슴츠레 눈을 감고 그림 속 모녀에 응옥과 곧 태어날 딸아이를 겹쳐 보았다. 그 아이도 물질을 배울까. 여백에 할머니와 어머니도 눈으로 그려 넣었다. 해녀 4대가 완성되었다.

객실 안으로 날아든 봄볕이 드론의 길고 날렵한 회전 날개 표면에 반사되어 석준의 눈을 흐렸다. 뿌옇게 뭉개진 시야에 은빛 물결이 밀려들었다. 테왁 하나가 아련한 숨비소리와 함께 물비늘 위로 동그랗게 솟았다. 이어서 떠오른 여자의 슬픈 표정이 파도를 헤치고 다가와 씩씩한 얼굴로 바뀌었고 너럭바위에 당당히 오른 그녀가 마침내 해녀 심방으로 변신했다. 불현듯 드론의 회전 날개 하나가 고개를 세우더니 잘 벼린 빗창이 되어 할머니에서 어머니로, 어머니에서 응옥의 손으로 바통처럼 전달되고 있었다.

석준은 다시 생각에 잠겼다. 이제 날리기만 하면 되는데…. 나의 행동으로 무엇이 달라질 것인가. 심호흡을 하고 나서 석준은 머리를 세차게 흔들었다. 그 질문은 더 이상 하지 않기로 했다.

고 심방의 화두가 이윽고 석준에게 옮겨 붙었다. 강대국의 개가 되어 제 족속을 사냥하던 자들은 오늘날에도 번식을 거듭하는데, 이제라도 '그들만의 우리'를 '모두의 우리'로 만들어 낼 길을 찾아야 한다. 우리가 매를 맞고도 아픈 줄 모르고 알아서 기는 종자가 아니라는 것쯤은 알려 줘야지. 누가 우리를 갈라 놓고 이득을 챙기는지도 다 알고 있다고….

석준은 잠시의 백일몽을 뒤로하고 손등으로 눈을 비볐다. 테라스로 통하는 유리문을 열었다. 날씨가 맑았고 목표물은 선명했다. 네 개의 프로펠러를 붙인 기계의 폭이 1m가 넘었다. 드론을 옆으로 기울여 좁은 미닫이문을 통과시켰다. 돼지 분뇨가 든 플라스틱 통과 인쇄물 뭉치도 본체 밑에 꼼꼼히 매달았다.

드론이 바람소리를 내며 높이 솟았다. 대사관 위로 날아간 빗창이 담장을 따라 선회했다. 닭장 위를 천천히 날며 먹잇감을 내려다보는 맹금류의 모습이었다. 이번엔 그것을 본관 쪽으로 이동시켰다. 드디어 담장 안에서 사이렌이 비명을 지르기 시작했다.

석준이 리모컨 레버를 당기자 비행체가 대사관 앞마당 위로 솟구쳤다. 바로 아래가 현관이었다. 정지 비행 모드에서 줌인으로 카메라를 작동시켰다. 창문으로 실내가 보였다. 느닷없는 사이렌에 놀란 대사관 직원들이 허공에 뜬 비행 물체를 손끝으로 가리키며 우왕좌왕했다.

바로 그때, 바람을 가르는 금속음이 석준의 고막을 때렸다. 기다리던 소리였다. 유인물이 공중에서 뿌려졌다. 총성이 연달아 울렸다. 이번에는 누렇고 걸쭉한 액체가 대사관 마당으로 뛰쳐나온 얼굴들 위에 쏟아져 내렸다.

높다란 담장 밖에서는 행인들이 걸음을 멈추고 종이 꽃잎 하얗게 나풀거리는 하늘로 고개를 들어올렸다. 그러고는 스마트폰을 꺼내 들고 셔터를 눌러댔다.

에필로그

제주 제2공항, 누구를 위한 공항인가.

기사 입력 | 2021년 4월 3일 10:31

[탐라일보] 국토교통부가 짓겠다고 발표(2015년 11월 10일)한 뒤로 몇 년째 끌어온 제주도의 제2공항 건설이 거센 저항에 부딪치고 있다. 서귀포시 성산읍 일원을 부지로 정하여 공사를 서두르는 국토교통부와 달리 시민 단체들은 정부의 환경 영향 평가가 졸속으로 이행되어 받아들일 수 없다고 주장했다. 새로 발견된 천연 동굴과 희귀 동식물들이 정부 보고서에 누락됐기 때문이다. 환경 단체와 전문가로 구성된

동굴숨골조사단에 의하면, 빗물이 스며들어 지하수 연결 통로가 되는 숨골이 성산 일대에만 60곳이 넘는다. 숨골은 여름엔 시원하고 겨울엔 따뜻한 공기를 배출하여 곶자왈의 생태계를 적절히 유지시키는 숨구멍 역할을 한다. 조사단은 공사 강행으로 숲이 없어지고 숨골들이 메워지면 홍수가 마을을 덮칠 것으로 내다보았다.

서귀대 환경공학과 김애향(41) 교수는 "지금이라도 개발 논리는 철회되어야 합니다. 철새 도래지인 성산포 일대에 공항을 만드는 행위는 위험해요. 소음과 서식지 파괴로 철새가 더 이상 오지 않을 가능성이 높거든요. 천혜의 자연과 관광객을 불러들이는 대상물들이 사라지는데 공항이 더 생겨 봐야 누가 이용하겠어요. 설령 철새가 날아온다 해도 항공기 엔진 속으로 새가 빨려 들어가면 큰 사고로 이어집니다"라며 경고했다.

그러나 익명을 요구한 정부 관계자는 '시공 과정에서 충분한 논의와 갈등 해소가 가능하므로 고시한 계획대로 추진할 방침'이라고 말했다. 공항 건설을 찬성하는 주민 대표 양성찬(63)씨도 "기존의 제주 공항이 포화 상태이므로 도내 관광 사업 활성화와 도민의 이동권을 존중하는 의미에서 공사가 속히 추진되어야 한다"고 강조했다.

한편, 제주 시내 중심부에 자리한 관덕정 앞에는 공항 건설 전면 재검토를 요구하는 주민 시위가 이어지고 있다. '제2공항 반대 도민 행동'은 이제라도 정부가 나서 주민이 참여하는 '환경영향갈등조정협의회' 구성을 요구하고 있다. 그 선봉에는 2012년 해군 기지 반대 비상 대책 위원장을 맡아 구속된 바 있는 오명준(48)씨가 있다. 6년째 매주 금요일마다 관덕정 앞에서 집회를 열고 있는 오씨는 "혈세를 들여 신공항을 지을 것이 아니라 기존 공항을 적극 활용하는 방향을 모색하는 게 해답입니다. 지금의 이착륙 시스템을 효율적으로 바꾸면 향후 수십 년간 포화 상태를 걱정하지 않아도 된다는 전문가들의 연구 결과를 정부가 왜 모른 척합니까. 더구나 우리가 걱정해야 할 것은 환경 문제만이 아닙니다. 강정마을 해군 기지와 마찬가지로 제주도 공군 기지 건설은 1990년대부터 군의 숙원 사업이었습니다. 신공항 건설의 숨겨진 목적이 '전투기 활주로 만들기'라면 삶의 터전을 외세의 전쟁터로 내놓는 어리석은 짓입니다"라고 주장했다.

공항 건설 백지화를 위해 오늘부터 무기한 단식 농성에 돌입한다는 그는 마지막으로 한마디 덧붙였다.

"악마는 종종 선한 얼굴로 다가온다는 걸 잊지 맙시다."

오씨의 농성 천막 주변으로 4·3항쟁 73주년 추념식을 겸한 신공항 건설 저지 결의 대회 참가자들이 속속 모여들고 있었다.

〈제주=고을라 기자〉

이 도서는 한국출판문화산업진흥원의 '2022년 중소출판사 출판콘텐츠 창작 지원 사업'의 일환으로 국민체육진흥기금을 지원받아 제작되었습니다.

빛창

발행일 • 2023년 1월 15일 초판 1쇄

지은이 • 권행백 펴낸이 • 오성준
본문 디자인 • BookMaster K 표지 디자인 • 강도하

펴낸 곳 • 아마존의나비
등록번호 • 제2018-000191호(2014년 11월 19일)
주소 • 서울시 은평구 통일로73길 31
전화 • 02-3144-8755, 8756 팩스 • 02-3144-8757 이메일 • info@chaosbook.co.kr

ISBN 979-11-90263-21-4 03810

아마존의나비는 카오스북의 임프린트입니다.